Walther Kabel
Die Insel der träumenden Toten

Die Deutsche Nationalbibliothek verzeichnet diese Publikation in der deutschen Nationalbibliografie; detaillierte bibliografische Daten sind im Internet über http://dnb.ddb.de abrufbar.

©Abentheuer Verlag Digital
Berlin 2018

2. Auflage 2024
Alle Rechte dieser Textfassung vorbehalten
Textbearbeitung von Karl Ernst Horbol
Covergestaltung von Tibor Horvath

Erstausgabe 1925 im Verlag moderner Lektüre in Berlin
Der vorliegende Text erschien unter den Titeln „Die schwarzen Katzen", „Das Eiland der Toten", „Die Millionenerbin" und „Doktor Amalgis Vermächtnis" als Bestandteile der Romanreihe „Harald Harst: Aus meinem Leben"

ISBN 978-3-945976-59-3

www.abentheuerverlag.de

Walther Kabel

Die Insel der träumenden Toten

Abenteuerroman aus der Reihe

Vergessene Bücher neu entdeckt

№ 1

Frei bearbeitete Textfassung
von
Karl Ernst Horbol

Zum Gedenken
an den Volksschriftsteller Walther Kabel (1878 – 1935)

Wie manche seiner Kollegen damals und wie manche Künstler und Publizisten in der Gegenwart wurde Walther Kabel ein Opfer der herrschenden Staatspolitik Deutschlands. Genauso wie mir in der bestehenden „meinungsfreiheitlichen" Demokratie der heutigen Bundesrepublik wurde auch ihm zu Zeiten des Nationalsozialismus die Möglichkeit der Berufsausübung genommen.

Karl Ernst Horbol, Berlin anno 2018
www.horbol.com

Kapitelverzeichnis

I. Der Tote auf dem dunklen Hof - 9
II. Verfolger! - 13
III. Allein in glutheißer Wüste - 18
IV. Die falschen Perser - 25
V. Die indische Fürstin - 29
VI. Begegnung im Kerker - 36
VII. Die Gefangene in der Felsengruft - 43
VIII. Die schwarzen Katzen - 52
IX. Der Tod der Rani von Jaisulmir - 59
X. Der Trapper - 63
XI. Der Cholera-Friedhof - 68
XII. Der Eingeweihte - 74
XIII. Der Steinwall - 80
XIV. Der Nebel - 84
XV. Die verlassene Karawanserei - 89
XVI. Die Insel im Salzsee - 95
XVII. Schüsse aus dem Dunkel - 101
XVIII. Der stürzende Berg - 107
XIX. Die Flaschenpost - 123
XX. Der englische Detektiv - 129
XXI. Die Höhle der träumenden Toten - 135
XXII. Das nächtliche Wunder - 140
XXIII. Die Spur der Todeskarawane - 147
XXIV. Abenteuer im Himalaya - 154
XXV. Der Tod des Doktor Amalgi - 162
XXVI. Amalgis Vermächtnis - 171
XXVII. Ein Spiegel mit Ohren - 174
XXVIII. Das Versteck der Schmuggler - 181
XXIX. Die Geisterschrift - 187
XXX. Amalgis Tochter - 195

I. Der Tote auf dem dunklen Hof

Der Juni des Jahres 1926 brachte meinem Freund Harald Harst und mir an Detektivarbeit nur Kleinkram. Unter den fünf Fällen war auch nicht einer, der spannende oder besonders nennenswerte Einzelheiten dargeboten hätte. Erst am 2. Juli sollte nach diesem Monat rein handwerksmäßiger Beschäftigung für uns wieder einmal der Zufall eine Arbeit bringen, die die Bezeichnung „interessant" verdiente.

Es war also der 2. Juli spät abends gegen elf Uhr. Wir saßen in Haralds behaglichem Arbeitszimmer – lesend, rauchend und zuweilen an einem Glas mit einem kräftigen Getränk nippend; Grog, den wir uns nach einem recht freizügig ausgelegten Rezept selber gebraut hatten, weil uns nach der nächtlichen Jagd im strömenden Regen auf eine Bande von Orientteppichdieben ein ärgerlicher Sommerschnupfen in die Glieder zu kriechen beabsichtigte.

Harald lag im Klubsessel und hatte die „Berliner Zeitung" in den Händen. Er studierte gerade den Anzeigenteil und machte seine Glossen über die Heiratsgesuche. Ich meinerseits hatte einen Roman vor der Nase, der von der Presse geradezu in den Himmel gehoben worden war und der mich selbst allerdings aufs bitterste enttäuschte. Schade um die sechs Mark, die ich dafür berappt hatte! Dieser Roman war ein unappetitliches Machwerk, verbrämt mit einem Schwall von Phrasen, deren Doppeldeutigkeit tiefgründige Lebensphilosophie vortäuschen sollte. Zwei dicke Bände, in denen Tuberkelbazillen die Hauptrollen spielten: Ich möchte den Durchschnittsleser sehen, der etwas Derartiges zu verdauen vermag.

Mitten in unsere stille Behaglichkeit platzte wie eine schnaubende Dampfwalze ohne anzuklopfen unsere dicke Köchin Mathilde herein, bereits in Flanelljacke, Unterrock und aufgestecktem Rattenschwänzchen. Sie war kreidebleich. Sie sank in den zweiten Klubsessel und holte erst einmal japsend

Atem. Dann stammelte sie: „Herr Harald, unten auf... dem Hof liegt Einer! Mit dem Gesicht nach unten! Ein Toter!"
Unserer langjährigen Köchin Ausdrucksweise ist trotz aller Ermahnungen und Belehrungen noch immer wenig genau...
Harald fragte aufhorchend: „Ein Toter? Ein toter Mann also? – Stimmt das auch, Mathilde?"

„Gewiss, gewiss... Ich sah zum Fenster raus, und das Licht aus meinem Fenster reicht doch bis in die Mitte des Hofes. Und da liegt er."

Nun ja, das Fenster der Stube der braven Mathilde ging allerdings nach dem Hof hinaus. Harald erhob sich mit einem kleinen Seufzer der Unwilligkeit.

„Na, dann müssen wir mal nachsehen, Mathilde."

„Nehmen Sie die Pistole mit, Herr Harald", stieß die dicke, angejahrte Maid hervor. „Wer weiß, was das wieder wird! Ich hab letzte Nacht von 'nem Sarg geträumt..."

Harald winkte mir mit kaum merklichem Lächeln. Mathilde hatte schon allzu häufig Gespenster gesehen.

Wir durchschritten den Flur, riegelten die Hoftür auf und ließen die Lichtstrahlen unserer Taschenlampen durch das Dunkel des Hofraumes gleiten. Und wirklich – dort lag neben dem langen Holzfutternapf für unsere Enten ein Mann regungslos auf dem Gesicht. Harst eilte zu ihm und beugte sich über die Gestalt. Ich sah, dass er den Menschen auf den Rücken drehte. Dann war ich neben ihm und schaute im Schein der Taschenlampe...

...in das Gesicht einer Wachsfigur, die in einen grauen Anzug gekleidet war. Es war eine lebensgroße, einen jüngeren Mann mit blondem Haar und Spitzbart darstellende Wachsfigur, deren Kopf tadellos gearbeitet war. Was mir sofort ins Auge fiel, war ein an dem obersten Jackenknopf der Wachspuppe mit Bindfaden befestigter größerer Briefumschlag. Harald studierte die Aufschrift des Umschlages.

„An mich adressiert", stellte er fest. „Tragen wir das Ding ins Haus."

Mathilde stand im Flur.

„Herr Gott – bloß man eine Wachspuppe!", rief sie halb ärgerlich, halb beschämt.

„Bloß man – durchaus nicht, liebe Mathilde", meinte Harald ernst. „Wahrscheinlich ist dies der Auftakt zu einem großen Fall. Gute Nacht, Mathilde."

Wir legten die Puppe in Haralds Arbeitszimmer auf den Diwan. Ich schaltete sämtliche Flammen des Kronleuchters ein. In der Tat, dieser Wachskopf, diese Wachshände waren von Meisterhand hergestellt. Harald hatte den Brief vom Jackenknopf gelöst und erst einmal den Bindfaden und den Umschlag genau betrachtet.

„Der Bindfaden besagt wenig", erklärte er bedächtig. „Ihm haftet ein geringer Geruch von Puder und Parfüm an. Das Puder dürfte ein Albertsheim-Fabrikat und das Parfüm dürfte ‚Turf' sein. – Der Umschlag... prima Büttenpapier, Herrenformat. Die Schrift mit lila Damentinte recht energisch, wenn auch auf eine ziemlich nervöse Person hindeutend. Wir werden nachher Umschlag und Brief auf Fingerabdrücke untersuchen."

Dann schnitt er den Umschlag auf, zog zusammen mit dem Brief fünf Banknoten zu fünfhundert Dollar heraus, also rund gerechnet 10 000 Mark nach deutschem Gelde. Wir blickten uns verständnislos an. Harald entfaltete den Brief und begann vorzulesen: „Verehrter Herr Harst, ich bitte Sie, folgenden Auftrag zu übernehmen. Die Wachspuppe ist die bis ins einzelne genaue Nachbildung eines Herrn, der mir einst nahestand und der während einer Reise in Indien spurlos verschwunden ist. Die letzte Nachricht erhielt ich von ihm aus der Stadt Alwar, von wo aus er den großen Salzsee in der Thar-Wüste besuchen wollte. Das war im Mai dieses Jahres. Seitdem habe ich nichts mehr von ihm gehört. Der Herr ist übrigens Engländer, er heißt Edward Lanning und war Doktor der Philosophie und Privatgelehrter. Da ich kein Bild von Lanning besitze, habe ich Ihnen diese Puppe zugestellt. Wenn Sie dieselbe genau betrachten, werden Sie unschwer verschiedene besondere Merkmale finden, die es Ihnen erleichtern werden, Lanning zu finden, selbst dann, wenn dieser sich vielleicht nur verborgen halten sollte. –

Sobald Sie mir telefonisch Bescheid gegeben haben, ob Sie den Auftrag annehmen, stelle ich Ihnen nochmals 2500 Dollar zu. – Ich bitte Sie im Übrigen, nicht nach meiner Person zu forschen, – mehr noch, ich verlange von Ihnen als Gentleman, mir in keiner Weise nachzuspüren. Ich weiß, mit wem ich es zu tun habe, und vertraue Ihnen rückhaltlos. – Weiteres durch Fernsprecher."

Kaum hatte Harald mir den Brief halblaut vorgelesen, als auch schon das Telefon auf seinem Schreibtisch klingelte. Er hob ab und meldete sich: „Hier Harald Harst – ... – Gewiss, ich habe den Brief bereits gelesen, gnädige Frau. Ich bin bereit, Ihre Bitte zu erfüllen. Mein Freund Schraut und ich sind ohnedies etwas europamüde, deshalb kommt uns auch ein Auftrag, der mit einer Reise nach Indien verbunden ist, recht gelegen. Nur noch eine Frage: Wann, an welchem Tage hat der Herr zum letzten Mal an Sie geschrieben? – ... – So ... am fünfzehnten Mai? – ... – Gewiss, das Honorar genügt vollauf. Wie soll ich Ihnen aber, gnädige Frau, nach vielleicht glücklich erledigter Mission Nachricht zukommen lassen? – ... – Ah – ... – Zeitungsanzeige in der Berliner Tagespost – ... – Gut, ich werde die Anzeige schon derart abfassen, dass nur Sie den Inhalt verstehen – ... – Weshalb ich Sie mit gnädige Frau anrede? – ... – Nein – Sie sind bestimmt verheiratet, meine Gnädigste, sind sehr reich, malen zu Ihrem Vergnügen, benutzen Turf-Parfüm und tragen stets ein Büchschen Albertsheim-Puder bei sich – ... – Sie sind erstaunt...? – Es stimmt also alles – ... – Gut, danke. Auf Wiederhören."

Ich hatte andächtig zugehört. Harald trat nun wieder an den Diwan heran, auf dem die Puppe lag. Ich fragte: „Wie konntest du wissen, dass die Dame verheiratet und Malerin ist?"
Er antwortete nicht, hatte Jacke und Weste und Oberhemd der Puppe aufgeknöpft und so den aus Pappe hergestellten Oberleib des wächsernen Doppelgängers Doktor Lannings freigelegt. Ich beugte mich tiefer herab und sah in der Pappbrust eine Klappe,

die nun von Harald geöffnet wurde. Und dann zog er aus dem Hohlraum der Brust... ein schwarzes Fell hervor, nichts weiter. Im Übrigen war diese Höhlung leer. Ein schwarzes Katzenfell, tadellos gegerbt, mit Kopf, mit Glasaugen und mit einem buschigen Schwanz.

II. Verfolger!

Drei Wochen später. – Glühende Hitze lastete über den Sand- und Felsmassen der Thar-Wüste. Es war Mittag. Zwei Dromedarreiter trabten ein ausgetrocknetes Flussbett entlang und hielten dann auf eine Reihe steiniger Anhöhen zu, an deren Nordseite sich unter dem Einfluss eines von den Höhen herabkommenden Baches eine geringe Vegetation entwickelt hatte; armselige Bäume, Gestrüpp und ein paar grüne Grasflächen.

Die beiden Reiter, die noch ein Lastkamel bei sich hatten, waren Harald und ich. Wir kamen von Amber, einem Städtchen südlich von Alwar, waren bereits zwei Tage unterwegs und wollten jetzt rasten und die größte Tageshitze vorüberlassen, bevor wir unseren Ritt nach dem Salzsee fortsetzten.

In kurzem hatten wir den grünen Fleck Erde erreicht und uns im Schatten der Büsche niedergestreckt, während unsere drei Tiere mit gefesselten Vorderbeinen grasten. Wir waren ziemlich erschöpft, da wir in den beiden letzten Nächten wenig geschlafen hatten, denn Harald hatte durchaus gewünscht, dass wir abwechselnd wachen sollten; eine Vorsichtsmaßregel, die mir recht überflüssig erschien, weil man uns in Amber versichert hatte, dass hier im Südostteil der Thar in letzter Zeit nichts von Räuberbanden zu spüren gewesen sei. – Die Thar-Wüste ist, genau wie einst der „wilde Westen" Amerikas, die Zufluchtsstätte all derer, die irgendwie mit dem Gesetz in Konflikt geraten sind und sich einer Verhaftung entziehen wollen.

Harald zündete jetzt ein kleines Feuer an, stellte den Aluminiumnapf darüber und sorgte für unsere Konservenmahlzeit. Ich lag mit halb geschlossenen Augen da und beobachtete unsere Dromedare, die mit wahrem Heißhunger das Gras rupften und dabei jene grunzenden Töne ausstießen, die wohl nur der im Ratschputanagebiet gezüchteten Kamelrasse zu eigen sind. Jene wohltuende Müdigkeit, die nach langem Aufenthalt in frischer und reiner Luft den ermatteten Körper zu überwältigen und einem tiefen, gesunden Schlafe vorauszugehen pflegt, bemächtigte sich meiner und verlieh meinen Gedanken eine behagliche Trägheit...

Unwillkürlich geschah es, dass diese Gedanken rückwärts irrten und den bisherigen Verlauf unseres Abenteuers gleichsam nochmals an meinem inneren Auge vorübergleiten ließen.

So will ich an dieser Stelle dem geneigten Leser die Hauptpunkte der Ereignisse der letzten drei Wochen in angemessener Kürze berichten. – Die unbekannte Frau hatte uns tatsächlich am nächsten Morgen abermals 2500 Dollar zugestellt, von der mein Freund mit aller Bestimmtheit behauptet hatte, sie sei verheiratet und Malerin. Als ich Harald gebeten hatte, mir zu erklären, wie er zu dieser Annahme gekommen und was es wohl mit dem in der Pappbrust verborgenen Katzenfell auf sich habe, verfiel er wiederum in seine mir so lästige Marotte und meinte, das habe noch Zeit, darüber könnten wir später sprechen. Wir wussten, dass ein guter Bekannter von uns, der Erfinder Doktor Georg Amalgi, ein exzellenter Indien-Kenner war. Wir kontaktierten ihn, der ja nicht weit von Berlin in dem Brandenburgischen Dörfchen Grünheide anzutreffen war. Wie es ein glücklicher Zufall wollte, war Amalgi gerade dabei, sich für eine Reise nach Indien zu rüsten, die er zum wiederholten

Mal mit dem von ihm selbst konstruierten U-Boot bewältigen wollte. Und er bot uns sofort an, uns mitzunehmen, falls wir dazu bereit wären, ihm und seinem Diener bei der Führung des Bootes zur Hand zu gehen; ein Angebot, das wir natürlich freudig annahmen, zumal wir dabei lernten, das U-Boot zu steuern und zu navigieren. Übrigens hatte Amalgi es nicht vor, noch einmal nach Deutschland zurückzukehren, aber dazu kommen wir später im Verlauf dieser Erzählung.

Jedenfalls trafen wir bereits am 21. Juli in Alwar ein, wo wir uns herzlich von unserem Freund verabschiedeten, der dann nach Bombay weiterreiste. In Alwar hatte Doktor Edward Lanning am 15. Mai den letzten Brief an unsere unbekannte Auftraggeberin abgeschickt und war, wie wir im Hotel Gardier erfuhren, am 17. Mai in Begleitung zweier indischer Führer nach dem bewussten Salzsee aufgebrochen. Wir wussten bisher über Lannings Persönlichkeit sehr wenig, jedenfalls nicht mehr, als wir durch die Dame und die Wachspuppe erfahren hatten, die ihm so täuschend ähnlich sehen sollte. Jedenfalls hatte Lanning ein besonderes Kennzeichen in Gestalt einer Narbe über dem rechten Auge, außerdem an der linken Hand nur vier Finger; der kleine Finger fehlte ihm.

Und nun zurück zu unserem Lagerplatz in der kleinen Oase. Ich grübelte gerade darüber nach, was wohl das schwarze Katzenfell zu bedeuten haben mochte, das jetzt in einer unserer Satteltaschen zusammen mit dem Wachskopf der Puppe steckte, als ich links von den weidenden Dromedaren ganz zufällig in einem ginsterartigen Gestrüpp etwas Dunkles, Schleichendes bemerkte! – Meine Remingtonbüchse lag neben mir...
Sofort nahm ich sie auf, richtete mich empor und äugte schärfer nach dem Gestrüpp hinüber, was Harald natürlich nicht entging.

„Es ist nur eine Katze, mein Freund", sagte er. Und kaum hatte er es ausgesprochen, als in meinem Gedächtnis die Erinnerung an frühere Erlebnisse hier in der indischen Wüste wieder auflebte. Dass ich auch nicht früher daran gedacht hatte!

Richtig, hier in der Thar-Wüste gab es ja eine besondere Art verwilderter Katzen mit sehr buschigen Schwänzen. Diese Katzen waren in den bewohnten Gegenden des unendlichen Wüstengebietes geradezu zur Landplage geworden, genau wie die Kaninchen einst in Australien.

Und nun wurde mir auch klar, woher das schwarze Katzenfell in der Pappbrust der Wachsfigur stammte: der Engländer hatte die Katze wahrscheinlich geschossen und das Fell seiner verheirateten Freundin oder Geliebten zugeschickt, die es dann in der Puppe verbarg, weil es ihr Ehegemahl nicht sehen sollte. Um mir Gewissheit zu verschaffen, ob meine Kombinationen zutrafen, fragte ich Harald: „Lanning hat die Katze erlegt und das Fell der Unbekannten zugesandt? Oder was meinst du?"

„Erlegt – wohl kaum", erwiderte Harald, ohne von dem dampfenden Napf aufzublicken, „denn bevor ein Fell gut gegerbt ist, vergehen Monate. Er wird es gekauft haben und hat dann die Innenseite, das helle Leder, als Briefpapier benutzt."

„Briefpapier?", fragte ich zurück, und meine Müdigkeit war wie weggeblasen.

„Ja, das Fell ist ein Brief. Die Dame jedoch ahnte das nicht, denn die Schrift ist nur durch helles Licht sichtbar zu machen. Wahrscheinlich hat Lanning in einem Brief, der diesem Geschenk beigefügt war, Andeutungen gemacht, was das Fell in Wirklichkeit darstellt. Diese Andeutungen blieben der Frau also unverständlich und sie versteckte den Katzenbalg in der Puppe – ahnungslos, dass der Engländer ihr, seiner Geliebten, bereits den Laufpass gegeben hatte und dass es für sie keinen Grund mehr gab, um ihn noch irgendwie besorgt zu sein. Erst im Roten Meer, mein Freund, entdeckte ich in der sengenden Sonnenglut das Geheimnis des schwarzen Felles – rein zufällig! Ich hatte es in den Händen, die Sonne schien durch das Kabinenfenster, und wie durch ein Zaubermittel erschienen mit einem Male auf dem Leder Reihen von bläulich schillernden Worten."

Die Satteltasche lag in der Nähe. Ich griff danach, weil ich das Fell herausnehmen und diesen eigenartigen Brief sichtbar werden lassen und lesen wollte.

„Bitte – jetzt nicht!", sagte Harald da in ziemlich scharfem Ton. „Du scheinst noch immer nicht bemerkt zu haben, dass wir von vier Dromedarreitern verfolgt werden, die alle möglichen Kniffe anwenden, um für uns unsichtbar zu bleiben."

„Ach, also deshalb wachten wir nachts abwechselnd", rief ich mit gelinder Empörung. „Du hättest mir auch getrost schon früher mitteilen können, Harald, dass unser Ritt durchaus nicht so harmlos ist wie…"

Er nahm in aller Gelassenheit den Napf vom Feuer.

„Nicht so harmlos wie ein gewisser Max Schraut", unterbrach er mich. „Mein Freund, unser Auftrag hat in der Tat seine bösen Widerhaken, das kannst du mir schon glauben."

Er füllte meinen Teller mit Büchsenfleisch und Kartoffeln.

„Ich wurde auf diese vier braunhäutigen Gentlemen schon in Amber aufmerksam, wo sie uns nicht aus den Augen ließen. Zwei davon scheinen Perser zu sein, die beiden anderen sind reinblütige Ratschputen mit wahren Rinaldo-Rinaldini-Visagen. – So, nun iss. Ich will mit dem Fernglas dort auf die Felskuppe klettern und nur mal rasch feststellen, ob die fremden Herrschaften uns nicht zu nahe auf den Pelz gerückt sind."

Harald warf sich seine Remingtonbüchse über die Schulter und schritt davon. Er entschwand meinen Blicken zwischen den Felsblöcken und überließ mich meinen unbehaglichen Gedanken. – Verfolger! Zwei Perser, zwei Ratschputen! Wer nur mochte die vier auf unsere Fährte gehetzt haben? Welches Interesse hatten diese Leute an uns? Es blieb mir unbegreiflich. Wer waren die vier?

Langsam leerte ich meinen Teller Ich trank dazu Wasser aus dem Bächlein, das ein wenig nach Natron schmeckte. Über all dem angestrengten Grübeln merkte ich gar nicht, dass Harald eigentlich schon hätte zurück sein müssen. Ein Glück nur, dass unsere Dromedare tadellose Nasen hatten. Der leichte Wind kam von Osten, aus der Richtung, woher wir die Oase erreicht hatten. Und das plötzliche unruhige Wesen der Tiere warnte mich noch rechtzeitig.

Ich erhob mich und schaute durch die Büsche rückwärts. Gerade noch bemerkte ich, wie zwei Inder in grauen Puljaks, diesen Umhängen wie die Ratschputen sie tragen, sich blitzschnell hinter dem Gestrüpp niederwarfen.

Im Nu hatte ich die Büchse entsichert und feuerte zwei Schüsse in die Luft ab. Das müsste genügen, um Harald zu warnen. Dann griff ich mir unsere Satteltaschen und rannte westwärts über die freie Grasfläche bis zu einem Felshügel, den ich rasch erklomm. Von dort hatte ich freies Schussfeld nach allen Seiten.

III. Allein in glutheißer Wüste

Ja, ein freies Schussfeld hatte ich in der Tat, aber – kein Ziel. Weit und breit regte sich nichts. Ich wartete. Die Zeit verstrich. Von Harald kein Laut und keine Spur. Unsere drei Dromedare grasten friedlich. Unbarmherzig brannte mir die mittägliche Sonne auf den Rücken. Ich beobachtete die Gegend unausgesetzt nach allen Seiten. Überraschen konnte mich niemand. Und doch: meine Lage war äußerst heikel! Immer stärker festigte sich in mir die unbestimmte Ahnung, dass unsere vier unbekannten Verfolger Harald hinterrücks niedergeschlagen und ihn nun in ihrer Gewalt hatten. Ich war also auf mich allein angewiesen. Was tun? Sollte ich zu unserem Lagerplatz zurück? Setzte ich mich nicht, sobald ich die Tiere zu satteln versuchte, nur allzu sehr der Gefahr eines unvermuteten Angriffs aus, weil das dichte Buschwerk der Oase den Feinden das Anschleichen erleichterte?

Trotz alledem: Ich musste unsere Tiere mit mir nehmen und zunächst einmal die Verfolger abzuschütteln versuchen. Doch ich musste ja aber auch auskundschaften, wo Harald steckte und wie ich ihn befreien konnte. Es handelte sich also hier um fast so etwas wie ein Stück Indianerromantik, die in diesem Fall nach Indien und in unsere moderne Zeit verlegt worden war. Nun – ich war kein Neuling selbst auf derart gefährlichen Pfaden. Ich besaß mancherlei Erfahrungen und traute es mir wohl zu, die vier Gegner, wer auch immer sie sein mochten, hinters Licht zu führen.

Zunächst beobachtete ich nochmals unsere Dromedare. Sie zeigten keinerlei Unruhe, mithin konnte ihnen der leichte Ostwind auch nicht mehr die Witterung von Fremden zuwehen. Von jener Seite hatte ich also jetzt nichts zu fürchten. Anders leider stand es mit den Felsenhügeln nach Süden hin, in denen man Harald überrumpelt hatte. Von dort aus konnte ich unschwer durch eine Kugel unschädlich gemacht werden, ohne einen Schützen auch nur zu Gesicht zu bekommen. Nach Norden zu wieder, ebenso nach Westen, lag die offene, flache Sandwüste wie eine gelbbraune Tenne vor mir.

Ich nahm mein Fernglas wieder zur Hand und beäugte die Felsenhügel, prüfte jede Zacke, jeden Vorsprung, ob dahinter nicht ein verdächtiger Turban sichtbar wäre. Aber ich bemerkte nichts, absolut nichts. Und eine gewisse Sicherheit, dass dort tatsächlich niemand verborgen wäre, gaben mir auch die dort in kleinen Schwärmen kreisenden Felstauben von jener blaugrauen Art mit gelben Höckerschnäbeln, wie sie Zentralindien überall in gebirgigen Gegenden angenehm bevölkern, denn sie sind leicht zu erlegen und wirklich sehr wohlschmeckend.

Unter diesen Umständen besann ich mich nicht lange, trabte zum Lagerplatz zurück, ließ die folgsamen Dromedare niederknien und legte ihnen Zäume und Sättel an, befestigte die Packtaschen, schnürte dem Lastkamel die Wasserschläuche auf und ließ mein Reittier dann in flotter Gangart nach Norden zu in die

Sandebene hinauseilen, indem ich die beiden anderen Kamele an einer Leine hinter mir her zog.
Glück hatte ich gehabt, unverschämtes Glück! Denn kaum war ich etwa hundert Meter von unserer Oase entfernt, als links von mir das Singen einer Kugel mein Reittier einen Seitensprung tun ließ. Noch acht weitere Schüsse wurden mir in unregelmäßigen Zwischenräumen nachgeschickt.
‚Sonntagsjäger!', dachte ich verächtlich. Nicht einmal die Dromedare hatten die Kerle zu treffen vermocht. Es mussten elende Schützen sein, oder ihre Gewehre taugten nichts. Diese zwecklose Knallerei hinter mir her gab mir neuen Mut. Leute, die derart miserabel schossen, waren selbst zu vieren kaum besonders ernst zu nehmen.

Ich jagte also zunächst noch im langen Kameltrab bis zu einer hohen Düne, die den Beginn eines wellenförmigen Wüstenteiles ohne jede Vegetation vorstellte. Nach einer halben Stunde ritt ich dann nach Westen, beschrieb einen Bogen und bewegte mich jetzt, dauernd in Senkungen mich haltend, parallel zu meiner nördlichen Fährte nach Süden zurück. Ich machte nach abermals einer Viertelstunde halt und erklomm zu Fuß eine kahle Anhöhe, von der aus ich, mich sorgsam gegen Sicht deckend, nach den Verfolgern auspähte. Aber ich sah niemanden. Ich wartete fünf Minuten, zehn Minuten…

Ich konnte ungefähr berechnen, dass meine nördlichen Spuren von diesem Hügel kaum fünfhundert Meter entfernt sein könnten. Mein starkes Fernglas brachte mir die ferne Oase und die Felsenhügel recht nahe. Aber kein einziges Lebewesen war sichtbar. Nur die Taubenschwärme umkreisten dort gen Süden ihre steinigen Nistplätze, und ein halbes Dutzend Aasgeier, diese geflügelten Leichenfledderer, schwebten schräg über mir in mäßiger Höhe.

Ich war nun im Grunde genommen so klug wie vorher. Mein schöner Plan war ins Wasser gerutscht. Die vier Gegner, die meinen Harald überlistet hatten, gaben sich offenbar mit diesem Teilerfolg ihrer mir unklaren Absichten zufrieden, was doch immerhin ziemlich merkwürdig war.

So lag ich also oben auf der Kuppe einer einzelnen Sanddüne und ging mit mir zu Rate, wie ich es nun anstellen sollte, Harald zu befreien, ohne mich selbst der Gefahr auszusetzen, ein gleiches Missgeschick wie er zu erleiden. Ja – was sollte ich nunmehr beginnen? – Schwierige Frage, zumal ich hier in der prallen Sonnenglut der Mittagsstunde unmöglich auch nur noch fünf Minuten länger ausharren konnte. Ebenso musste ich auch für die drei Tiere eine schattige Stelle suchen, da die Hitze außergewöhnlich groß war, und da selbst ein Kamel, das bisher in den kühleren Gebieten der Thar gelebt hatte, derartige Glutwellen nur verträgt, wenn es dauernd in Bewegung bleibt.

Ich hielt also nochmals Umschau. Nach Osten zu, wo der Große Salzsee, unser Ziel, liegen musste, bemerkte ich dann eine halbe Meile entfernt, eine einzelne, recht hohe und sehr zerklüftete Felsmasse, die mitten aus dem gelbbraunen Sand herauswuchs wie man dies in der Thar ebenso häufig findet wie in der Sahara.

So ritt ich denn auf diesen gewaltigen, dunklen Granitblock zu, indem ich mich vorsichtshalber wie bisher stets in den Dünentälern hielt. Je mehr ich mich dem imposanten Steingebilde näherte, das in seinen Umrissen fast einer Burgruine glich, desto deutlicher erkannte ich die enormen Abmessungen dieses zerrissenen, unregelmäßigen, zackigen und mit tiefen Einkerbungen versehenen Felsens. – Ich freute mich über seine Höhe von gut fünfzig Metern. Denn dort würde ich fraglos ein schattiges Plätzchen entdecken, wo ich in Ruhe über meine weiteren Schritte nachdenken könnte.

Endlich hatte ich, aus einem langgestreckten Tal im Trab emporreitend, die Steinmasse dicht vor mir. Ich stutzte. – Auf einem Vorsprung, etwa zehn Meter über dem Boden, gewahrte ich eng aneinandergedrängt und fast regungslos dasitzend etwa zwanzig schwarze Katzen!

Die Tiere schauten mir entgegen, als ob sie der Anblick eines Menschen hoch zu Dromedar durchaus nicht erschrecken würde, als wären sie also diesen Anblick gewohnt. Ich näherte mich von Norden her. Ungefähr dreißig Schritte war ich noch vom Fuße des mächtigen Felsgebildes entfernt, als ich einen schrillen Pfiff vernahm, woraufhin die Katzen blitzschnell verschwanden.

Ich hätte wetten mögen, dass dieser Pfiff durch eine Trillerpfeife und menschliche Lippen hervorgerufen worden war, verwarf diesen Gedanken sofort wieder als allzu unwahrscheinlich und sagte mir, dass irgendeinem Vogel, der in den Klüften dieses Steines hauste, die schrillen Töne zuzuschreiben seien. Die Katzen waren eben schließlich doch vor mir entflohen, und der Pfiff hatte mit ihrem jähen Verschwinden gar nichts zu tun. Im Schatten der hier steil aufragenden Felsmasse band ich die drei Dromedare fest und begann dann den Steinkoloss, die entsicherte Büchse im Arm, rasch zu umschreiten, um festzustellen, ob ich in der Nähe des Felsens verdächtige Fährten bemerken könnte.

Nichts davon. Überall war die Sandoberfläche glatt und unberührt, bis auf zahllose Eindrücke von Katzenpfoten. Bei diesem Rundgang sah ich auch, dass der gewaltige Stein ohne besondere Hilfsmittel von keiner Seite zu erklimmen war, da der sockelartige, fünfseitige Unterteil überall fast senkrecht anstieg.

Ich kehrte zu meinen Tieren zurück, gab ihnen zu saufen und legte mich recht erschöpft zwischen ein paar Steine, steckte mir eine Zigarre an und starrte in den lichtblauen Himmel empor. Doch meine Ruhe währte nicht lange. Ein besonderer Gedanke trieb mich hoch. – Das Katzenfell in der Satteltasche, dieser ungewöhnliche Brief...! Gab es eine bessere Gelegenheit als jetzt, wo ich vorläufig doch nichts unternehmen konnte, ihn zu lesen? Ich schnallte die Satteltasche auf und holte das tadellos gegerbte Fell hervor. Zwanzig Schritte weiter verlief die Schattengrenze des Felsens. Dort stellte ich mich hin und ließ die pralle Sonne auf die Lederseite des Katzenbalges scheinen. Und – sehr bald wurde denn auch die Schrift sichtbar. In den Händen das Fell straff haltend, las ich folgendes:
Alwar, den 15. Mai 1926
Anni – einst meine Anni, jetzt nur noch zum geringsten Teile mein – Anni, ich hoffe, dass du meine Andeutungen in dem

gleichzeitig mit diesem Katzenfell und einigen Raritäten an Dich abgehenden Brief, der wie immer postlagernd auf Deine Abholung wartet, verstehen und die Schriftzeichen durch Licht auf diesem Katzenbalg sichtbar machen wirst. Anni, das, was ich heute hier mit chemischer Tinte diesem Fell anvertraue, ist unser Abschied für immer. Vielleicht hast du bereits geahnt, dass es meinem innersten Wesen längst widerstrebte, die Frau eines anderen zu meiner Geliebten zu haben, selbst wenn diese Frau einst in freier Hingabe mir gehörte. Anni, unsere Beziehungen müssen ein Ende haben – unbedingt! Ich würde daran zu Grunde gehen, wenn ich sie fortsetzen wollte. Nicht etwa, dass ich Dich nicht mehr liebe! Nein, Anni, was je in meinem Herzen für Dich an reinen Empfindungen glühte, wird nie verlöschen. Glaube mir, dass es mir unendlich schwer wird, Dir auch noch das letzte mitzuteilen: Edward Lanning wird fernerhin für die Welt tot sein! Ich werde in der Thar-Wüste während meiner kleinen Expedition nach dem Salzsee verschwinden. Ich werde auch von Dir, deren Energie und Zähigkeit ich kenne, nie mehr gefunden werden. Gib dir keine Mühe, irgendeinen Verfolger auf meine Fährte zu setzen. Ich habe Vorsorge getroffen, dass ich unter fremdem Namen und mit neuem Gesicht in einem anderem Erdteil ruhig, wenn auch freudlos, meine Tage als Einsiedler beschließen kann. So sage ich Dir denn hier Lebewohl, meine Anni. Gott gebe Dir Frieden und Glück! Dein Edward

So also lautete dieser seltsame Abschiedsbrief. Ich überflog ihn nochmals, bevor ich in den Schatten zurückschritt und das Katzenfell mit einer gewissen Ergriffenheit wieder in die Satteltasche zu dem Wachskopf packte.

Der Brief bewies ja, dass diese Anni und dieser Lanning einst eine selige Liebeszeit miteinander durchkostet haben mussten, dass dann besondere Umstände diese Anni zur Ehe mit einem andern zwangen und dass es dann gekommen war, wie es kommen musste: Treubruch dem Gatten gegenüber, erwachendes Gewissen des Liebhabers und nun das Ende. Gewiss

– alltägliche Menschenschicksale! Und doch war dieses besondere Schicksal hier umgeben von zahllosen noch ungeklärten Fragen. – Weshalb diese unglückliche Ehe mit einem andern – weshalb? Das war doch immer der Hauptpunkt eines ganz alltäglichen Rätsels.

Während ich noch die Satteltasche zuschnallte, vernahm ich wiederum diesen schrillen Trillerpfiff. Ich erschrak gehörig und schaute in die Höhe. Dort oben auf dem Felsvorsprung, wo vorhin die Katzen gesessen hatten, dort oben stand ein Mann in einem sandgelben Leinenanzug und mit einem Tropenhelm auf dem Kopf. Ich traute meinen Augen nicht. – Das war doch Georg Amalgi, unser Freund! Er winkte mir zu.

„Hallo Schraut!", rief er mir sichtlich erfreut zu.

„Doktor!", rief ich zurück. „Ich kann es fast nicht glauben!"

Eine lange Hanfleine rollte in die Tiefe, wobei sie hin und her pendelte. Doch ich fing ihr hüpfendes Ende, hing meine Büchse um und begann an ihr emporzuklimmen. Oben schwang ich mich über den Rand der Felsterrasse und richtete mich auf. Die Leine war um eine Steinzacke geschlungen. Die breite Terrasse war leer. Es war niemand zu sehen. Und nirgends gab es eine Spalte oder dergleichen, worin sich Amalgi hätte versteckt haben können.

„Amalgi?!", rief ich. Doch es kam keine Antwort. Ich kratzte mir den Kopf. Was war hier los?! Hatte ich etwa einen Sonnenstich?

IV. Die falschen Perser

Amalgi war einfach nicht mehr da, als hätte er sich in Luft aufgelöst! Was bedeutete das? Wollte er sich einen Scherz mit mir erlauben? Das wäre aber ein ziemlich geschmackloser Scherz gewesen angesichts dieses unerhörten Zufalls, uns in dieser weiten Landschaft zu begegnen. Weshalb hatte er mir denn zugewinkt, mir die Leine zugeworfen und mir so das Erklimmen der Terrasse ermöglicht?

Ich blickte also hierhin und dorthin; kein Amalgi, auch keine Katzen. Da war kein Winkel, in dem er sich hätte verbergen können, auch keine Möglichkeit, die Terrasse etwa nach oben hin zu verlassen; nein, da hätte er schon fliegen müssen. Ziemlich verwirrt und ratlos stand ich da. Und dann auf einmal zuckte ich zusammen. Ich hatte zufällig nach rechts in die Wüste hinausgeschaut von dieser Anhöhe und hatte gerade zwei Dromedarköpfe und die Turbane der beiden Reiter über einem Dünenkamm auftauchen gesehen.

Ich ging sofort in Deckung. Am Rand der Felsterrasse lag genug Geröll, hinter dem ich mich verbergen konnte. Im Nu hatte ich das Seil hochgezogen. Vorsichtig spähte ich zwischen dem Geröll nach den Reitern aus. Tatsächlich – die vier Verfolger und mein alter Harald als Gefangener auf einem Lastkamel – gefesselt und mit verbundenen Augen.

Überaus vorsichtig näherten sich die vier der Stelle, wo unsere drei Tiere jetzt widerkäuend im Schatten ruhten. Sowohl die beiden schwarzbärtigen Ratschputen als auch die Perser hielten ihre Gewehre schussbereit. Jetzt trennten sie sich. Offenbar wollten sie mir, den sie wohl in den Steintrümmern am Fuße der gewaltigen Felsmasse rastend oder schlafend zu finden vermuteten, jeden Fluchtweg versperren. Die Ratschputen sprangen von ihren Dromedaren und schlichen auf meinen Lagerplatz zu, während die beiden Perser, die bei näherem Hinsehen merkwürdig stoppelbärtig aussahen und reichlich korpulent waren, unschlüssig vom Sattel ihrer vorzüglichen Reitdromedare aus das Vorgelände beobachteten, als ob sie jeden Moment eine Kugel erwarteten. Hinter ihnen, durch zwei Leitseile an die Tiere der Perser befestigt, stand das Lastkamel, auf dem der gebundene Harald hockte, der dem Anschein nach in aller Seelenruhe der weiteren Entwicklung der Dinge harrte. Ich frohlockte still hinter meiner Deckung. Die Situation war auf diese Weise zu meinen Gunsten umgeschlagen.

Wenn ich ebenso brutal wie die vier Verfolger hätte vorgehen wollen, die vor etwa zwei Stunden so wütend hinter mir drein gefeuert hatten, brauchte ich die Ratschputen nur abzuschießen, und die Perser wären mir mitsamt ihrem Gefangenen sicher gewesen. Aber ich verzichtete auf ein solches Blutvergießen. Ich konnte mich auf meine sichere Hand bei der Führung der Büchse verlassen und mir die Kugeln für den äußersten Notfall aufsparen.

So wurde ich denn von meinem hohen Versteck aus Zeuge, wie die Ratschputen ergebnislos nach mir suchten, bis sie meine Fährte fanden, die ich im Sand hinterlassen hatte, als ich den Felskoloss umschritt. Diese nach links führenden Spuren schienen den beiden Indern zu sagen, dass ich zu Fuß geflohen sei, als ich die vier sich nähern sah. Einer der beiden holte nun sein Reittier und trabte ebenfalls nach links davon – mir nach, wie er wohl bestimmt annahm.

Jetzt wagten die Perser, die die übliche Tracht der in Nordwestindien umherreisenden persischen Händler trugen, sich bis zum Lagerplatz hin. Der andere Ratschpute musste Harald bewachen, und die stoppelbärtigen Dickbäuche, die mich auf der Flucht vermuteten, machten sich jetzt über den Inhalt unserer Satteltaschen her, wobei sie angeregt miteinander flüsterten.

Da ich keine dreißig Meter, in der Luftlinie gemessen, von ihnen entfernt war, konnte ich ohne Schwierigkeiten verstehen, was nun zu meinem grenzenlosen Erstaunen zwischen ihnen und Harald in englischer Sprache verhandelt wurde. Der eine der dicken Perser hatte jetzt das Katzenfell gefunden, der andere wickelte den Wachskopf Edward Lannings aus seiner Umhüllung. Als der Kopf zum Vorschein kam, stierten die beiden

ihn zunächst wahrhaft entgeistert an. Dann rief der eine, der kleinere, Harald zu: „He, Sir, weshalb schleppen Sie dieses Ding mit sich herum, diesen wächsernen Kopf?"
Und Harald erwiderte: „Als Talisman, Verehrtester, nur als Talisman. Er sollte uns Glück bringen, aber leider..."
Der Perser lachte fettig – ein gluckerndes, unangenehmes Lachen und meinte: „Dass der berühmte Detektiv Harst abergläubisch sein könnte, hätte ich nicht geglaubt."
Da mischte sich der größere ein. Ohne Frage hatten seine Haltung, seine Art zu sprechen und seine Handbewegungen etwas Gebieterisches. Dieser Perser schien das Befehlen gewöhnt zu sein.

„Nimm dem Gefangenen die Augenbinde ab", sagte er sehr kurz. Der Befehl wurde ausgeführt. Harald überschaute die Szenerie. Er lächelte den größeren Perser freundlich an. Der fragte nun: „Woher haben Sie diesen Wachskopf?"

„Ein Geschenk", entgegnete Harald auf Deutsch. „Ich denke, wir unterhalten uns bequemer in unserer Muttersprache", fügte er mit derselben ironischen Überlegenheit hinzu. „Sie beide sind genau so wenig Perser wie Schraut und ich, meine Herren. Ihr Äußeres verrät Sie. Ein in Indien umherziehender persischer Händler dritter Güte, worauf ihre Kleidung hindeuten sollte, hat keine Goldplomben in den Zähnen und keine so tadellos gepflegten Hände. Geben Sie diese Komödie nur auf. Sie sind Deutsche, und was Sie von mir und Schraut wollen – erpressen wollen, weiß ich ebenfalls, Herr Kommerzienrat Laubinger..."
Der größere schnitt ein Gesicht, als ob er soeben eine Backpfeife erhalten hätte. Der kleinere glotzte total verdattert zu Harald empor. Und diesem kleineren nickte Harst jetzt gönnerhaft zu und meinte: „Sie sind der ehemalige Dampfersteward Gustav Laubinger, das Schmerzenskind der Familie; gewesener Student, nachher Schuhputzer in Neu York, dann Kohlentrimmer, schließlich Steward, jetzt von Ihrem reichen Bruder in Gnaden wieder aufgenommen und als Gefährte bei dieser... Vergnügungstour nach Indien infolge Ihrer Reiseerfahrung von eini-

gem Nutzen. – Sie sehen also, meine Herren, dass ich Sie recht genau kenne, obwohl ich Sie in Alwar zum ersten Male und bereits in derselben mäßigen Verkleidung zu sehen bekommen hatte. – Haben Sie noch Fragen, Herr Kommerzienrat?"
Der größere Laubinger hatte seinen Ärger bereits hinuntergewürgt und rief drohend: „Sie werden mir jetzt die Wahrheit sagen, Herr Harst, wie Sie in den Besitz dieses Wachskopfes gelangt sind, oder... ich werde Zwangsmittel anwenden!"

Diese Drohung war fraglos nicht nur so hingeredet. Laubingers Miene verriet, dass er zu allem entschlossen war. Mein alter Harald antwortete kühl: „Zwangsmittel – hm? Ob Sie dazu noch Zeit finden werden? Ich bezweifle es."
Und sein Blick ging unmerklich über den Rand der Terrasse hinweg in meine Richtung. Die Laubingers kehrten mir den Rücken zu. Kein Zweifel: Harald wusste, wo ich steckte. Er hatte auch den letzten Satz mit erhobener Stimme gesprochen und mir damit zu verstehen gegeben, dass ich nun eingreifen sollte. Ich brüllte aus voller Lunge: „Hände hoch!"
Und gleichzeitig feuerte ich und traf, was ich treffen wollte; dem Ratschputen flog die Büchse aus den Händen. Er kreischte laut auf vor Schmerz. Ich brüllte nochmals: „Ich hab euch im Visier! Bindet Harst sofort los!"

Nun – die drei Gegner da unten waren keine siebenmal gesiebten Wegelagerer, sondern harmlose, leicht einzuschüchternde Hasenfüße. Sie gehorchten. Und Harald war wieder frei. Ich konnte sehen, wie er seine Remingtonbüchse aus der Satteltasche eines Dromedars hervorzog und prüfte, ob sie geladen war und...

Mehr sah ich nicht. Ich lag also hinter den Felsstücken am Rande des Abhangs und bekam urplötzlich von hinten einen Schlag auf den Schädel...! Mir wurde schwarz vor Augen. Ich spürte nur noch, dass ich an den Beinen rückwärts fortgeschleift wurde, bevor mein Bewusstsein völlig erlosch.

V. Die indische Fürstin

Mein Bewusstsein kehrte allmählich zurück. In meinem Kopf pochte ein höllischer Schmerz. Ich traute meinen Augen nicht, deren Lider bleischwer zu sein schienen und die ich deshalb kaum öffnen konnte… und die ich dann doch vor Staunen ganz weit aufriss.

Da war ringsum eine hohe Felsenmauer und da spross auf einmal inmitten dieses Tales mit seinen schroffen Wänden eine überaus üppige Vegetation: Bäume aller Art, große Palmen und dichte Nadelbäume, dazu blühende Sträucher, niederes Gestrüpp, grünes Gras und bunte Blumen…

Und ich selbst war mit Stricken an einen Baum am Rande einer Lichtung gefesselt. Im Übrigen war hier keine menschliche Seele zu sehen, dafür eine Unmenge dieser schwarzen Katzen. Das waren mindestens hundert, so schätzte ich. Sie trieben sich auf der Lichtung und in den Kronen der Bäume herum, spielten miteinander, fauchten sich an, veranstalteten Hetzjagden in den Wipfeln und nahmen glücklicherweise keinerlei Notiz von mir.

Man hatte mich so an den Baum gebunden, dass ich im Schatten stand. Die Fesseln drückten mir ins Fleisch. Ich konnte nicht richtig durchatmen. Meine Hände, die ich nicht sehen konnte, fühlten sich angeschwollen an. Mein Schädel brummte immer noch von dem harten Schlag. Dem Sonnenstand nach musste es bereits Abend sein. Von irgendwo war das leise Plätschern fließenden Wassers zu hören wie von einem schmalen, sich durch zahlreiche Windungen schlängelnden Bach. Wo war ich hier nur? Wie hatte man mich so schnell an einen äußerlich so verlockenden Ort schaffen können?

Und dann allmählich kam mir die Erleuchtung: die riesige Felsmasse war größtenteils ausgehöhlt wie ein ungeheurer Kasten, wie ein Treibhaus. Ich befand mich also innerhalb des mächtigen Steingebildes in einem wahren Garten Eden inmitten der Wüste! War ich nun ein Gefangener Doktor Amalgis?

War etwa er es gewesen, der mich niedergeschlagen und an den Baum gefesselt hatte? Wäre er denn überhaupt zu so etwas fähig und an einem solchen Verrat unserer Freundschaft überhaupt interessiert? Aber was, zum Teufel, hatte Amalgi überhaupt hier im Südteil der Thar-Wüste zu schaffen, hier bei den schwarzen Katzen? Ich dachte an den schrillen Trillerpfiff, den ich für einen Vogelschrei gehalten hatte und auf den hin die Katzen vom Rande der Terrasse draußen so eilig verschwunden waren.

Meine Gedanken wurden nach und nach immer klarer, obwohl mein Kopf überaus schmerzte und es mir zuweilen noch in einer neuen Ohnmachtsanwandlung vor Augen flimmerte.

Doktor Georg Amalgi! – Sollte ich mich tatsächlich so sehr in ihm getäuscht haben?

Mein Gedankenfaden zerriss abrupt. Eine Gestalt erschien drüben unter den Bäumen der Lichtung. Aber das war nicht Amalgi, es war eine Inderin. Eine nicht mehr ganz junge, schlanke Frau mit dunklen Glutaugen, eine außergewöhnliche, braune Schönheit, gekleidet in ein buntes, federleichtes Gewand. Sie trug Sandalen aus hellem Leder. In ihrem Haar blitzten Juwelen. Um ihren zarten Hals wanden sich schimmernde Perlenketten. Sie sah mit einem lauernden Blick zu mir herüber. Langsam, sehr langsam, Schritt für Schritt kam sie auf mich zu. Sie hielt den Kopf leicht zurückgebogen, was ihrer Erscheinung einen Ausdruck von Stolz verlieh, von einer angeborenen Hoheit. Jede ihrer ruhig fließenden Bewegungen war von außerordentlicher Eleganz.

Ich wunderte mich, wie die Katzen auf die Frau reagierten. Sie folgten ihr, umschlichen sie und berührten wohl auch ein ums andere Mal leicht ihre Beine. Es war ein seltsamer Anblick; die Inderin inmitten dieser Katzenmeute wie von einer Leibwache umgeben.

Sie näherte sich mir und machte erst drei Schritte vor mir halt. Mit unbewegtem Gesicht sah sie mir gerade, fast durchdringend in die Augen und fragte dann in fließendem Englisch: „Wer bist du?"

Meine Gedanken schossen Purzelbäume. In meinem Brummschädel herrschte ein fürchterliches Durcheinander. Sollte ich dieser Unbekannten jetzt irgendeine Geschichte erzählen von einem harmlosen Touristen aus Deutschland, der sich eben mal aus reinem Vergnügen den mannigfachen Gefahren der Thar-Wüste aussetzen wollte? Sollte ich vielleicht so tun, als würde ich kein Englisch verstehen? Doch mir schwante, dass die schöne Inderin womöglich in einem Kontakt zu Doktor Amalgi stehen könnte, und der würde ihr ja alles über meine wahre Identität erzählen können. Also entschloss ich mich auf gut Glück zur Wahrheit.

„Ich heiße Maximilian Schraut und bin Detektiv", erwiderte ich endlich. Nun war es heraus.

„Was tust du hier in der Thar-Wüste?"

„Ich suche zusammen mit meinem Partner einen Mann, der in dieser Gegend verschwunden ist."

„Und die vier anderen, die Ratschputen und diese verkleideten Perser?", fragte sie.

„Was das für Leute sind, weiß ich nicht. Ich weiß nur, dass es keine Perser, sondern Deutsche sind, die sich als persische Händler verkleidet haben. Wahrscheinlich haben sie irgendeinen Grund, ihre wahre Identität zu verbergen. Sie und die beiden Ratschputen sind uns schon seit Tagen auf den Fersen. Weshalb, das wüsste ich auch gern. Ich habe keine Ahnung, was sie im Schilde führen. Ich weiß nur, dass sie meinen Freund gefangen und gefesselt haben und nun hinter mir her waren, bis... bis mir irgendwer von hinten eins auf den Schädel gedroschen hat. – Gehe ich recht in der Annahme, dass das Ihre Leute waren, Gnädigste? Und könnten Sie freundlicherweise dafür Sorge tragen, dass ich losgebunden werde?"

Auf letzteres ging die Inderin nicht ein. Sie richtete völlig unbeeindruckt weitere Fragen an mich. Sie wollte wissen, wer uns beauftragt hätte, den verschwundenen Mann zu suchen, und wer dieser Mann sei.

Jetzt begann ich allerdings einer inneren Eingebung folgend zu schwindeln. Ich erklärte also, dass die Gattin eines amerikanischen Naturforschers namens Annabel Forrester unsere Hilfe zur Auffindung ihres Mannes in Anspruch genommen hätte, dem vermutlich irgendein Unglück widerfahren sein musste. Die Frau hatte die Hoffnung noch nicht aufgegeben, dass der Verschollene noch lebend aufgefunden werden könnte. Die Inderin blickte mich daraufhin verächtlich an.

„Du lügst!", gab sie mir unverblümt zu verstehen. „Der Mann, der verschwunden ist, heißt Doktor Edward Lanning! Und weil du mich in diesem Punkt belogen hast, kann ich deinen übrigen Angaben wohl auch keinen Glauben schenken."

Wenn ich jetzt nicht an den Baum gebunden gewesen wäre, dann wäre ich ganz sicher hintenübergefallen. In mir blitzte der Gedanke auf, dass die Welt doch ziemlich klein sein musste, weil auf ihr wirklich jeder jeden zu kennen schien. Gleichzeitig verfluchte ich meine dämliche innere Eingebung, die mich zur Unwahrheit veranlasst hatte. Und wenn jemals das Gebieterische und Hoheitsvolle in dem Wesen dieser jungen Frau deutlich in Erscheinung getreten war, so war es jetzt, als sie mich mit unendlicher Geringschätzung anblickte und gleichzeitig in ihren sprechenden Augen bei Nennung des Namens Lanning ein Hass aufflackerte, der ganz eindeutig nur demselben Mann gelten konnte, den zu suchen wir ein Viertel des Erdenrunds umkreist hatten. – Nun ja, offensichtlich war ich in Person der schönen Inderin auf eine Spur des Doktor Lanning gestoßen. Noch konnte ich aber nicht wissen, ob dies ein guter oder ein böser Zufall war. Doch wie dem auch sein mochte; jetzt wurde die Sache für mich erst richtig interessant.

Der Hass, der in den Augen dieser Frau aufgeblitzt war, als sie seinen Namen nannte, brachte mich auf eine durchaus folgerichtige Vermutung. – Ganz unstrittig hatte sie Edward Lanning gekannt. Vielleicht war er ihr ja näher gekommen…? Vielleicht war auch sie wie jene Frau Anni seine Geliebte gewesen und war treulos von ihm verlassen worden? Und vielleicht könnte das Interessengeflecht um diesen Mann, das mich also mit der Inderin verband, uns beide zu Verbündeten werden lassen? Ich musste es nur recht geschickt anstellen und durfte keinen Fehler mehr machen.

Es wäre ja auch gut möglich, dass Lanning reuevoll zu ihr hatte zurückkehren wollen, um gutzumachen, was er ihr angetan hatte. Doch die braune, glutäugige Schönheit, deren Allgemeinbildung weit größer war, als man es bei einer schlichten Person aus den hiesigen Völkerstämmen vermuten konnte, diese Frau war möglicherweise zu tief verletzt und hat ihm also nicht verziehen? Es mag wohl sein, dass wegen dieser Sache, wie hierzulande durchaus nicht unüblich, einiges Blut geflossen war... Meine Gedankenkette wurde recht energisch unterbrochen.

„Willst du jetzt die Wahrheit sprechen, Fremder?", fragte die Inderin eindringlichen Tones. „Wer bist du also wirklich? Und wer sind die Leute dort draußen vor dem Felsen, die einen Mann gebunden mit sich führten, den du befreit hast, kurz bevor dich der Kolben meiner Büchse niederwarf?"

Ach, also ihr hatte ich diesen Hieb zu verdanken! Nun, sie war keine zu verachtende Gegnerin, und wenn ich nicht wollte, dass sie Harald und mich als ihre Feinde betrachtete und entsprechend behandelte, musste ich mich also wohl oder übel an die Tatsachen halten. Ich erwiderte daher: „Gut denn, ich gebe zu, wir suchen diesen Doktor Lanning. Er ist... oder besser, er war mit einer Europäerin befreundet, die uns beauftragt hat, ihn zu suchen."

„Ihr Name!", forderte die Inderin lebhaft. „Sag mir ihren Namen!"

„Sie hat uns anonym kontaktiert. Wir kennen nur ihren Vornamen, Anni", antwortete ich also wahrheitsgemäß. Die bisher zwanglos gehaltenen Hände der Inderin ballten sich zu Fäusten zusammen. Ihre Augen wurden schmal.

„Ja, Anni!", stieß sie hervor. „Anni Laubinger! Ja, jetzt fange ich an, dir zu glauben. Jetzt sprichst du die Wahrheit, Sahib."

Oh, sieh an! Sie hatte mich Sahib genannt! Allmählich sah ich mich meinem Ziel und meiner Freiheit näherkommen. Und ich hatte wieder diesen Hass in ihren Augen aufblitzen gesehen, Hass, der nunmehr jener Anni galt. Womöglich war das Hass aus Eifersucht? Da lag ich mit meinen Vermutungen wohl doch nicht so weit daneben?

Da sie mich nun fortgesetzt mit Sahib anredete, deutete sie mir an, dass sie in mir nicht mehr ausschließlich einen Feind sehen würde. Dennoch schien sie mir ein gehöriges Maß an Misstrauen entgegen zu bringen. Ihre dunkelbraunen Augen hinter den schwarzen Wimpern blieben schmal verkniffen. Sie fragte weiter: „Sahib, du bist mir noch Auskunft über die Leute schuldig, die deinen Freund gefangengenommen hatten."

Weshalb sollte ich lügen? Was lag daran, wenn diese schöne, tiefgekränkte Frau erfuhr, dass sich draußen vor dem Felskoloss vermutlich der Ehemann jener Anni und dessen Bruder befanden? Als ich ihr nun kurz berichtete, wer die beiden als Perser verkleideten Leute seien, lief ein fast dämonisches Zucken über ihr Gesicht hin. Aber sie hatte sich schnell wieder in der Gewalt. Dann bückte sie sich und band mich von dem Baum los. Allerdings ließ sie mir die Hände gefesselt.

„Folge mir, Sahib!", befahl sie und fügte dann ruhig und wie entschuldigend hinzu: „Vorläufig musst du dich noch als meinen Gefangenen betrachten. Meine eigene Sicherheit verlangt das so."

Sie schritt zügig voran durch den tropischen Wald auf einem schmalen Trampelpfad. Die schwarzen Katzen begleiteten uns. Der Wald war bald durchquert; er war nicht besonders tief. Vor uns tauchte die Innenwand dieses enormen, hohlen Felsens auf. Und vor dieser dunklen Granitwand erhob sich auf einer flachen Terrasse ein prächtig verziertes Bauwerk – eine Art indischer Miniatur-Fürstenpalast von der Größe einer europäischen Stadtvilla.

Die Inderin stieg mit mir einige Marmorstufen hinauf, dann kamen wir vor den Haupteingang, eine Flügeltür aus kunstvoll geschmiedetem Kupfer. Sie stieß den einen nur angelehnten Flügel auf und wir befanden uns in einer Halle, durch deren hohe, schmale Fenster aus buntem Glas ein anheimelndes Licht fiel. Die Hitze des Tages war draußen geblieben. Überall sah ich kostbare Teppiche und mit Gold und Elfenbein verzierte Möbel.

Und da auf einmal, als ich mich gerade auf dem Höhepunkt meines Erstaunens befand, trat hinter einem Vorhang aus rotem Samt plötzlich ein schlanker Mann in schlichtem, sandfarbenem Touristenanzug hervor, der ein Gewehr locker im Arm hielt. Er nahm seinen Tropenhelm ab und sagte mit einer höflichen Verbeugung zu der Inderin: „Hoheit, ich bitte um Verzeihung, dass ich mir erlaubt habe, hier einzudringen. Ich tat es gezwungenermaßen. Mein Name ist Harst."

Ich atmete erleichtert auf. Harald hatte, wie es schien, herausgefunden, dass wir es in Person dieser Inderin, die sich mir ja nicht vorgestellt hatte, mit einer Hoheit, also einer Fürstin, einer Rani zu tun hatten. Oder hatte er, wie er das manchmal zu tun pflegte, nur so ein wenig gespöttelt? Sei's drum. Ich streckte der Rani meine gefesselten Hände entgegen und sagte mit unvermeidbarem, jedoch höflich gedämpftem Triumph in der Stimme: „Wenn ich bitten darf, Hoheit..."

Sie aber starrte auf die Büchse, die Harald zwar nicht auf sie gerichtet hielt, die er jedoch jederzeit zum Einsatz hätte bringen können. Nach einer reglosen Weile sagte sie lächelnd und mit ruhiger Stimme: „Sahib Harst, Sie sollten jetzt besser keinen Fehler machen."

VI. Begegnung im Kerker

Man versetze sich in Gedanken in eine prächtige Halle mit bunten Fenstern. Man vergegenwärtige sich das Bild: Ich neben der indischen Fürstin, sie links von mir, vor ihr mein Freund Harald mit der Büchse im Arm, die rechte Hand um den Abzugsbügel gelegt.

„Hoheit, Rani Gadwura Arowa, was sollte falsch daran sein, wenn ich Sie höflich ersuche, der Bitte meines Freundes nachzukommen und ihm die Fesseln abzunehmen?", fragte er in sanftem Tonfall. Die Inderin richtete sich höher auf und sah Harald mit stolzem, ja, geradezu hochmütigem Blick entgegen und verkündete: „Sahib Harst, Sie werden gleich begreifen, dass Sie hier nicht zu befehlen und auch nichts zu erbitten haben. Hier in diesem Hause haben Sie nur zu gehorchen, und zwar ausschließlich mir!"

Harald hatte darauf nur ein überlegenes Lächeln zur Antwort. Doch in seinen Augenwinkeln konnte ich, der ich ihn schon so lange kannte, auch einen Anflug von Nervosität bemerken. Für einige wenige Sekunden rührte sich niemand. Dann rief die Fürstin nach der rechten Hallenwand hin, wo einer dieser ziemlich mächtigen, metallverzierten Schränke stand, dorthin rief sie also ein einziges scharfes Wort. Oder war es ein Name? Sie rief: „Galbi!"

Nur dies eine Wort, den einen Namen. Zwei der Schranktüren öffneten sich einen Spaltbreit. Aus dem dunklen Innern streckten sich zwei Karabinerläufe hervor...! Der eine war auf Harald, der andere auf mich gerichtet. Ich schaute wie gebannt dorthin. Darum bekam ich nicht gleich mit, dass hinter einer der sechs Säulen zwei Gestalten vorschnellten und Harald in den Rücken fielen. Wehrlos wie ich war, musste ich es untätig geschehen lassen. Ein kurzes Ringen, dann hatten die beiden riesigen Ratschputen Harald die Hände auf dem Rücken zusammengeschnürt. Sie stellten ihn einigermaßen behutsam wieder auf die Füße und verbeugten sich knapp gegen ihre Herrin.

Auf ein winziges Handzeichen der Fürstin verschwanden die beiden genauso schnell und lautlos, wie sie erschienen waren. Haralds Waffe hatten sie natürlich mitgenommen. Ich bemerkte, wie sich die beiden Karabinerläufe in dem Schrank wieder zurückzogen und sich die Türen leise schlossen.
„Folgen Sie mir, meine Herren!", befahl uns die Inderin. Der nahezu gleichmütige Ton, in dem sie das sagte, die vollkommene Selbstsicherheit, die dieser Ton vermittelte, machte uns begreiflich, dass hier jeder Widerstand zwecklos gewesen wäre. Ich tauschte mit Harald einen resignierten Blick.

So ging es denn aus der Halle in einen halbdunklen Korridor und dann eine durch Öllampen schwach erhellte Steintreppe hinab. Uns umstrich eine angenehm kühle, doch unangenehm muffig riechende Luft. Die Inderin hatte eine der Lampen aus der eisernen Halterung ausgehakt und leuchtete voran. Hier waren in eine natürliche Grotte, in welche diese Treppe von etwa dreißig Stufen hinablief, einige kleine Gelasse mit eisernen Gittertüren eingebaut; ein richtiges Gefängnis. Eine dieser Türen wurde nun von der braunen Schönheit entriegelt und geöffnet. Eine knappe Handbewegung wies uns an, in den dunklen Raum hineinzugehen. Harald zögerte. Und mir war auch nicht wohl dabei, denn wenn sich diese Tür erst hinter uns schließen würde..., wären wir dieser Frau, deren wahren Charakter ich nicht einmal ansatzweise einzuschätzen vermochte, auf Gedeih und Verderb ausgeliefert.

Harald unternahm den schwachen Versuch eines Einwandes: „Rani Gadwura Arowa, vielleicht sollten wir erst einmal klären, welche Interessen Sie und wir überhaupt verfolgen. Vielleicht ist es gar nicht notwendig, dass wir uns gegeneinander..."
Doch er kam nicht weiter. Im trüben Lichtkreis der Öllampe erschienen zwei riesenhafte Gestalten – die Ratschputen, die Diener der Inderin. Ob es die gleichen Kerle waren, die Harald oben in der Halle gefesselt hatten, war in dem Dämmer nicht zu erkennen. Die Männer packten zu. Sie hatten Riesenkräfte. Im Griff ihrer Hände schienen meine Arme wie von Schraubstöcken zusammengepresst zu sein. Recht unsanft beförderte man

uns so in das schmale, lange Gelass, in die beängstigende Finsternis hinein. Die Eisentür schlug dröhnend zu, der schwere Riegel kreischte einmal hell und kurz auf wie ein Hund, dem man einen Tritt versetzt.

Es war nahezu stockdunkel. Ich hörte Harald dicht neben mir atmen.
„Max?", ließ er sich nach einer Weile hören.
„Ja?"
„Alles in Ordnung mit dir?"
„Aber ja", antwortete ich. „Bis auf die Tatsache, dass sich mein Schädel anfühlt wie nach dem Tritt von einem Pferd und dass ich ziemlich dringend pinkeln muss, geht es mir eigentlich ausgesprochen prächtig."
„Na dann…", meinte Harald, „werde ich dir erst mal die Fesseln aufknoten."

Es dauerte eine ziemlich lange Zeit, bis Harald mit dem Lösen der Schnüre zurechtgekommen war, denn diese Fesseln schienen absolut fachmännisch geknotet gewesen zu sein. Bevor ich mich daranmachte, meinen Freund von ihnen zu befreien, schlich ich mich an der Wand entlang den Gang bis zur Gittertür zurück, wo ich mich erst einmal erleichterte.

Nach einer geraumen Weile des Zupfens und Rüttelns an den rauen Schnüren und dem Verlust eines meiner Fingernägel und nachdem eine ganze Anzahl von mir ausgestoßener Flüche endlich verklungen waren, hatte auch Harald die Hände wieder frei. Und auf einmal – siehe da! – blitzte seine Taschenlampe auf. Die hatte man ihm also nicht abgenommen.

Jetzt konnten wir sehen, wo wir waren. Der Gang führte noch weiter ins Innere des Felsens. Wir folgten ihm noch einige Schritte. Und dann sahen wir ein Gewölbe, dass viel größer war, als wir es angesichts der niedrigen Gittertür und des schmalen Ganges zunächst erwartet hatten. Wir sahen ein paar niedere Pritschen mit Kissen und Decken, sogar ein paar halbwegs bequeme Lehnstühle mit Ledersitzen, zwei kleine Tische und auf diesen je eine Öllampe. Da waren Teller, Kannen, sogar Messer und Gabel, ein blecherner Aschenbecher und ein Glaskästchen mit Zigaretten... Erstaunlich, diese Ausstattung!

Dann sahen wir auf dem Bett eine Gestalt, einen Mann, der auf dem Bauch lag und mit etwas verkniffenem Gesicht in den Strahl der Taschenlampe blinzelte. Es war ein Mann mit einem schmalen, klugen Gesicht, es war... Doktor Georg Amalgi!

„Tag, meine Herren", begrüßte er uns mit leiser Ironie. „Ein unverhofftes Wiedersehen, nicht wahr? Harald Harst und Max Schraut, ich war nicht wenig überrascht, als ich Sie an Ihren Stimmen erkannte, schon seit einer ganzen Weile. Ich war schon überrascht, als ich Schraut draußen in der Wüste sah und ihm dann auf die Felsterrasse helfen konnte. Leider hatte die Fürstin diese Eigenmächtigkeit jedoch sehr übel vermerkt und ließ mich durch ihre Schergen hier nach unten bringen, während ich mich bisher in dieser bewaldeten Riesenschüssel relativ frei bewegen durfte."

Amalgi setzte sich jetzt aufrecht.

„Ich werde die Lampe anzünden, damit Sie die Batterie Ihrer Taschenlampe schonen können."

Sogleich flammte die Öllampe auf und verbreitete um sich einen kleinen, doch hinreichenden Lichtkreis. Harald und ich hatten immer noch kein Wort gesprochen, so sehr hatte uns diese Begegnung überrascht.

„So, nun nehmen Sie Platz", sagte Amalgi mit der ihm eigenen, etwas spröden Liebenswürdigkeit, die sich in diesem merkwürdigen Verlies recht sonderbar ausnahm.

„Wir werden uns gegenseitig mancherlei zu berichten haben, denke ich", fuhr Amalgi zu plappern fort. „Dort sind Zigaretten, wenn Sie möchten. Und hier in dieser Kanne ist Wein, wie ich feststellen konnte. Die Becher dort scheinen sauber zu sein..."

Und so tranken wir denn einen Willkommensschluck, wir drei – in der Thar-Wüste, in einem Kerker, unterhalb der eigentümlichsten Oase, die ich je in einer solchen Sand- und Steinwildnis je vermutet hätte. Natürlich war es leichtsinnig, dieses Getränk überhaupt anzurühren, dass uns hier in einer reichlichen Menge zur Verfügung stand; es hätte ihm ja irgendetwas Giftiges beigemischt sein können. Doch die Aufregung des soeben erlebten, die Schmerzen und der Durst ließen uns die Bedenken über Bord werfen. Es war ein köstliches Getränk, kühl und feurig. Vermutlich war es Bahawalpur-Wein, gewachsen auf den Ostabhängen der fernen Berge von Belutschistan, wo dieses Landes Grenze sich mit der des indischen Riesenreiches vereinigt.

Die altertümliche Öllampe schickte einen dünnen Qualmfaden zur Decke der Zelle empor. Durchaus wohlriechend war das Öl, durchtränkt mit Ambra. – Ambraduft in diesem Kerker; es war, als ob wir uns in einer Kirche befänden.
„Wer beginnt?", fragt Amalgi, nachdem wir uns Zigaretten angezündet und uns bequem zurückgelehnt hatten.
„Sie bitte, fangen Sie an, Doktor", meinte Harald. „Wie sind Sie überhaupt hierher in die Thar-Wüste geraten?"
Amalgi zuckte die Achseln und erwiderte: „Die Thar ist mir nicht fremd. Ich habe vier Jahre hier gelebt, habe hier in Indien die alten Geheimwissenschaften der Drawiden studiert, habe mit wortkargen Yogis monatelang in windschiefen Hütten gehaust und alle Kasteiungen und Selbstfolterungen durchgemacht, die uns Menschen schließlich zu einer Vorstufe wahrer Macht führen: zur Gewalt des Geistes über den Leib – diesen jämmerlichen Leib, der uns ständig vorlügt, er sei die Hauptsache an der Gesamtheit Mensch! – Ein frecher Schwindel unseres individuellen Bewusstseins! Nichts ist nebensächlicher als dieser sichtbare Körper. Und nichts ist, wenn man die Vorstufe wahrer Herrschaft der Seele über den sterblichen Kadaver erlangt hat, gleichgültiger wie dieses Gebilde aus chemischen Bestandteilen. – Harst, bitte... fühlen Sie mir den Puls."
Harald tat es.
„Was stellen Sie fest?", fragte Amalgi nach einer Weile lächelnd.
„Soeben war Ihr Puls noch außerordentlich kräftig. Jetzt ist er sehr schwach... jetzt gar nicht mehr zu spüren. Tatsächlich –

Ihr Herz scheint nicht mehr zu schlagen, der Blutkreislauf stockt. – Ich gebe zu, dass ich dieses Kunststück bisher nur bei indischen Yogis beobachtet habe."

Amalgi nickte: „Vielleicht findet sich ja noch eine Gelegenheit, Ihnen beiden einen tieferen Einblick in die Geheimlehre der Drawiden zu gewähren. – Jetzt zu etwas Anderem; also ich fuhr mit dem U-Boot zunächst nach Bombay weiter, wo ich es zurückließ. Dann reiste ich per Eisenbahn mit Hubert nach Amber, wo ich ihm auftrug, auf mich zu warten. Meine Weiterreise wäre für ihn zu strapaziös gewesen. Ich wollte ganz allein ein Geheimnis ergründen, das seine verschlungenen Fäden aus weiter Vergangenheit herüberreckt bis in die Gegenwart. Ein Zufall führte mich vor ein paar Tagen zu diesem gewaltigen Felsgebilde hier. Die Katzenspuren ringsum gaben mir zu denken. Ich fand einen Weg, den Felsen zu erklettern, und es gelang mir auch..."

Harald unterbrach ihn: „Wie denn, Doktor? Wie ist es Ihnen gelungen?"

Amalgi senkte etwas den Kopf und schwieg. Erst nach einer geraumen Weile erwiderte er: „Halten Sie mich bitte nicht für unhöflich, Harst. Diese Frage berührt ein Gebiet, das ich bis auf weiteres für mich behalten möchte..."

Harald meinte höflich: „Wir werden uns in Ihre Geheimnisse nicht eindrängen, Amalgi. Wir überlassen es Ihrem Gutdünken, uns vielleicht später..."

Amalgi streckte ihm unvermittelt die Hand hin.

„Herr Harst, Sie werden einst mein Erbe werden", sagte er. „Sie werden einst mein Vermächtnis erfüllen, und dann werden Sie und Schraut erst merken, dass es Dinge zwischen Himmel und Erde gibt, die niemand im fernen Deutschland bisher auch nur im Entferntesten ahnt. Ich weiß, dass ich nur noch einen Monat zu leben habe. Anfang November werde ich... sterben – nun ja, was die Menschen so sterben nennen. Ich werde meinen Körper eigentlich nur ablegen wie ein altes Kleidungsstück..."

Harald und ich starrten den Doktor einigermaßen verständnislos an. Er schien einen Moment verwirrt zu sein. Mich überkam ein leichter Zweifel, ob dieser Mann denn noch bei klarem Verstand sei. Oder war es der starke Wein, der ihn zu solch fragwürdigen Äußerungen brachte.

„Aber nein", begann er mit kurzer Handbewegung einen neuen Satz. „Sie beide würden mich für einen Phantasten halten, wenn ich ihnen mitteilen wollte, auf welche Art von Fortexistenz ich rechne..."

Amalgi wechselte unvermittelt das Thema und berichtete uns dann noch, wie es ihm von der nördlichen Felsterrasse aus gelang, in das Innere des Steinkolosses zu kommen; indem er nämlich einen geheimen Gang entdeckte, der dort in das Gestein eingesprengt und dessen Eingänge sorgfältig durch geschickt angelegte Türen aus Granitplatten verborgen waren. Die beiden riesigen Ratschputen überfielen ihn dann unversehens, und die Inderin gestattete ihm nachher nur deshalb, sich innerhalb des Felsens frei zu bewegen, weil er versprach, keinen Fluchtversuch zu unternehmen.

Auf unsere Frage, ob er vielleicht zufällig etwas über Edward Lanning erfahren hatte, schüttelte er mit herabgezogenen Mundwinkeln den Kopf. Nein, dieser Name wäre ihm, seit wir ihn wohl beiläufig während unserer gemeinsamen Reise auf dem U-Boot erwähnt hatten, nie wieder untergekommen.

Damit waren Amalgis Erklärungen vorerst beendet. Und Harald war mit dem Erzählen an der Reihe. Doch dazu sollte es vorerst nicht kommen...

VII. Die Gefangene in der Felsengruft

An der Eisentür hinten im Gang waren Schließgeräusche zu hören. Amalgi meinte lakonisch: „Wir erhalten Besuch, wie es scheint."
Einer der Ratschputen trat ein, eine Öllampe in der Hand.
„Sahib Harst werden gebeten, zu Memsahib kommen", sagte der Riese in sehr stolperigem Englisch. Harald erhob sich und nickte uns zu.
„Na dann... bis bald."
Die Tür wurde von außen wieder verriegelt. Amalgi nahm sich eine frische Zigarette.
„Merkwürdige Frau, die Inderin", begann er aufs neue die Unterhaltung.
„Allerdings", stimmte ich ihm zu. „Harst nannte sie Hoheit, wusste auch ihren Namen: Gadwura Arowa."
Amalgi schien außerordentlich überrascht.
„Wirklich Gadwura Arowa?", fragte er aufhorchend.
„Ja. – Harst irrt sich selten. Woher er die Informationen über die Fürstin hat, weiß ich nicht."
Amalgi schaute mich nachdenklich an.
„Haben Sie den Namen Gadwura Arowa denn noch nie gehört oder gelesen, Schraut?"
„Nein."
„Hm – das ist sonderbar, denn diese Rani von Jaisulmir – so heißt ja das Fürstentum westlich des Salzsees in der Thar – wurde doch vor einem Jahr etwa vom indischen Vizekönig des Thrones für verlustig erklärt und sollte vor Gericht gebracht werden, weil sie so eine Art Semiramis sein soll. Sie hatte wohl etliche Männer, vornehmlich Europäer in ihren Fürstensitz gelockt und diese Leute nachher, nach zärtlichen Liebesstunden wie es heißt, spurlos verschwinden lassen."
Als Amalgi diese Sätze aussprach, fielen mir unwillkürlich die vielen Türen hier unten neben unserer Zelle ein. Sollte die Rani etwa ihre Liebhaber hier eingekerkert haben?

Amalgi sprach weiter: „Die Fürstin wurde jedoch von ihrer drohenden Verhaftung noch rechtzeitig durch einen Verräter unter den nach Jaisulmir beorderten Polizeibeamten benachrichtigt und entwischte mit all ihren Schätzen und konnte nicht mehr ermittelt werden, obwohl man sich die redlichste Mühe gab, ihr Versteck zu entdecken. – All dies war nicht nur in englischen, sondern auch in deutschen Zeitungen zu lesen, und es wundert mich daher, dass Ihnen diese Artikel damals entgangen sind."

Jetzt entsann ich mich dunkel, dass Harald mir vor längerer Zeit einmal einige Zeitungsausschnitte zum Einreihen in unsere Sammlung besonderer Vorgänge übergeben und dass ich diese Ausschnitte ganz flüchtig überflogen hatte. Es waren die Pressemeldungen über die „Semiramis der Thar-Wüste" gewesen. – Amalgi und ich waren überzeugt, dass Harald Recht hatte und dass die Inderin die Rani von Jaisulmir war, ebenso, dass deren verschwundene Liebhaber womöglich hier unten in den Zellen des Steingewölbes festgehalten würden.

„Was mag sie wohl von Ihrem Freund wollen?", meinte Amalgi nun und nippte an seinem Weinbecher. „Vielleicht erwartet ihn ja eine durchaus angenehme Stunde mit der Fürstin? Auf alle Fälle aber muss sie verhindern, dass er sie verrät. Und sie muss auch sichergehen, dass niemand verraten kann, dass der Detektiv Harald Harst eben hier in diesem geheimen Unterschlupf... nun ja... verschwunden ist."

Unser Gespräch wurde durch das Klirren der Riegel unterbrochen. Wir hörten, das sich die Gittertür öffnete und wieder zuschlug. Wir hörten Schritte. Harald trat ein. Er setzte sich wieder in den Lehnstuhl. Im Lampenlicht zeigte sein Gesicht scharfe Falten. Seine Stirn hatte ich nur selten so zerfurcht gesehen und in seinen Augen lag ein Ausdruck, der mich beunruhigte. Er schwieg.

„Was gibt's?", frage ich ungeduldig. Harald langte mit einer zerstreuten Handbewegung nach einer Zigarette. Ich reiche ihm die Öllampe, an deren Flämmchen er sie entzündete. Er rauchte erst zwei-drei Züge. Dann begann er leise zu sprechen.

„Wenn nicht ein Wunder geschieht, werden wir das Tageslicht wohl nicht mehr zu sehen bekommen. Die Fürstin verlangte von mir, gleichzeitig auch für Sie, Amalgi, und für Schraut das ehrenwörtliche Versprechen, dass wir ihre Geheimnisse für uns behalten würden. Sie hat mir eben gesagt, dass sie hier acht Europäer eingekerkert hält. – Sie kennen doch die Geschichte der Semiramis der Thar-Wüste, Doktor?"

„Gewiss", antwortete der Angesprochene.

„Ich habe diese Zusage abgelehnt", fuhr Harald fort.

„Harald!", fuhr ich ihn an. „Du hättest der Frau doch das Blaue vom Himmel versprechen können, damit sie uns frei lässt! Wenn wir erst einmal über alle Berge sind... Was würde uns da eine Zusage kümmern, die man uns unter Zwang abgerungen hat?"

„Du glaubst doch nicht im Ernst", erwiderte Harald, dass sie uns tatsächlich gehen lassen würde. – Nein, mit so einem Versprechen soll in uns nur die Hoffnung geweckt werden, hier herauszukommen. Verstehst du? Damit wir uns ruhig verhalten. Ich meine, es wäre doch für sie ein leichtes gewesen, uns einfach zu töten. Aus irgendeinem Grunde scheinen wir aber als Lebende einen größeren Nutzen für sie zu haben."

„Ja", stimmte Amalgi zu, „wahrscheinlich, damit sie uns als Geiseln benutzen kann, für den Fall, dass ihr Versteck von den Behörden entdeckt wird."

Harald machte eine unschlüssige, halb zustimmende Geste.

„Herr Harst", sprach Amalgi weiter, „Es war vielleicht nicht so besonders gut, das Anliegen der Fürstin abzulehnen. Jetzt wird sie besorgt sein und eventuell unsere Bewachung verstärken. Ich denke, wir wären gut beraten, uns zu fügen und dabei alles Erdenkliche versuchen, uns zu befreien."

Harald blickte auf.

„Befreien? Wie wohl? Man hat uns alle Waffen abgenommen und wir sitzen hier in einem steinernen Loch und können nicht einmal...!"

„Oh – Sie irren, Herr Harst", fiel ihm Amalgi ins Wort. „Es gibt Waffen, die hier ihr Versteck haben..."

Und er tippte sich leicht gegen die Stirn.

„Wir drei sind doch schließlich keine menschliche Durchschnittsware. Wo mit Gewalt nichts zu machen ist, muss der Geist den Stahlbohrer und die Brechstange ersetzen."

Harald ließ ein trübes Lächeln sehen.

„Ach, Doktor, diese Fürstin mit ihrer satanischen Schlauheit weiß ihren Kerker zu sichern. Draußen im Gang sind als Wächter fünfzig Katzen eingesperrt. Wie die Rani mir erklärte, sind die Viecher durch irgendein Teufelskraut tollwütig gemacht worden. Ihre Krallen und Zähne sind von Natur aus giftig. Ein Kratzer davon ruft unweigerlich schwere bis tödliche Entzündungen hervor. Und dennoch, ich habe gesehen, wie die Tiere den Ratschputen und ihr gehorchen. Das Ganze klingt ja ein bisschen unglaubhaft, aber in diesen Landstrichen kann man sich über solche Dinge nicht sicher sein. Wenn wir also die Tür aufbrechen, könnte es sein, dass wir geliefert sind... – Oder meinen Sie etwa, dass wir uns durch diese Felswände graben können...?!"

Und Harald deutete auf die Wände, den Fußboden und die Decke; überall Fels oder Felsquader mit dunklem Mörtel in den Fugen, Quader, die vielleicht selbst einer Dynamitladung widerstanden hätten. Amalgis Gesicht wurde nun gleichfalls von einiger Sorge umwölkt. Seine Selbstsicherheit, sein Selbstbewusstsein schienen vor Haralds trockenen Tatsachen dahin zu schwinden.

„Nette Aussichten", meinte er sarkastisch. Er wollte wohl noch mehr hinzufügen, doch wir hörten schon wieder Geräusche. Der eine Ratschpute brachte uns das Abendbrot auf einem großen Tablett, der andere stand in der offenen Kerkertür, die diesmal hell erleuchtet war. In seinem Gürtel steckten gut sichtbar zwei langläufige Pistolen. Und hinter ihm drängte sich im hellen Licht wie ein Haufen kleiner schwarzer Teufel mit funkelnden Augen die Katzengesellschaft; dressierte Katzen mit vergifteten Krallen, die in unsere Richtung maunzten und fauchten. Mit energischen Gesten hielt der Ratschpute die Tiere zurück, die sich, wie es schien, am liebsten auf uns gestürzt hätten. Sie wichen zwar vor seinen Handzeichen zurück, taten es aber offensichtlich mit einigem Widerwillen. Es waren Katzen, deren Gefährlichkeit uns mit einer beeindruckenden Demonstration zur eindringlichen Warnung vor Augen geführt wurde. Die Ratschputen zogen sich zurück, die Katzen verschwanden und die Kerkertür fiel zu.

Eine Weile saßen wir drei stumm da und betrachteten mit etwas gemischten Gefühlen die reiche Auswahl an Delikatessen, die uns die offenbar sehr gut verproviantierte Rani gespendet hatte. Das überreichliche Essen erschien uns geradezu wie eine Henkersmahlzeit. Uns war jedoch trotz unseres Hungers der Appetit so ziemlich vergangen, da erstens dieser Beweis der Gefährlichkeit unserer Wächter ebenso eindrucksvoll wie überzeugend gewesen war und wir zweitens nicht wissen konnten, ob wir dieses Mahl überhaupt überleben würden; es könnte natürlich auch vergiftet sein. Uns wurde schmerzlich bewusst, dass uns die Fürstin in der Hand hatte, dass wir ihr auf Gedeih und Verderb ausgeliefert waren.

Schließlich hob Harald von dem Teebrett eine Flasche herab und schaute das buntgedruckte Papierschildchen an.

„Kognak Mercier", meinte er, zog den Zierpfropfen heraus, der ja besagte, dass die Flasche also schon einmal geöffnet war, und füllte drei hochstielige Likörgläser.

„Trinken wir auf unser Wohl", schlug er vor und fügte hinzu: „Oder sollten wir uns vielleicht vorher Lebewohl sagen? Ob das Gift in dem Zeug wohl schnell oder langsam wirkt? Oder ob man uns vielleicht betäuben oder krank machen will... Prost, meine Herren!"

Todesmutig tranken wir unsere Gläser leer. Harald schenkte gleich noch einmal nach. Und wir fühlten uns recht wohl danach. Der Mercier gab uns auch den Appetit wieder. Amalgi langte nach einer bereits geöffneten Büchse Sardinen. Ich sah mir eine Dauerwurst genauer an, die ausnehmend gut roch, und Harald widmete sich einem pfundgroßen Stück kalter, gebratener Hammelkeule.

Da wir dann auch dem Kognak noch weiter alle Ehre antaten, überkam uns sehr bald nach der Mahlzeit ein Gefühl wohliger Müdigkeit. Zum Glück erschienen die beiden Ratschputen bereits nach kurzer Zeit und räumten den Tisch ab, brachten uns noch jedem ein großes Kissen – man stelle sich vor! – und stellten in die äußerste linke Ecke des langgestreckten Raumes gerade unter eins der Ventilationslöcher – es gab davon drei dicht unter der Decke – einen Zinkeimer mit doppeltem Deckel aus Holz, über dessen intime Bestimmung ich mich wohl nicht weiter zu äußern brauche.

Ich blickte auf meine Uhr und zog sie auf. Es war jetzt halb neun Uhr abends. Wir rauchten jeder noch eine Zigarette und legten uns dann auf unsere Lagerstätten, die tatsächlich recht bequem waren. Harald löschte die Öllampe aus und wir sagten uns gute Nacht.

Ich war im Moment eingeschlummert. Aber wie stets, wenn man übermüdet ist und wenn noch seelische Erregungen den Nerven besonders hart zugesetzt haben, war dieser Schlaf nur jenes merkwürdige Schweben zwischen Wachsein und wirren, jagenden Traumbildern – ein Zustand, in dem äußere Eindrücke den Träumen sofort eine andere Wendung geben.

Ich fühlte plötzlich eine Hand auf meiner Schulter. Ich glaubte aber im ersten Moment, dass eine der schwarzen Katzen mir ihre vergifteten Krallen in die Achsel schlagen wollte. Ich fuhr hoch. Greller Lichtschein verwirrte mich noch mehr. Ich stierte in den Leuchtkegel einer Taschenlampe und hörte Haralds flüsternde Stimme: „Munter werden, Max!"
Der Lichtkegel glitt zur Seite. Neben meinem Bett standen Harald und der Doktor. Wir drei lauschten. Auch ich hatte jetzt ein Geräusch gehört, das in unregelmäßigen Zwischenräumen wiederkehrte und etwa aus der Ecke des Blecheimers zu kommen schien.

„Was ist das?", fragte ich angespannt.

„Jemand, der unter dem Steinboden unserer Zelle mit Werkzeugen arbeitet – ein menschlicher Maulwurf", erwiderte Harald mit vorsichtig gedämpfter Stimme. Und er schlich nun auf Fußspitzen jener Ecke zu. Amalgi und ich folgten. Harald hatte die Linse seiner Taschenlampe halb mit der Hand bedeckt und ließ nur einen dünnen Strahl dicht vor dem Eimer über das Gestein gleiten. Da sahen wir, dass gerade in diesem Winkel unserer Zelle der natürliche Felsboden fehlte und ein großes Stück aus Steinquadern mit Mörtelfugen bestand. Wir beugten uns tiefer. Deutlich waren die Schläge eines Hammers auf einen Meißel oder dergleichen zu vernehmen.

Wir warteten. Unsere Spannung wuchs, da sich zwischen zweien der Steinquader Teile des grauen Mörtels bewegten und nach oben herausplatzten. Dann fuhr durch eine der Fugen ein Eisen hindurch, wurde aber sofort zurückgezogen. Das Eisen war offenbar ein Stück von einem Türgelenk. – Harald hatte jetzt die Taschenlampe ausgeschaltet.

„Ein Ausbrecher", raunte Amalgi. „Der Mann hofft wohl, dass er hier bei uns einen Ausgang ins Freie findet. Er wird bitter enttäuscht sein und…"
Amalgi verstummte. Wir hörten ein metallisches Kratzen. Einer der Steine des Fußbodens, die etwa vierzig Zentimeter im Quadrat groß waren, verschwand in die Tiefe. Aus dem Loch drang ein Lichtschein. Wir erkannten Hände, die den herausgemeißelten Stein beiseitelegten…

Nachdem das Loch im Fußboden mit unserer Hilfe sehr schnell noch etwas weiter vergrößert worden war, wurde ein Mensch sichtbar, der sich aus einer der braunen, großen Schlafdecken, wie sie die Hirten der Thar-Wüste benutzen, eine Art Kutte ohne Ärmel hergestellt hatte. Graues, langes Haar wallte dem Unbekannten über den Rücken. Die Gestalt hob den Kopf und blickte zu uns empor. Das Licht seiner Öllampe traf ein abschreckend mageres Gesicht von fahler Farbe, durchkerbt von zahllosen Runzeln, ein bartloses Gesicht mit unnatürlich großen Augen. Eine Frau…

Es war eine Europäerin, ein lebendes Skelett, und doch ein Wesen von einer spürbaren Energie, von einer Kraft wie sie vielleicht kein Mann in ähnlicher Lage aufgebracht hätte. Sie kauerte dort unten in dem Loch. Und Harst kniete sich an den Rand der Öffnung und sagte leise: „Miss Honoria Goord, nicht wahr?"

In den großen Augen malte sich Staunen.

„Wer sind Sie?", fragte die Frau mit heiserer Stimme in englischer Sprache.

„Mein Name ist Harst", antwortete Harald. „Ich bin Deutscher. Ich bin auch ein Gefangener der Rani."

Die Frau richtete sich in der engen Höhlung vollends auf und steckte den Kopf durch das Loch im Fußboden. Sie sprach mit einer Stimme, die auf seltsame Weise irgendwie zerbrochen klang.

„Mr. Harst…? Den Namen habe ich noch nie gehört. – Sie sind Gefangener einer Rani? Wir sitzen hier im selben Gefängnis, aber ich bin eine Gefangene des Radscha Gadwuri."

„Nein, Miss Goord. Der Radscha starb vor zehn Jahren, also etwa zwei Jahre nach Ihrem Verschwinden", erklärte Harald.

„Wie kann es sein, dass Sie das über mich wissen?", fragte die Gefangene.

„Ich habe mich als Detektiv vor einigen Jahren interessenhalber mit Ihrem Fall beschäftigt. Sie waren von dem Radscha als Erzieherin seiner Tochter, der jetzigen Rani, engagiert worden. Auf einem Jagdzug sollen Sie sich von Ihren Begleitern getrennt haben. Man vermutete, dass ein Tiger Sie zerrissen habe, obwohl in den Zeitungen damals auch andere Möglichkeiten erörtert wurden."

Miss Goord nickte und erwiderte: „Ja – und die schlimmste dieser Möglichkeiten hat wohl niemand berücksichtigt, denn der Radscha hat mich hier einkerkern lassen, weil ich einem merkwürdigen Geheimnis auf die Spur gekommen war. Zwölf Jahre habe ich hier als Gefangene gehaust. – Doch das will ich Ihnen alles nachher berichten. Jetzt helfen Sie mir, noch eine Steinplatte aus der Wand zu ziehen. Das würde ich allein einfach nicht schaffen. Und dann, wenn Sie wollen, können Sie mich begleiten. Dann sind wir frei!"

Wie ein triumphierendes Leuchten ging ein Lächeln über ihr hageres Gesicht. Und leiser fügte sie hinzu: „Mit mir sollen Sie etwas zu sehen bekommen, wogegen alle Vorstellungen von Reichtum sich ziemlich erbärmlich ausnehmen. Wie der Graf von Monte Christo habe ich mir diesen unterirdischen Weg in die Nachbarzelle gebahnt, um einen Gefährten zu gewinnen. Jetzt habe ich sogar drei gefunden."

Ein flüchtiger Gedanke, ob diese Frau etwa in ihrer einsamen Kerkerhaft den Verstand verloren haben könnte, tauchte in mir auf. – Ein weiblicher Graf von Monte Christo? Reichtümer? – Vielleicht alles nur Phantastereien einer Wahnsinnigen?

Neben mir flüsterte Amalgi: „Eine Frage, Miss... Goord: Meinen Sie etwa die Insel in diesem Salzsee, der zu dem Fürstentum Jaisulmir gehört?"

Die Frau blickte zu Amalgi auf. Ihr Blick wanderte dann zu mir herüber, dessen Anwesenheit sie ebenfalls noch nicht einzuordnen wusste. Es entstand ein Moment fragenden Schweigens.

An dieser Stelle mahnte nun Harald zur Eile. Er schien nicht zu wollen, dass diese Dinge jetzt noch weiter ausgesponnen würden. Wir stiegen durch das Bodenloch zu der Gefangenen hinunter und machten uns daran, die bereits gelockerte Steinplatte, die ein gehöriges Gewicht hatte, aus der Wand des Gewölbes zu lösen. Wir drei Männer mühten uns eine gute Stunde lang bis an die Grenzen unserer Kräfte damit ab, zumal uns die nötigen Werkzeuge dafür fehlten. Nie und nimmer hätte die abgemagerte Gefangene diesen Brocken allein bewältigen können. Dann endlich strömte uns frische Luft aus dem dunklen Gang entgegen, der sich dahinter auftat. Und als erster stieg nun Harald mit seiner Taschenlampe in die abschüssige Höhlung hinab.

VIII. Die schwarzen Katzen

Haralds Taschenlampe beleuchtete nun Wände von rissigem Gestein mit breiten Spalten, die sich in die Tiefe und nach den Seiten hinzogen.

„Ohne diese Spalten", erklärte Miss Goord flüsternd, „hätte ich den herausgemeißelten Schutt niemals beiseite schaffen können. Dort oben ist das Loch, das in meine Zelle führt. Und hier diese Kluft, die schräg abwärts verläuft, mündet an der Außenseite des Dschebel Hammak, wie die Einheimischen diese Steinmasse nennen, in der schon der Vater des Radscha Gadwuri den kleinen Palast errichten ließ. – In aller Heimlichkeit geschah das, kurz nach dem indischen Aufstand des Nena Sahib und seiner Getreuen. In der Bibliothek des Radschaschlosses in Jaisulmir fand ich geheime Aufzeichnungen darüber. Der Radscha hatte damals die mit dem Bau beauftragten Architekten und Arbeiter sämtlich in aller Stille töten lassen, damit sie nichts ausplaudern konnten. Warten Sie – ich will Ihnen voran in die Spalte hinabklettern. Ein Hindernis ist noch zu überwinden; die Mündung der Spalte nach draußen ist vermutlich so eng, dass ein Mensch kaum hindurchkommt. Wir werden ja sehen."

Honoria Goord hob vom Boden ihren Meißel und einen Stein in Keulenform auf, der ihr als Hammer gedient hatte. Dann begannen wir den Abstieg. Amalgi trug eine Öllampe. Harald war der Letzte. Es war sehr eng. Wir konnten uns nur hintereinander bewegen und es wäre unmöglich gewesen, aneinander vorbei zu kommen.

Ich verlor den Halt, rutschte abwärts und brachte Amalgi beinahe zu Fall. Ich hatte mir die Haut der Hände zerschunden. Auch mein Gesicht schien zu bluten.

Dass wir vier dann bis zum Ausgang gelangten, dass wir uns gerade so durch die Ausgangsöffnung hindurchquetschen konnten, dass wir im hellen Mondlicht aus diesem Felsloch fünf Meter abwärts in den Wüstensand sprangen und uns doch nicht in den umherliegenden Felsstücken die Knochen brachen, all das grenzte an ein Wunder.

„Und jetzt?", fragte Amalgi, der genau wie ich vor Aufregung dicke Schweißperlen auf der Stirn hatte. Harald zeigte nach Norden, nachdem er sich kurz nach den Gestirnen orientiert hatte.

„Dorthin müssen wir", sagte er. „Dort lagern vielleicht noch die beiden Laubingers mir ihren Führern. Dort finden wir Waffen, Reittiere, Wasser und Proviant."

Harald setzte sich sogleich in Trab. Neben ihm eilte Miss Honoria Goord durch den hügeligen Sand. Doktor Amalgi und ich liefen dicht hinterdrein.

Die Nacht war so hell, dass man weithin alles überblicken konnte. Der Vollmond stand noch tief, und unsere scharf umrissenen Schatten begleiteten uns und machten alle Sprünge über Steine und Felsgeröll mit und zeigten uns, dass wir das Lager der Laubingers rechtzeitig wahrnehmen müssten. Noch immer war die Frage offengeblieben, wie Harald ihnen überhaupt entkommen war und wie er dann in den Palast des Dschebel Hammak gelangen konnte. Und noch immer wusste ich ebenso wenig, ob sich Doktor Edward Lanning als Gefangener in der Gewalt der Rani Arowa befand.

Wir hasteten weiter, wobei wir uns stets in der Deckung der steilen Wände des Felskolosses hielten. Eine unerklärliche Ahnung, dass uns von rückwärts Gefahr drohen würde, zwang mich geradezu, mich umzuschauen. Zum Glück hatte ich das getan! Denn dort kamen sie angerast, die vierbeinigen Teufel, die schwarzen Katzen! In langen Sätzen kamen sie näher! Eine Rotte langschwänziger Teufel! Waren es fünfzig, oder vielleicht hundert oder noch mehr? Nur Katzen, und doch waren sie in dieser großen Zahl für uns genauso bedrohlich, als ob es ein Tiger gewesen wäre. Hundert Meter ungefähr mochte die Entfernung zwischen uns und den kleinen Dämonen noch messen.

„Harald! Die Katzen!", rief ich keuchend. Sein Kopf fuhr herum. Auch Miss Goord und Amalgi blickten zurück. Harald verdoppelte wortlos das Tempo. Wir folgten ihm japsend und keuchend vor Anstrengung. Und gerade hier gab es kein höheres Felsgestein, das wir hätten erklettern können, nichts was uns hätte Zuflucht bieten können. Wir sahen keine Möglichkeit, die giftigen Bestien irgendwie abzuwehren. Wieder schaute ich zurück. Nun sah ich auch, dass einer der riesigen Ratschputen hinter den Katzen herrannte! Ich sah die funkelnden Augen der Tiere, sah, dass die Entfernung kaum mehr dreißig Meter betrug. Jetzt hatten wir auch schon eine Ecke des Dschebel Hammak erreicht. Wir bogen scharf nach rechts ab. Da, die Steintrümmer! Das war die Stelle, wo die Laubingers von mir bedroht worden waren. Dort gab es auch ein paar höhere Felsblöcke. Genau darauf hielt Harald zu. Er hatte gerade den richtigen Block ausgewählt; einen steilen Felsen wie eine fünfseitige Pyramide mit abgeplatteter Spitze, so steil, dass die Katzen dort wohl keinen Halt finden würden. Harald schwang sich empor, warf sich oben bäuchlings nieder, riss Miss Goord hinauf, half dann mir, der ich vom Rennen völlig ausgepumpt war. Amalgi war ohne Hilfe auf die Plattform gelangt.

Wir lagen nebeneinander auf einer Fläche, die etwa den Maßen eines normalen Ruderbootes entsprach. Wir lagen da und keuchten und schnappten nach Luft. Die schwarzen Teufel waren schon heran. Wie fellüberzogene Bälle schnellten sie hoch, wollten zu uns herauf, schafften es beinahe, doch sie behinderten sich in dem dicht gedrängten Rudel gegenseitig und rutschten zurück in den staubend aufgewühlten Sand. Und kaum zehn Schritte entfernt stand der Ratschpute mit seinem Karabiner im Arm da und sah dem Treiben tatenlos zu. Er hätte auf uns schießen können, aber er tat es nicht – noch nicht. Ob er wohl auf Verstärkung wartete, die bereits unterwegs war? Offensichtlich hatte er Anweisung, uns, wenn irgend möglich, lebendig festzusetzen.

Ich bemerkte, dass Harald den Felsboden der Kuppe nach geeigneten Steinen absuchte. Wir anderen taten dasselbe. Ich fand ein längliches Steinstück, das ich wie eine Keule gebrauchen konnte. Die schwarzen Teufel mit den funkelnden Augen setzten derweil ihre Versuche, unsere Festung zu stürmen, ohne

Unterlass fort. Manche kamen uns so gefährlich nahe, dass wir mit den aufgerafften Steinen auf die ihre Köpfe schlagen konnten. Wir trafen auch das eine oder andere Tier. Mit grellem Winseln kollerten die Getroffenen abwärts. Aber es waren einfach zu viele. Wir saßen hier wie in einer Falle. Bald würden die bewaffneten Diener der Fürstin eintreffen, sie würden den Felsen umzingeln und uns in den Kerker zurückbringen, um uns dort umso strenger zu bewachen. Diese Katzen, die größer und kräftiger als die größten Hauskatzen waren, schienen durch irgendein Mittel irgendwie in einen Zustand von tollwütiger Raserei versetzt worden zu sein. Immer wieder gelang es einer von ihnen, über den Rand des Felsens zu kommen, wo sie von uns mit Steinwürfen, Tritten und Schlägen wieder hinunterbefördert wurde.

Die Nacht war warm und schwül. Und die Zeit verstrich; wertvolle Zeit. Auf einmal bemerkten wir, dass ein Teil des Katzenrudels sich entfernte, alle in eine gemeinsame Richtung. Und da sahen wir im Gegenlicht des Mondes etwa zwanzig-dreißig Schritte entfernt schattenhaft eine erbärmlich hinkende Gestalt auf uns zukommen, die sich auf ein Gewehr stützte. Die Katzen sprangen in wilder Raserei auf ihn zu. Als der Mann sie erblickte, blieb er wankend stehen, hob das Gewehr und feuerte. Der Schuss zerriss ohrenbetäubend laut die Stille der nächtlichen Wüste und hallte wohl zehnfach an den Felswänden wider. Augenblicklich stoben die Katzen davon. Binnen Sekunden waren sie alle verschwunden, als hätte es sie nie gegeben, auch die, die unseren Felsen umlauert hatten. Das Knallgeräusch schien ihnen panische Angst eingejagt zu haben. Jetzt war zu hören, wie der Ratschpute seinen Karabiner durchlud, wobei er sich einige Schritte nach vorn in die Deckung unseres Felsens bewegte. Erneut krachte ein Schuss, der dem Unbekannten galt. Getroffen sank der Mann in den Sand. In diesem Moment war Harald vom Felsen gesprungen und hatte dem Ratschputen einen Stein auf den Schädel geschlagen. Der Riese stürzte schwer zu Boden. Ein zweiter Schlag sorgte dafür, dass er niemals wieder würde aufstehen können.

Ich sprang ebenfalls vom Felsen und folgte Harald zu dem Unbekannten, den wir leblos in seinem Blut liegend vorfanden.

„Es ist der ältere Laubinger", stellte Harald fest, nachdem er sich davon überzeugt hatte, dass der Mann tot war.

„Sie kennen den Mann?", fragte Honoria Goord, die zu uns trat. Harald jedoch bat sie, sich von Amalgi darüber Aufschluss geben zu lassen. „Schraut und ich haben es eilig, Miss Goord. Bevor es hell wird, müssen wir wieder im Innern des Felsens sein."

„Ist das Ihr Ernst?!", rief Amalgi aus. „Eben grade sind wir mit Mühe und Not…!"

„Das ist eine Sache", fiel ihm Harald ins Wort, „die nur Schraut und mich etwas angeht und die wir unbedingt erledigen müssen, bevor wir diese Gegend verlassen."

Und er forderte uns auf, kurz mit ihm zu kommen. Er führte uns bis zu einer kleinen mit Büschen bewachsenen Senke. Als wir sie überblickten, stießen Honoria Goord und Doktor Amalgi Laute der Überraschung aus. – Es war das Lager der Laubingers. Dort standen fünf Dromedare und es lagen einige Haufen von Gepäck umher. Wir sahen auch drei offensichtliche Grabhügel aus aufgetürmten Steinen, auf dessen einem sich ein aus rohen Zweigen gefertigtes Kreuz befand.

„Der jüngere Laubinger und die beiden Ratschputen…?", fragte ich an Harald gewandt. Er nickte.

„Sie haben versucht, mich wieder in ihre Gewalt zu bringen, als du oben vom Felsen verschwunden warst", erklärte er. „Bei dem Schusswechsel haben die drei den Kürzeren gezogen. Ich habe aus Notwehr gehandelt. Den älteren Laubinger hatte ich nur am Bein verwundet. Ich ließ ihn natürlich am Leben, als er sich ergab."

Ich sagte: „Offenbar hatte er gar nicht erst versucht, sich zu irgendeinem bewohnten Ort durchzuschlagen."

Harald erwiderte: „Ich hatte seine Wunde versorgt und ihm versprochen, ihn hier abzuholen, wenn ich aus dem Dschebel Hammak wieder herauskommen werde. Er hat also auf uns gewartet. Was hätte er auch sonst tun sollen, verletzt wie er war und ohne ortskundigen Führer. – Aber nun komm, wir haben nicht mehr viel Zeit!"

Wir machten uns also auf den Rückweg, nachdem wir Miss Goord und Amalgi gebeten hatten, auf uns zu warten und währenddessen den Laubinger neben seinem Bruder zu bestatten, wie es nun einmal unser aller Christenpflicht war. Es gab noch einen kurzen Disput mit Honoria Goord, die uns gern begleitet hätte, doch wir konnten sie glücklicherweise davon überzeugen, dass es für eine Frau viel zu gefährlich wäre, unser Vorhaben zu unterstützen. Jedenfalls verfügten wir nun wieder über ausreichend Waffen, auch die des getöteten Ratschputen hatten wir an uns genommen; den Karabiner, dazu noch eine Pistole, einen gekrümmten Säbel und einen zweischneidigen Dolch.

Harald hatte den Wachskopf Edward Lannings an sich genommen. Ich wollte ihn fragen, weshalb er sich überhaupt mit dem Ding abschleppen wollte und was er damit vorhatte, aber ich ließ es. Denn wie ich ihn kannte, würde er es mir wohl kaum verraten. Ich musste mich schon seit Jahren damit abfinden, dass er sich gelegentlich etwas… originell – um nicht zu sagen, merkwürdig – verhielt.

Wir beide eilten also den Weg zu dem geheimen Zugang ins Innere des Dschebel Hammak entlang. Und dabei wurde Harald gesprächig, was bei ihm selten vorkam.

„Es ist ja noch manches zu erörtern", begann er zu reden. „Zum Beispiel, woher ich wusste, dass unsere Auftraggeberin mit vollem Namen Anni Laubinger heißt und dass sie die Ehefrau des Großindustriellen Friedrich Laubinger ist, oder besser war – jetzt ist sie ja seine Witwe. Das Katzenfell verriet mir den Vornamen, und aus den Radionachrichten in Bombay hatte ich erfahren, dass dieser bewusste Berliner Großindustrielle eine Indienreise angetreten hatte und dass seine Gattin kurz vorher in eine Nervenheilanstalt eingeliefert worden war. – Welcher Ehemann wird aber eine derart weite Reise unternehmen, wenn seine Frau akut erkrankt ist? Also ist in diesem Fall entweder die Ehe völlig zerrüttet oder es mussten für Friedrich Laubinger zwingende Gründe für die Reise vorgelegen haben. – Kurz und gut: Ich habe mit Laubinger noch ein durchaus vernünftiges Gespräch geführt, während ich ihm sein verletztes Bein verband. Jedenfalls hatte er tatsächlich Kenntnis von dem Telefongespräch zwischen mir und seiner Frau. Er ließ sie nämlich rund um die Uhr ausspionieren. Und er zwang sie dazu, ihm zu gestehen, weshalb sie einen Detektiv beauftragt hatte, und dieses Verhör und noch andere Dinge, mit denen er sie unter Druck gesetzt hatte, waren wohl dann auch die Gründe für ihren völligen Nervenzusammenbruch. Laubinger wusste sogar, dass wir mit Amalgis U-Boot reisen würden; er ließ nämlich auch uns überwachen. Und er ist uns dann nach Indien vorausgeeilt, weil er mit dem Kerl, der seiner Frau so sehr den Kopf verdreht hatte, seine Abrechnung machen wollte. Er hoffte, Edward Lanning zu stellen, indem er uns auf den Fersen blieb. Ich denke, dieser Laubinger muss seine Frau wohl sehr viel mehr geliebt haben, als sie ihn, sonst hätte er all diese Strapazen nicht auf sich genommen. Aber das soll uns jetzt nicht weiter interessieren. – Dort ist schon der Eingang, siehst du, die Felsspalte da oben…"

IX. Der Tod der Rani von Jaisulmir

Der Himmel über dem Dschebel Hammak erhellte sich allmählich. Die ersten Frühaufsteher unter den Vögeln im Park begannen bereits zu pfeifen. Die Dolden des hier vorkommenden Mawistrauches beendeten ihren Nachtschlaf und öffneten sich, wobei sie ihre würzigen Düfte mit nahezu betäubender Intensität verströmten. Es herrschte eine harmlose Morgenstimmung in diesem Paradiesgarten. Unser spektakulärer Ausbruch schien hier tatsächlich unbemerkt geblieben zu sein. Der uns verfolgende Ratschpute hatte wohl in der Eile keine Möglichkeit gehabt, Alarm zu schlagen? Wahrscheinlich hing das mit der Personalknappheit der entmachteten Fürstin zusammen. Wir hatten hier bisher zwar ausgesprochen erlesene, doch eben auch nur recht wenige ihrer Gefolgsleute und Diener gesehen. Waren die donnernden Gewehrschüsse der Nacht hier drunten tatsächlich nicht zu hören gewesen?

Wir verbargen uns mit entsicherten Waffen in den Büschen und spähten nach irgendwelchen Wachen aus, aber es waren keine zu entdecken. Sie mussten aber da sein. Wir waren darauf gefasst, uns den Weg in die Prunkvilla freizuschießen. Schritt für Schritt bewegten wir uns vorwärts. Wir übersprangen den leise plätschernden Bach, sahen schon die Villa durch das dichte Gesträuch im Morgendunst liegen. – Und da waren sie, die Wächter! Wir hörten sie Fauchen, bevor wir sie sahen! Dann stürzte sich die pechschwarze Meute auf uns! Sie kamen unter den Büschen und hinter den Bäumen hervor, sie sprangen von Steinen und Ästen herunter! Harald und ich, die wir eigentlich darauf bedacht waren, uns möglichst leise in das Gebäude zu schleichen, schlugen und traten nun um uns. Die Biester sprangen uns auf den Rücken und verkrallten sich in unseren Hosenbeinen. Ich stieß sie mit dem Lauf meiner Büchse von mir fort... Da löste sich, halb gewollt, halb unabsichtlich, ein Schuss, der sich wie Donnergrollen in diesem steinernen Kessel anhörte. Augenblicklich ließen die Katzen von uns ab. Sie waren in einer Sekunde verschwunden wie ein Spuk. Eine kleine Weile war es totenstill. Dann kamen von irgendwo hinter dem Haus drei Ratschputen hervorgerannt, halbangekleidet und anscheinend noch etwas verschlafen. Sie entdeckten uns und begannen ohne Pardon sofort auf uns zu schießen. Was blieb uns anderes übrig? – Wir schossen zurück. Und wir konnten nun einmal sehr viel besser und schneller schießen als sie. Als alle drei am Boden lagen, stürmten wir vorwärts die Treppe hinauf. Da wurde unmittelbar vor uns die schwere Tür von innen aufgestoßen, zwei Ratschputen richteten ihre Gewehre auf uns. Wir schossen sie nieder, noch bevor sie den Abzug betätigen konnten. In der großen Halle pfiffen von irgendwoher Kugeln haarscharf an uns vorbei und schlugen in den steinernen Fußboden ein, dass es splitterte. Querschläger jaulten. Wir entdeckten die beiden Schützen oben auf der Galerie und brachten sie augenblicks zum Schweigen...

Dann herrschte eine gespenstische Ruhe. Harald und ich standen, die Büchsen schussbereit, den Finger am Abzug, Rücken an Rücken. Unsere Augen suchten den Raum nach irgendeiner Bewegung ab. Nichts regte sich. Dann ein leises Geräusch oben auf der Galerie. Ein Vorhang bewegte sich fast unmerklich. Ich legte an, zielte... Die Rani trat hervor. Sie war unbewaffnet. Wir konnten wirklich vollkommen sicher sein, dass sie unbewaffnet war, denn sie hätte in dem Nachtkleid, das sie trug, keine Waffe verbergen können; es war ein durchsichtiger Vorhang aus weniger als nichts. Sie kam die Treppe herunter, barfuß, ganz langsam, Stufe für Stufe. Dann stand sie vor uns in all ihrer weiblichen Schönheit. Der Ausdruck ihres Gesichts war verschlossen, ihr Blick war auf merkwürdige Weise verschleiert. Jetzt holte Harald den wächsernen Kopf hervor und hielt ihn der Rani entgegen.

„Hoheit", begann er zu sprechen. „Das ist der Mann, den wir suchen. Und Sie wissen, wo er ist. Geben Sie ihn frei, und wir verlassen dieses Haus, diesen Felsenkessel und dieses Land, ohne weiteren Schaden anzurichten."

Der Blick der Fürstin richtete sich auf den Kopf in Haralds Händen.

„Edward", wisperte sie, „warum nur hast du deine Rani verlassen, der du viel wichtiger warst, als ihr eigenes Leben...?"

Die Fürstin taumelte ein wenig. Da sank sie auf einmal in sich zusammen und stürzte vor uns auf den Boden. Ihre weit geöffneten Augen schauten ins Leere. Sie schien noch einmal Luft holen zu wollen, doch ihr Kopf fiel zur Seite und der letzte Rest ihres Atems versiegte. Dann lag sie still. Ich kauerte mich zu ihr hinab und tastete nach der Schlagader an ihrem Hals. – Sie war tot.

„Wie kann das sein?", fragte ich an Harald gewandt. „Ob sie Gift genommen hat?"

„Komm!", sagte er nur, lud seine Büchse nach und schritt mit zügiger Entschlossenheit dem dunklen Gang zu, der in das große Felsgewölbe zu den Gefangenen hinabführte, die wir dort zu finden hofften.

Wir waren doch ziemlich überrascht, als wir in dem Kerkergewölbe zunächst beinahe über die Leiche eines Ratschputen gestolpert wären und dass wir dort im Lampenschein einige zwar etwas blass aussehende, jedoch durchaus bei Kräften befindliche Männer und... Honoria Goord antrafen. Sie hatte also unser Gebot missachtet und war uns gefolgt. Sie war jedoch durch den äußerst schwierig zu durchkletternden Gang direkt ins Innere des Kerkers gelangt, durch den wir in der Nacht zuvor geflohen waren. Nun ja, sie hatte wohl ein Recht, mit den noch hier im Dschebel Hammak befindlichen Dienern der Rani nicht gerade sanft umzuspringen. Der tote Ratschpute, der diensthabende Wächter ging auf ihr Konto. Und sie war es, die nun die übrigen Gefangenen aus ihren Kerkern befreit hatte.

„Das hier sind alle sechs Gefangenen", sagte Miss Goord trocken. „Wir haben uns gerade miteinander bekannt gemacht. Wir kannten uns ja noch nicht, obwohl wir so viele Jahre gemeinsam in einem Kerker zugebracht haben."

Was für eine Frau, diese Miss Goord! Sie setzte Harald und mich wahrhaft in Erstaunen.

Als wir die Halle der Prunkvilla durchquerten, waren einige wehklagende Dienerinnen dabei, ihre tote Rani auf eine Bahre zu betten. Es standen auch noch ein paar unbewaffnete Ratschputen umher, die uns nur stumm musterten, aber keinerlei Anstalten machten, uns aufzuhalten.

Und die Gefangenen, unter denen ich sofort auch Edward Lanning erkannte, sahen nun endlich das Licht der Sonne wieder. Die Männer taumelten ins Freie wie Betrunkene. Sie konnten ihr plötzliches Glück noch lange nicht fassen.

Wir brachten die sechs Männer dann auf einem nicht gerade unbeschwerlichen Weg, doch völlig unbehelligt von menschlichen oder katzenhaften Verfolgern durch die zu dieser Jahreszeit glühende Thar-Wüste nach Amber, wo ihr Erscheinen die ganze Stadt in Aufregung versetzte und von wo aus sich dann die Kunde vom Tod der indischen Semiramis in die Welt verbreitete.

Wie später zu erfahren war, ist Edward Lanning nach seiner Heimkehr nach Europa doch noch der glückliche Ehemann seiner Anni geworden, die uns wiederum nicht vergaß und uns einen mehr als großzügigen Betrag auf unser Geschäftskonto übertrug.

Aber etwas erfuhr diese Welt damals noch nicht: dass nämlich Harald und ich nicht sofort in die Heimat zurückkehrten, sondern zusammen mit Doktor Amalgi und Miss Honoria Goord von Amber sofort wieder aufbrachen, um das Geheimnis der Insel im großen Salzsee zu lüften.

X. Der Trapper

Über und über flimmerte das ausgestirnte Firmament in all seiner stillen, erhabenen Pracht. Um uns her war das Schweigen der Wüste. Nur aus weiter Ferne drangen zuweilen heisere, kläffende Töne, vom sanften Nachtwind bis zu unserem Lagerplatz getragen wie Geisterstimmen herüber, von dorther, wo Harald nachmittags am Rande des ausgetrockneten Flussbettes den stämmigen Samba-Hirsch mit sicherer Büchsenkugel niedergestreckt hatte, dessen eine Keule nun kunstgerecht am Spieß über dem Feuer schmorte, häufig gedreht von Doktor Amalgis kundiger Hand.

Wir lagen auf unseren Decken um das knisternde Feuer herum, die wir vorgestern Abend zu fünfen von der Stadt Amber am Südstrand der Thar-Wüste hoch zu Dromedar und mit zwei Lastkamelen aufgebrochen waren, um in kürzester Zeit den Großen Salzsee zu erreichen, in dessen Mitte sich einige felsige Inseln erheben, von denen die eine das Geheimnis barg, dessentwegen Miss Honoria Goord diese qualvollen zwölf Jahre im Felsenkerker geschmachtet hatte. Außer Harald, Doktor Amalgi und mir zählten zu unseren Gefährten noch Miss Goord und Amalgis Diener Hubert Enoch, ein hagerer, älterer Mann mit weißem Haar und einem von den Jahren verwitterten Gesicht, der seinem Herrn gewissermaßen jeden Wunsch von den Augen ablas.

Amalgi hatte mit seiner Hirschkeule genügend zu tun. Harald rauchte bereits in tiefem Sinnen die fünfte Zigarette, und Miss Goord, die in ihrem Herrensportanzug und mit dem sonngebräunten, früh gealterten Antlitz vollkommen einem schlanken, sehnigen Mann glich, ließ in zerstreutem Spiel den feinen, gelblichen Wüstensand immer wieder durch die Finger gleiten und beobachtete ebenso zerstreut den alten Hubert, der einen Sattelriemen flickte. Ich selbst äugte bald hierhin, bald dorthin in die Wüste hinaus. Unser Lagerplatz befand sich inmitten einer Menge von Felsen, die sich nach Süden zu im Halbkreise öffneten und uns nicht nur den Vorteil einer Rückendeckung, sondern auch die Annehmlichkeit einer kleinen Quelle boten, deren Wasser freilich schon nach wenigen Metern im Sande versickerte. Immerhin genügte diese Bodenfeuchtigkeit hier in diesem Halbrund von Felsen, einige Sträucher, Büsche, und Gras in frischer Üppigkeit hervorschießen zu lassen, so dass auch unsere sieben Dromedare sich nach Herzenslust stärken konnten. Mit einem Male brach Harald das bisherige Schweigen und wandte sich an Miss Goord.

„Da unser Freund Amalgi nicht zum Reden zu bewegen ist, Miss Goord", sagte er mit leichter Gereiztheit im Ton, „könnten Sie uns jetzt schildern, wie und was Sie auf der Insel im Salzsee vorfanden?"

Amalgi rief sofort: „Miss Goord, lassen Sie sich nicht durch Harst dazu bewegen, ihm, seinem Freund Schraut und meinem alten Hubert die Überraschung zu vereiteln, die das Geheimnis der kleinen Insel jedem bietet. Mag Harst doch mit eigenen Augen sich überzeugen, wie schlau der Radscha Gadwuri von Jaisulmir die Goldader oder besser den Zugang zu ihr für jeden Blick verborgen hat! Mag Harst doch der geringen Mühe sich unterziehen, die richtige Insel und den Eingang zu den Grotten selbst herauszusuchen. – Nicht wahr, bester Harst, es hieße Sie doch geradezu einer Gelegenheit, Ihren Spürsinn aufs Neue zu beweisen, leichtfertig berauben, wenn…"

Harst fiel ihm hier ins Wort: „Das alles haben Sie schon einmal erklärt, Doktor. Genau wie ich Ihnen darauf erwidert habe, dass Umstände eintreten könnten, die es ratsam erscheinen lassen, wenn Hubert, Schraut und ich nicht erst nach der Insel und den Grotten umständlich zu suchen brauchen."

„Umstände? Welche Umstände?", fragte Amalgi achselzuckend. „Wir haben doch hier in der Wüste zu fünfen und tadellos bewaffnet nichts zu fürchten, und…"

„Doktor", fuhr Harald ihm da mit einer sehr energischen Handbewegung ins Wort, „Sie sind nicht ganz im Bilde!"

Seine Hand reckte sich nach Südost, wo im Dämmerschein der Tropennacht etwa tausend Meter entfernt aus der flachen Sand-

tenne der Thar-Wüste der Dschebel Hammak herauswuchs, jenes ungeheure Felsmassiv, in dessen hohlem Innern die Tochter des Radscha Gadwuri infolge übergroßen Schreckes tot umgesunken war. Wir hatten dem dortigen Begräbnis der gewissenlosen Fürstin noch beigewohnt, bevor wir mit den Befreiten nach Amber aufgebrochen waren. Als wir dann heute beim Abendgrauen den Felskoloss erreicht hatten, war Harald allein in das Innere dieses seltsamen Felsgebildes eingedrungen und erst nach anderthalb Stunden wieder zu uns gestoßen. Als Amalgi ihn dann gefragt hatte, ob er im Dschebel Hammak alles in Ordnung fand, war seine Antwort gewesen: „Ja – alles in Ordnung."
Und damit war das Thema scheinbar erledigt gewesen. Nun aber fügte er nach kurzer Pause hinzu: „…nicht ganz im Bilde, Doktor! Wenn ich vor zwei Stunden Ihnen antwortete, es sei im Dschebel alles in Ordnung, so hieß das nur, dass ich dort alles so vorgefunden habe, wie ich es erwartet hatte."
Wir schauten Harst neugierig an. Wir ahnten, dass das, was er uns jetzt mitteilen würde, nur etwas Unangenehmes sein könnte. Und ich, der ich ja schließlich durch meine langjährige Freundschaft mit Harald ein wenig von ihm gelernt habe, rief hastig: „Die Leiche der Fürstin ist verschwunden! Stimmt's?"
Harald nickte ernst: „Ja. – Äußerlich war das Grab unberührt. Aber bei genauerem Hinsehen merkte ich, dass die Felsplatte, die man über das Grab gelegt hatte, nicht mehr in derselben Richtung mit dem spitzen Ende lag. Ich hob sie empor, schaufelte mit den Händen den losen Sand weg und stieß auf eine Leiche, die in die Gewänder der Rani gehüllt war. Es war jedoch einer der erschossenen Diener der Fürstin. Hätte ich mich nicht der Mühe unterzogen und das Gesicht gleichfalls freigelegt, hätte ich mich von der Kostümierung täuschen lassen."
Miss Goord sagte da achselzuckend: „Was tut's, wenn ein paar der ehemaligen Untertanen der Fürstin die Tote mit sich genommen haben!"
Harald warf ihr einen eigentümlichen Blick zu. Bevor er jedoch noch etwas erwidern konnte, meinte Doktor Amalgi mit Nach-

druck: „Ich glaube Harsts weitere Gedanken zu erraten. Und wenn das zutrifft, was ich nun ebenfalls vermute, dann..."
Er schwieg plötzlich. Hinter den Büschen hervor ertönte eine fremde Stimme in tadellosem Englisch: „Gestatten Sie, dass ich nähertrete?"
Unsere Köpfe fuhren herum. Wir sahen nur den Oberkörper eines blondbärtigen Mannes, der einen jener breitrandigen Lederhüte trug, wie die Thar-Hirten sie noch als Sonnenschutz über ihren leichten Turbanen zu tragen pflegen.

„Bitte, Sie sind uns willkommen", erklärte Harald, worauf der Mann um die Sträucher herumkam und sich uns in seiner ganzen verblüffenden Länge präsentierte. Wenn wir hier nicht in Indien gewesen wären, hätte ich und jeder andere bestimmt geglaubt, dieser Fremde sei einer jener nordamerikanischen Trapper, die sich ihre Kleidung aus gegerbten Hirschhäuten selbst herstellten. Tatsache: dieser John Wiscont, wie er sich nannte, war ganz in Leder gekleidet, trug Jagdtasche, einläufige Büchse, Rucksack, Revolver, ein langes Messer in einer Lederscheide – kurz: er war Jäger, wie er sagte, und verdiente sich seinen Lebensunterhalt damit, dass er die Hirten mit Fleisch versorgte. Dies erzählte er uns, nachdem er am Feuer Platz genommen hatte. Und wie er das erzählte, war eigenartig genug. Dieses Unikum hatte nämlich ursprünglich zur frommen Gilde der Geistlichen der anglikanischen Kirche gehört, war als Missionar mit 25 Jahren nach Indien geschickt worden und hatte hier unter der heißen Sonne dieses Wunderlandes und unter dem Einfluss glutäugiger indischer Mädchen alle strengen Grundsätze vergessen und war mit Schimpf und Schande seines Amtes enthoben worden. Ahnungslos, dass die so männlich ausschauende Miss Goord eine Dame sei, berichtete John Wiscont Einzelheiten aus seiner „erfolgreichen" Missionstätigkeit, die dem Kaiserreich Indien wohl zu ein paar Dutzend neuer Mischlingsbewohner verholfen hatte. Diese ganze Geschichte brachte er im Kanzelrednerton und verbrämt mit frommen Sprüchen vor. Wir hielten uns die Bäuche vor Lachen. Der Kerl war ein Original! Und er fraß für sechs! Die Hirschkeule war inzwischen gar geworden, und wenn wir anderen nicht so mäßige Fleischesser gewesen wären, wäre der lange John, der nun bereits zehn Jahre in der Thar-Wüste lebte, hungrig geblieben. So nebenbei erfuhren wir auch noch von ihm, dass er sein Dromedar und sein Lastkamel drüben am Dschebel Hammak zurückgelassen hatte, um sich zu Fuß an unser Lager anzupirschen.

„Leuchten doch die Sterne über Gerechten und Ungerechten", fügte er zur Erklärung seines vorsichtigen Verhaltens hinzu. „Gott hat es gefallen, die Thar-Wüste einer Bande von Räubern als Schlupfwinkel zu gewähren, und diese Heiden ziehen umher, mordend und raubend, so dass ein großes Unheil über die ehrlichen Hirten und einsamen Viehzüchter gekommen ist."

Harst reichte dem langen John jetzt eine Zigarette, die dieser dankend annahm, und fragte: „In Amber war vor drei Tagen noch nichts von dieser Räuberbande bekannt. Warum haben sich die Hirten nicht an eins der englischen Wachkommandos gewandt?"

„Wer tot ist, holt keine Hilfe mehr", antwortete der lange John. „Ich sah diese Banditen nicht, sah aber ihre Taten. Ich bin auf dem Weg nach Amber, damit die…"

„Wie stark schätzen Sie diese Räuberhorde?", unterbrach Harald ihn.

„Fünfzehn Dromedare, fünfzehn Mann, fünfzehn Lastkamele. So las ich es aus den Spuren."

„Wo?"

„Einen Tagesritt nördlich von hier. Dort hatten diese Heiden ein schreckliches Blutbad angerichtet. Ihre Fährte verschwand in einem steinigen Tal. Sie hatten die Künste eines Höllenfürsten angewandt und ihren Tieren die Hufe umwickelt. Ich konnte die Spuren nicht wiederfinden, obwohl ich normalerweise, ohne mich rühmen zu wollen…"

Oh, verfluchte Leichtfertigkeit! – Ein Schuss knallte aus den Büschen. John Wiscont schnellte hoch und schlug schwer nieder in den Sand. Weitere Schüsse! Kugeln pfiffen uns um die

Ohren! Wir waren eingekreist! Dann herrschte einen Moment Stille. Wir hoben langsam die Köpfe. Da warnte uns eine überlaute Stimme, nach unseren Waffen zu greifen. Das wenig angenehme Kommando „Hände hoch!" zwang uns zu schnellem Gehorsam. Dieser Überfall war einfach zu plötzlich gekommen. Zerlumpte hohe Gestalten, tadellos bewaffnet, erschienen hinter den Büschen und hatten uns fünf im Nu gefesselt. Dem toten John versetzte der Anführer der Bande einen verächtlichen Fußtritt.

XI. Der Cholera-Friedhof

Die Kerle hatten uns mit festen Riemen gefesselt und uns ekelhaft stinkende Lappen vor die Augen gebunden. So war ich denn am Sehen gehindert, hielt dafür aber die Ohren desto besser offen. Wenn man einige Übung darin besitzt, lediglich aus Geräuschen das Tun und Treiben von Gegnern zu beurteilen, so schadet eine solche Augenbinde nicht viel, falls sie eben nicht, wie es hier der Fall war, recht unliebsame Düfte verströmt, etwa wie das durchschwitzte Hemd eines Landstreichers, das er seit mindestens einem Jahr nicht gewaschen, zuweilen aber auch noch zum Reinigen einer Pfeife und ähnlichen duftenden Verrichtungen benutzt hat. Der Lappen stank wahrhaft bestialisch. Ärmere Inder riechen schon an sich nicht gerade angenehm, Thar-Räuber noch viel weniger. Und dieses Dutzend Kerle, mit denen wir es hier zu tun hatten, waren dem hohen

Wuchs und den langen schwarzen Bärten nach Ratschputen der untersten Volksschicht, kannten ein Bad wohl nur vom Hörensagen, und den Begriff saubere Wäsche erst recht nicht. Ich war kurz davor, das köstliche, soeben verspeiste Abendmahl wieder hervorzubringen. Meinen Leidensgefährten erging es offenbar ähnlich wie mir. Amalgi nieste verschiedentlich und protestierte energisch gegen die Augenbinde, worauf man ihm anscheinend einen heftigen Schlag versetzte, denn er brach mitten in seinem erregten Geschimpfe ab und murmelte etwas wie „brutales Pack". Dann wurde das Stampfen und das Schnauben von Dromedaren vernehmbar. Ohne Zweifel befand sich unter diesen Tieren auch ein Hengst, was außergewöhnlich war, denn zumeist benutzt man nur Stuten zum Reiten; ich hörte das typisch heisere, seltsame Röcheln des Dromedarhengstes und ein lebhaftes Hin und Her, Stockschläge und Zurufe. Haralds Hengst musste mit dem Räubervieh in Zwist geraten sein! Wenig später band man mich im Sattel eines Reittieres fest, und dann ging es los – in die Wüste hinein…

Da der Nachtwind von Nordost geweht hatte, und da ich ihn nun gerade von vorn spürte, schlug die Bande mit uns also dieselbe Richtung ein, und im Nordwesten war der Salzsee zu suchen, der sowohl Harald wie auch mir bisher unbekannt war. In diesen Südwinkel der Wüste waren wir eben bisher nicht gekommen. Kaum hatte unser Trupp einige Kilometer im flotten Trab zurückgelegt, als es zu regnen begann – in den Randgebieten der Thar-Wüste um diese Jahreszeit keine Seltenheit. Stand doch der indische Winter, die Monsun-Regenperiode, unmittelbar bevor, und mit dieser Regenzeit auch das Schreckgespenst Indiens, die Seuchengefahr von Cholera, Beulenpest und Malaria!
 Es regnete nicht, es goss. Und da ich die Regentropfen von vorn ins Gesicht bekam, schützte der große Schirm meiner leichten, wasserdichten Sportmütze sehr wenig, so dass mein stinkender Gesichtslappen sehr bald triefte und mir übelschmeckende Jauche bis zum Munde herabrann. Abgesehen von die-

ser Qual, dauernd spucken zu müssen, hat auch ein Kamelritt für einen Gefesselten wenig Genussreiches an sich. Man ist nicht imstande, die Stöße des trabenden Tieres durch Körperbewegungen genügend auszugleichen, und die Sitzpolster und das Rückgrat schmerzen in kurzem derart, dass man bald alle Engel im Himmel singen hört. Und es gab lange kein Anzeichen für ein Ende dieser Folter!

Ich schätzte, dass wir bereits zwei Stunden unterwegs waren. Noch immer ging es vorwärts, nur jetzt mehr nördlich scheinbar. Dann war ein Steinboden spürbar. Die Schritte der Tiere klapperten. Geröll knirschte unter den Hufen. – Noch fünf Minuten etwa. Plötzlich stand die Karawane. Das Dromedar beugte sich auf das entsprechende Kommando nieder. Grobe Fäuste zogen mich vom Rücken des Tieres, man band mir die Füße zusammen, trug mich ein Stück und warf mich auf einen harten Boden. Ich spürte einen Fußtritt in den Rücken, ich kollerte einen Abhang hinab, schlug mir den Kopf an Steinkanten blutig und blieb dann liegen.

Es goss in Strömen. Es war Nacht. Ich lag still und horchte. Da – ein Poltern neben mir. Einer der Gefährten schien auf dieselbe Weise abwärts befördert worden zu sein. Ich rief: „Harald, bist du das?!"

Ein heiserer Fluch war die Antwort, dann hörte ich: „Nein, Schraut. – Ich bin's, Amalgi."

Und wieder ein Poltern, nur etwas entfernter, und nochmals, und nochmals.

„Teufel nochmal! Wo mögen wir sein?", ließ der Doktor sich wieder vernehmen.

„Keine Ahnung. Offenbar in einem Felsental."

„Ich fühle Grasbüschel, Schraut."

„Ich auch."

„Es stinkt hier so merkwürdig."

Und Amalgi nieste wieder und wieder.

„Das ist der Augenlappen, Doktor."

Amalgi gab würgende Laute von sich, so als müsste er sich gleich übergeben. Er keuchte.

„Irrtum – das ist... Leichengeruch. Jede Wette gehe ich ein: Das sind eindeutig menschliche Leichen im Zustand fortgeschrittener Verwesung!"
Hm – er mochte wohl recht haben! Ja – wo mochten wir hier eigentlich sein? Abermals hörte ich Amalgi sagen: „Schraut, hier in der Nähe müssen mehrere Tote liegen. Der Regen lässt nach. In der dunstigen, warmen Luft wird dieser Gestank dann bald kaum noch auszuhalten sein."
Ich zauderte nicht länger und rollte mich näher an ihn heran. Wir verständigten uns schnell, drehten uns mit den Rücken zueinander. Ich begann, ihm die Knoten der Handfesseln zu lösen. Es war ein mühsames Unterfangen, denn es waren Riemen, nasse Lederriemen, und die Knoten waren sehr fest zugezogen. Einige Fingernägel rissen mir dabei ein. Meine Fingerspitzen schmerzten. Endlich! Amalgi sagte: „So – nun herunter mit den Stinklappen!"
Er zog mir die verdammte Augenbinde ab. Ich saß aufrecht und blickte rundum. Tiefste Finsternis. Nicht die Hand vor Augen zu sehen. Amalgi hockte wie ein Schatten hinter mir, mühte sich nun mit meinen Lederriemen ab. Wir hatten weder Messer noch sonst etwas Brauchbares in den Taschen. Die Banditen hatten uns vollkommen ausgeplündert. Dann aber hatte auch ich die Hände frei. Wir knoteten unsere Fußfesseln auf und sahen noch immer nichts; nicht einmal ein Sternlein am Himmel. Ringsum war alles wie mit schwarzen Tüchern verhängt.

Der Leichengeruch mahnte uns zur Eile. Dieser Leichengeruch bei der hier herrschenden Treibhausluft, das konnte wohl irgendwie böse Folgen haben. Da – plötzlich schien Bewegung in die schwarzen Vorhänge zu kommen! Aus der Finsternis löste sich eine Gestalt.

„Max?"

„Harald?!"

Er bückte sich und meinte seltsam gepresst: „Dieser John Wiscont hat uns bewiesen, dass in einem Europäerhirn doch noch niederträchtigere Gedanken ausgebrütet werden können als in dem eines Asiaten."

Amalgi erwiderte zweifelnd: „Wiscont, der ist doch erschossen..."

„Er lebt. Er war es, der uns die Bande auf den Hals geschickt hat", erklärte Harald. „Beeilt euch, wir müssen schleunigst von hier fort! Ich fürchte, dass wir hier in so einem Cholerafriedhof stecken, in einem abgelegenen Felskessel, in den man die Leichen der Verstorbenen..."

Amalgi und ich schnellen hoch.

„Cholera?!", erregte sich der Doktor.

„Ja", erwiderte Harald. „Schon in Amber ging doch das Gerücht um, dass in einigen Randdörfern der Thar-Wüste die Cholera herrscht. Folgt mir jetzt. Drüben stehen Miss Goord und der alte Hubert. Wir müssen ins Freie, raus aus dieser verpesteten Luft, bevor wir noch durch die Nähe der Leichen infiziert werden."

Ich fühlte, dass ich blass wurde. Ich stolperte wie in einem furchtbaren Albtraum hinter Harald her, hinein in die Schrecken der Finsternis, bis ich zwei Gestalten dicht vor uns bemerkte. Miss Goord sagte beruhigend: „Ich habe in Jaisulmir zwei Choleraepidemien mitgemacht. Es ist nicht so schlimm. Wenn wir nur erst im Freien sind, zeige ich Ihnen ein einfaches Mittel, die Ansteckung abzuwenden."

Ins Freie! Gut gesagt – bei dieser Finsternis! Aber Harald übernahm die Führung. Er fand den Abhang, den wir hinabgerollt worden waren, und prüfte die Möglichkeit, kletternd nach oben zu gelangen. Das Gestein war aber zu glatt. So stiegen wir denn Einer auf die Schultern des Anderen. Harald bildete die unterste Stufe der menschlichen Leiter, dann ich, Amalgi, Hubert und zu oberst Miss Goord. Sie rief frohlockend: „Ich kann mich hinaufziehen! Hier ist am Rand ein überhängender Strauch!"

Wir atmeten erleichtert auf. Wenn nur erst einer von uns oben ist, könnten wir vielleicht unsere Hemden zusammenknoten. Dann wäre es ein leichtes, dieses Choleratal zu verlassen. – Doch zu früh gefreut... Auf einmal rieselten Erde und kleine Steine auf uns herab. Der Strauch, an dem sich Honoria Goord hochziehen wollte, riss aus. Die Engländerin strauchelte und glitt an unseren Leibern wieder zum Boden herab. Wir fünf standen wieder beieinander, stumm und verzweifelt. Es war doch nicht so einfach wie gedacht.

Sollten wir hier krepieren, hier in dieser verpesteten Luft? Schweigend standen wir da, bis Harald flüsterte: „Der Wind ist auch hier unten zu spüren. Wir müssen dorthin, wo der Leichengeruch durch den Luftzug davongetragen wird."
Und er tappte voran, immer an der Felswand entlang, wir anderen ihm nach. Der Gestank wurde schwächer und verschwand fast ganz. Aber dann war kein Fortkommen mehr. Wir hockten uns nebeneinander auf Steine. Es regnete sacht. So hockten wir etwa eine Stunde lang. Dann zeigte sich am Himmel ein fahler Schein.

Ein trüber Morgen brach an. Das Tageslicht wuchs. Wir erkannten nun endlich, was um uns her war. Ein steiles, kleines Tal, eigentlich mehr eine Schlucht, und in diesem Felsloch überall dicht an den Wänden lagen Tote: Männer, Frauen, Kinder. Vielleicht dreißig an der Zahl? Ich habe sie nicht gezählt. Ich folgte Haralds Mahnung, diesem grauenvollen Bilde den Rücken zuzukehren. Aber kaum fünf Schritt links von uns lagen wieder drei Leichen, rechts gar sechs auf einem Haufen. Wir saßen und stierten das Gestein an. In unseren Hirnen war eine Leere wie Todesahnen. Der Wind schlief ein. Der Gestank wurde wieder lebendig. Übelkeit würgte mir in der Kehle. Da auf einmal bückte sich Honoria Goord zu der knorrigen Staude mit den kleinen, gelben Blüten hinab, die da in einer Spalte am Fuß der Steinwand Wurzeln geschlagen hatte. Sie umklammerte die Staude und zog sie mitsamt der Wurzel heraus.

XII. Der Eingeweihte

Es war inzwischen ganz hell geworden, wenn auch der Regen alles ringsum noch mit seinen Schleiern überzog.

Da sagte Doktor Georg Amalgi, der Indien vielleicht besser kannte als Harald und ich: „Ah – eine Kumussa! Sie wissen also auch Bescheid."

Miss Goord nickte und brach die lange, fingerdicke Wurzel in fünf etwa gleich große Stücke. Sie erklärte: „Abbeißen, gut zerkauen und im Mund behalten."

Für viele Worte war Honoria nicht zu haben. Wir auch nicht. Nur der alte Hubert Enoch fragte: „Und das hilft gegen die Cholera?"

„Nur gegen die Ansteckung", antwortete Miss Goord. „Schmecken Sie nur."

Schmecken! Nun – dass die Cholerabazillen vor dem Geschmack dieser Kumussa streiken, ist kein Wunder. Bittersalz, vermischt mit Petroleum und Karbol schmeckt vermutlich besser. Aber wenn man rechts und links neben sich entstellte Tote liegen hat, wenn der Magen schon rebellisch wird über so starkem Leichengeruch, dann – dann ist Kumussawurzel eine echte Wohltat, dann ist man froh, dass sie ebenso intensiv riecht wie sie schmeckt.

Ich zerkaute ein Stückchen meines Wurzelendes und schob die Fasern als Priem in die Backe. Den Rest der Wurzel steckte ich in die Westentasche. Die Gefährten kauten ebenfalls mit vor Ekel verzogenen Gesichtern an der rettenden Medizin.

Es regnete noch immer. Es würde wohl auch nicht so schnell aufhören. Durch die Nässe blieben die Felswände glatt. Ich saß unter einem kleinen Felsvorsprung, wo es einigermaßen trocken war. Wenn ich vorsichtig zur Seite lugte, schaute ich einer Toten in das entsetzlich verweste Gesicht. Ich sah die Aasgeier und Krähen oben auf den Rändern des Felsenkessels hocken. Harald suchte unermüdlich nach einer Stelle in der Wand, die uns irgendwie Halt für einen erneuten Aufstiegsversuch bieten könnte.

„Und was ist, wenn da oben Wachen sind, die uns gleich wieder in den Abgrund befördern?", fragte Amalgi.

„Wenn ich es mir recht überlege", wandte Honoria ein, „dann ist diese Bande wahrscheinlich gar nicht daran interessiert, dass wir hier sterben. Wenn sie unseren Tod gewollt hätten, dann hätten sie sich doch den ganzen Aufwand sparen können, uns hierher zu schaffen. Dann hätten sie uns gleich draußen in der Wüste erledigt. Nein, ich denke, wir *sollen* hier herauskommen, um als Cholera-Infizierte in die Zivilisation zurück zu kehren, um vor dieser Gegend Furcht und Schrecken zu verbreiten."

„Das sehe ich auch so, Miss Goord", sagte Harald, der wieder zu uns getreten war. „Man hat ein Interesse daran, diese Gegend vor allzu neugierigen Leuten sauber zu halten."

„Weil man anscheinend etwas zu verbergen hat", flocht ich ein.

„So ist es", stimmte Harald zu und deutete auf eine Spalte in der Felswand, indem er sagte: „Da ist die Stelle, an der man aus diesem Loch herausklettern kann."

Im Nu waren wir an der zerklüfteten Wand, die tatsächlich künstlich angelegte Trittmöglichkeiten hatte. Es war zwar nicht gerade einfach, an den regennassen Felsen emporzuklettern, doch mit gegenseitiger Hilfe schafften wir es.

Oben angekommen befahl Honoria Goord sogleich: „Kumussa!"

Wir kauten, schluckten, spien und husteten. Es goss jetzt in Strömen. Aus der Tiefe des Leichentales drang das Kreischen der Aasgeier empor, die sich nun ungestört über ihre ausgiebige Mahlzeit hermachen konnten.

Wir fünf, ohne Waffen, ohne Lebensmittel, ohne jede Ortskenntnis, hatten nur eine Hoffnung: Harald Harst! Keiner sprach ein Wort. Zusammengeduckt standen wir da, ließen die Fluten des Himmels an uns herabrieseln und warteten, was der eine tun würde, der bisher noch immer selbst aus der verzwicktesten Lage einen Ausweg gefunden hatte.

„Suchen wir das Dorf", schlug Harald vor. „Wir müssen die Gefahr der Ansteckung nochmals auf uns nehmen. Wir brauchen Reittiere und Waffen. – Jeder sollte einen Rest der Kumussawurzel für später aufheben."

Die schwarze, schwere Regenwolke war endlich vorübergezogen. Im Licht dieses trüben Tages schritten wir im Gänsemarsch dahin. Harald ging voran, ich hinter ihm, dann Miss Goord, Hubert und zum Schluss Amalgi. Harald schlug ein sehr zügiges Tempo an. Ich wunderte mich, dass er sich in dieser Steinwildnis von Hügeln, Schluchten und Abgründen so zuversichtlich nach Norden wandte. Die Stunden verstrichen. Wir gingen so, bis der Abendwind die kennzeichnenden Laute großer, weidender Herden an unsere Ohren trug. Bald darauf breitete sich vor uns eine endlose Hochebene im rötlichen, dunstigen Abendhimmel aus. Rinder, Schafe und Kamele punktierten die mit spärlichem Gras bestandene Landschaft und ließen auf die Nähe einer menschlichen Niederlassung schließen. Harald machte hinter einer jener Steinmauern halt, wie sie von den Hirten zum Schutz gegen den Buwalu, den gefürchteten Sandsturm errichtet werden.

„Dort links liegt das Dorf", meinte er und streckte den Arm aus. „Wir müssen bis zur Dunkelheit warten, weil wir leider stehlen müssen, was wir brauchen. Meiner Schätzung nach muss dieses ausgedehnte Dorf bereits im Gebiet des Fürstentumes Jaisulmir liegen, und wir haben daher allen Grund, vorsichtig zu sein, zumal ja bekannt ist, dass die Rani Arowa von ihren Untertanen sehr verehrt wurde. Und weil diese Rani meines Erachtens noch lebt…"

„Was? Lebt?", fragte Miss Goord zweifelnd. Amalgi antwortete an Stelle Haralds: „Ich hab das ebenfalls vermutet."

Amalgi räusperte sich.

„Hm – ich spreche über diese Dinge sehr ungern", sagte er zögernd. „Aber in diesem Falle muss ich wohl ein Thema berühren, das ich stets vermeide: die sogenannten altindischen

Geheimwissenschaften! Ich habe Ihnen anvertraut, dass ich mich hier in Indien gerade mit…"

Harald unterbrach ihn höflich: „Ich weiß, worauf Sie hinauswollen, Amalgi. Sie wollen uns klarmachen, dass es sich um jene seltene Kunst – wenn man diesen Ausdruck hier anwenden darf – handelt, die Funktionen des Leibes lediglich durch eigenen Willen und durch ein Übermaß von geistiger Energie auszuschalten. Sie glauben, dass die Rani zu den wenigen Auserwählten gehört, die von den Gütern dieser tiefsten drawidischen Geheimnisse Kenntnis haben. Das sind die Yogis aus dem Samur-Kult, mit diesen für menschliches Denken fast unbegreiflichen Fähigkeiten. Die Fürstin heuchelte nur ein jähes Ende durch Herzlähmung, weil sie sich eben verloren sah, und sie wandte das einfachste und doch auch schwierigste Mittel an, uns zu entgehen: den künstlichen Scheintod!"

„So ist es", bestätigte Amalgi mit sonderbar geistesabsend klingender Stimme. „Es gibt so sehr wenige vollends Eingeweihte – sehr wenige! Dass die Rani mit dazu gehörte, hätte ich nie geglaubt, da Frauen bisher niemals von den Samur-Yogis für würdig befunden wurden, jene uralten Überlieferungen kennen zu lernen, die…"

„…die Sie, Amalgi, beherrschen." vollendete Harald den Satz mit sichtlicher Spannung darüber, wie der Doktor auf diese Behauptung reagieren würde. Doktor Georg Amalgis schmales, geistvolles Gesicht war dorthin gerichtet, wo soeben die ersten Sterne am Abendhimmel sichtbar geworden waren. Seine Antwort klang recht eigentümlich.

„Ich leugne es ja nicht, lieber Harst, dass ich mit zu den Wissenden gehöre. Doch – wie gesagt: es ist dies ein Thema, das ich ungern anschneide, denn ich habe Verschwiegenheit gelobt. – Hätte ich damals auch nur im entferntesten vermuten können, dass die Rani eine von den sehr wenigen ist, dann würde sie uns nicht so schlau entschlüpft sein, obwohl…"

Er beendete den Satz nicht, senkte den Kopf und starrte vor sich hin. Wir anderen vier, die wir um ihn herumstanden, spürten in diesem Moment wohl alle dasselbe: das unsichtbare Wehen dunkler, unbegreiflicher Mächte, über die also einer von uns gebieten konnte: Amalgi!

Eine Weile herrschte Stille. Nur die Glocken der drüben weidenden Dromedare klangen hell und fein bis zu uns herüber. Ein melodisches Geläute, in keiner Weise aber zu vergleichen mit dem von Dichtern so oft besungenen Klingen der Almglocken auf unseren deutschen Alpenwiesen. Nein, damit war das Geräusch absolut nicht zu vergleichen. Die Glöckchen der Dromedare sind viel kleiner und geben zartere Töne von sich. Und nachts wirken sie beinahe ein wenig spukhaft. Und die Nacht war bereits da; eine Nacht der Wunder, der tropischen Wunder. Der Regen hatte aufgehört. Im Westen war die Sonne fahlgelb versunken, fast wie ein Mond anzusehen, kraftlos in diesem Tropendunst, aller Leuchtstärke beraubt. Nur einige ihrer Strahlen schossen noch über die schwarze Wolkenbank hinweg, die uns vorhin den rettenden Regenguss beschert hatte. Und über der Hochebene lag ein gelblicher Schimmer, der mit der heranziehenden Dunkelheit kämpfte und gab der Landschaft etwas Unwirkliches, Phantastisches.

Ich dachte unwillkürlich an das Gemälde eines Künstlers von der Art Böcklins. Spukhaft war dieses Bild und spukhaft die Laute dieser Stunde. Spukhaft war auch dieser überschlanke Amalgi, dessen Antlitz jedem Menschenkenner verriet, dass hier ein Mann Gewalt über den sterblichen Leib durch künstlich gesteigerte Willenskraft gewonnen hatte, durch den alles beherrschenden Geist. – Es herrschte eine weitere Weile dieser gespenstischen Stille, die mir allmählich ins Unheimliche abzugleiten schien, bis Miss Goord auf einmal mit entschlossener Stimme erklärte: „Meine Augen haben sich an diese schwache Beleuchtung gewöhnt. Ich erkenne dieses Hochplateau wieder. Es liegt keine drei Meilen von Jaisulmir entfernt, Herr Harst. Ich habe ja lange genug in der dortigen Residenz gelebt und habe die weitere Umgebung auf meinen Jagdzügen durchstreift."

Harald nickte und erwiderte: „Das dachte ich mir, diese Nähe zu Jasulmir. Ich dachte es mir genauso wie den Zusammenhang

zwischen John Wiscont und der noch lebenden Rani. Der Trapper hatte seine Geschichte von der Räuberbande nur erfunden. Er handelte im Auftrag der Fürstin und wird ihr gemeldet haben, dass wir fünf nun als infizierte Cholera-Überträger in aller Eile nach Amber unterwegs sind, um uns dort behandeln zu lassen. – Wenn Sie hier Bescheid wissen, Miss Goord, dann könnten Sie uns vielleicht auch zu einem Dorf in der Nähe führen, wo wir uns das aneignen können, was wir unbedingt brauchen."
Honoria Goord überlegte: „Ein kleineres Dorf, womöglich ohne Choleragefahr... Ja, da gibt es eine Stunde vom Nordufer des Salzsees entfernt in den Bergen, die den See einrahmen, eine kleine Niederlassung von Afghanen."
Harald war genau so überrascht wie wir.
„Afghanen, Miss? – Wie kommen denn Afghanen hier in die Thar-Wüste?"
„Sie kamen nicht freiwillig her", erklärte Miss Goord. „England hat sich lange genug mit den wilden Bergvölkern der Grenzgebiete Afghanistans herumgeschlagen. Kriegsgefangene wurden dort in dem öden Tal angesiedelt, so um 1850 herum. Diese Afghanen haben sich dort erhalten, und ihr Dorf zählt heute etwa fünfhundert Einwohner, untersteht auch nicht der Oberhoheit der Fürsten von Jaisulmir, sondern lediglich dem englischen Gouverneur in Bikaner. Diese Afghanen werden uns freiwillig mit allem versorgen, denn sie verachten und hassen die Ratschputen. – Gut, also dann brechen wir auf. Wir müssen uns nach Südost wenden. In ungefähr drei Stunden können wir das Dorf erreicht haben."

XIII. Der Steinwall

Honoria Goord wartete Haralds Zustimmung gar nicht weiter ab, sondern wollte schon hinter dem Steinwall hervortreten, um den Nachtmarsch als Führerin zu beginnen. Doch Harald hielt sie zurück: „Einen Augenblick noch. – Wir müssen uns unbedingt etwas Essbares verschaffen. Ich werde hinüber zu der ersten der Schafherden schleichen und ein Lamm zu erbeuten versuchen. Vielleicht gelingt es mir auch, einem der Hirten sein Luntenfeuerzeug abzunehmen, damit wir den Braten auch rösten können. – Schraut sollte mich begleiten. Sie drei bleiben hier. Schraut und mir kann zwar kaum etwas zustoßen, aber immerhin wollen wir uns für alle Fälle dahin einigen, dass, falls wir beide etwa erwischt werden, wir uns später in dem Afghanendorf treffen. Bis gleich also."
Harald und ich setzten uns in Bewegung. Honoria Goord rief uns noch leise nach: „Seien Sie vorsichtig! Alle Hirten hier sind bewaffnet!"
Inzwischen war es vollkommen dunkel geworden. Die trübe Sonne war verschwunden. Auf der Hochebene leuchteten überall rote Pünktchen; Hirtenfeuer! Der vorhin zum Teil wolkenlose Himmel war wieder leicht bedeckt. Es rieselte sacht aus dünnem Gewölk – ein lauer Regen, der im Verein mit der Tropenwärme die Gräser binnen kurzem zu doppelter Höhe emportreiben würde, wie das stets zu Anfang der Regenzeit der Fall war. Wir brauchten uns nicht sonderlich in Acht zu nehmen, um nicht unversehens auf einen Hirten zu stoßen, denn das Kläffen der die Herden umkreisenden Hunde verriet uns genau, wo einer der Hirten die ihm anvertrauten Tiere für die Nacht enger zueinander scheuchte. Immerhin ließen wir uns auch zu keinerlei Unvorsichtigkeit verleiten, da gerade die Hirtenhunde außerordentlich wachsam sind und eine tadellose Nase besitzen. Harald wies mich an, hinter einem Steinhaufen zurückzubleiben, nachdem er sich aus dem Felsgeröll ein langes scharfkantiges Stück ausgesucht hatte. Er gelangte mir sehr bald aus

den Augen, doch er erschien auch recht bald wieder, wobei er ein frisch getötetes Lamm auf der Schulter trug. Mir war schleierhaft, wie er das so schnell erledigen konnte. Tief gebückt hasteten wir nun der fernen Steinmauer wieder zu. Den Gedanken, auch ein Luntenfeuerzeug zu beschaffen, hatte Harald aufgegeben.

„Wäre zu gefährlich gewesen", meinte er nur. – Ich räume ohne weiteres ein, dass ich die Steinmauer ohne ihn niemals wiedergefunden haben würde. Harald blieb plötzlich stehen und raunte mir zu: „Dort links ist die Mauer. Wir müssen jetzt kriechen. Das Lamm lassen wir hier liegen. Ich hole es nachher."

„Wozu Kriechen?", fragte ich ein wenig verdutzt.

„Weil es nötig ist", bekam ich zur Antwort. Und er ließ sich auf die Knie nieder. Seufzend folgte ich ihm.

Harald machte einen großen Bogen nach Osten, so dass wir von Süden auf die Stelle zukamen, wo die Gefährten uns erwarteten. Das Ganze war absolut kein Vergnügen, bei Nacht und Regen zwanzig Minuten auf allen Vieren über Steine, Disteln, scharfe Gräser und… Herdenkot zu krauchen. Mir erschien die Kriecherei ziemlich überflüssig und ich kam mir schon etwas albern dabei vor. Ich fluchte zuweilen in meinen Bart hinein. Doch ich tat, was mein Freund mir geraten hatte, bis ein fester Handgriff Haralds mich platt auf den Boden presste und mir zu verstehen gab, still zu sein.

„Da sind sie!", raunte er mir zu. Und da sah auch ich vor mir über dem schwarzen Strich der Steinmauer zwei Flintenläufe hinausragen, die sich gegen den helleren Himmel ziemlich scharf abhoben. Und diese beiden Flinten bedeuteten ganz bestimmt nichts Gutes. Ich musste begreifen, das Haralds Vorsicht, die mir eben noch völlig übertrieben vorkam, in keiner Weise überflüssig war. Harald musste irgendwie gemerkt haben, dass unsere drei Gefährten inzwischen von den Banditen dieses elenden Trappers erneut überrumpelt worden waren – irgendwie! Ich war überzeugt, dass er eine Art siebenten Sinn besaß. Die beiden Flintenläufe bewegten sich zuweilen. Dann aber verschob sich das Gewölk am Himmel, und die hellere

Fläche des Firmaments, die sich bisher über der Steinmauer ausgebreitet hatte, verschwand, gleichzeitig auch die stummen Anzeichen der Gegenwart zweier Feinde.

Ich hatte in den letzten Minuten meine Aufmerksamkeit nur auf die Mauer und den helleren Streifen des Firmaments konzentriert, vielleicht zu sehr. Denn mir war infolgedessen vollständig entgangen, dass sich Harald lautlos von meiner Seite entfernt hatte. Meine vorsichtig geflüsterte Frage, ob wir die beiden Flintenbesitzer nicht sofort hinterrücks überfallen und niederschlagen sollten, blieb unbeantwortet. Harald war nicht mehr da. Die Mauer war etwa fünfzehn Schritt vor mir – jetzt nur noch ein schwarzer Streifen ohne erkennbare Einzelheiten. Bevor ich dann noch zu einem Entschluss kommen konnte, was ich unternehmen sollte – denn untätiges Abwarten erschien mir durchaus unangebracht – vernahm ich aus der Richtung des schwarzen Streifens ein paar unklare Geräusche, von denen ich nur eins seiner Natur nach erkannte; es war das kurze Röcheln eines Menschen, dem ganz überraschend die Kehle zugepresst wird! Gleich darauf hörte ich eine halblaute Stimme: „Max, hierher!"
Und drüben blinkte ein Flämmchen auf, flackerte kurz und erlosch. Fraglos ein Benzinfeuerzeug! Ich war mit ein paar langen Sätzen drüben. Erschrocken prallte ich zurück, weil ich jemandem auf die Füße getreten war.

„Das war mein bestes Hühnerauge", hörte ich den alten Hubert Enoch sagen, der zuweilen einen ganz eigenartigen Humor entwickelte. Und dann sagte Doktor Amalgis weiche Stimme: „Ich habe den Kerl schon gefesselt. – Miss Goord, lassen Sie Ihr Licht doch bitte noch mal aufleuchten! Ich will die Schufte sehen…"
Er verstummte. Das Benzinflämmchen flackerte. Es reichte gerade hin, die nächste Umgebung bescheiden zu erleuchten. Ich sah die Gefährten und am Boden die beiden niedergeschlagenen Ratschputen, die nun allmählich aus ihrer Benommenheit wieder zu sich kamen. Amalgi wisperte tief über die beiden ge-

beugt: „Das sind die Halunken, die uns in die Cholera-Grube geschmissen haben!"
Das Flämmchen verlosch. Da hörten wir ein kurzes Gerangel, ein kurzes, zweimaliges Aufstöhnen. Und dann die lakonische Stimme Amalgis: „Das *waren* sie."
„Sie werden sich doch nicht an den wehrlosen Leuten vergreifen", ermahnte ihn Harald scharf. Doch Amalgi, der über die Gefangenen gebeugt dastand, richtete sich wieder auf.
„Zu spät", meinte er gleichmütig. Das Flämmchen flammte auf und erlosch sogleich wieder. Es herrschte wieder völlige Finsternis. Ganz sacht rieselte der Regen herab. Harald fragte unsicher: „Weshalb zu spät, Doktor?"
„Weil die beiden bereits tot sind, mein Bester."
„Was soll das heißen?", wollte Harald wissen.
„Wenn Sie so wollen", gab Amalgi Auskunft, „die Kerle wurden von mir ins Jenseits befördert, obwohl man in diesem Falle womöglich nicht von Jenseits sprechen kann, denn diese Leute glauben ja an kein Jenseits. Sie glauben daran, wiedergeboren zu werden. Und falls das zutreffen sollte, würde ich diesen Halunken raten, mir in diesem Leben nicht noch einmal über den Weg zu laufen. Denn ich würde es dann genauso wieder mit Ihnen tun, auf diese stille Weise, die weder Kugel, noch Dolch noch Strang oder dergleichen braucht."
„Amalgi!", erregte sich Miss Goord. „Sie haben zwei wehrlose Gefangene umgebracht!"
„Das ist allein meine Sache!", fuhr Amalgi dazwischen. „Und es war allein meine Entscheidung!"
Das Letzte sprach er in jener uns schon bekannten energischen Art, die selbst von Haralds Seite keinen Widerspruch duldete.
Manchmal wirkte der Doktor irgendwie unheimlich auf uns. Es schien so, als würde Amalgi eine unsichtbare, tödliche Waffe bei sich führen, von deren Existenz wir nichts wussten und die auch den räuberischen Händen unserer Feinde entgangen war, als sie uns nach der Gefangennahme ausgeplündert hatten.
Harald äußerte sich zu dem Tod der beiden Ratschputen nicht weiter, wenngleich ich deutlich spürte, dass ihm diese Sa-

che gehörig gegen den Strich ging, denn wenn man es recht betrachtete, war es kaltblütiger Mord. Harald meinte nur, dass wir jetzt ohne Zögern den Marsch zu dem Dorf der Afghanen am Salzsee antreten sollten.

„Einige Waffen, Feuerzeuge und Lebensmittel haben wir", konstatierte er. „Und die Reittiere der beiden werden wir auch noch finden."

Wir fanden die Dromedare keine dreihundert Meter nach Süden zu in einer Schlucht. Honoria Goord und der alte Hubert mussten die Tiere besteigen. Auch das Lamm war geholt worden. So ging es denn nun südwärts unter Führung der Engländerin, die trotz der Dunkelheit mit verblüffender Sicherheit ihren Weg nahm.

XIV. Der Nebel

Der Große Salzsee der Thar-Wüste liegt etwa 360 Meter über dem Meeresspiegel, und die ihn umgebenden Anhöhen und Berge bilden für Geologen eins der interessantesten Gebiete des weiten indischen Reiches. Leider aber sind diese meist kahlen Höhenzüge außerordentlich schwer zu durchqueren, weil die Täler und Schluchten überaus schroffe Wände haben und das Gelände jeden Reisenden zu großen Umwegen zwingt.

Nach einem vierstündigen, außerordentlich beschwerlichen Marsch und einer Ruhepause von einer halben Stunde langten wir im Morgengrauen am Nordrand des weiten Tales an, in dessen Mitte sich zwischen Feldern und vereinzelten Baum-

und Buschgruppen die Niederlassung der ehemaligen Kriegsgefangenen befinden sollte. Dichte Regennebel lagerten wie tief ziehende Wolken auf der Talsohle und machten es uns unmöglich, auch nur das geringste von Hütten, Menschen oder sonstigen Anzeichen eines Dorfes zu entdecken. Lediglich ein paar Hunde hörten wir kläffen. Vorsichtig kletterten wir ins Tal hinab. Ebenso vorsichtig schlichen wir dann weiter, nachdem wir Hubert mit den Dromedaren an einer geschützten Stelle zurückgelassen hatten. Harald schritt jetzt voran. Das Jaulen, Heulen und Bellen der Köter war verstummt. Durch dicksten Nebel, durch eine fast unheimliche Totenstille bewegten wir uns langsam vorwärts. Allmählich beschlich mich das unklare Gefühl einer unsichtbaren Gefahr. Auch Harald schien immer wieder zu zögern, blieb stehen, horchte und setzte den düsteren Weg dann noch bedächtiger fort. Dunkle, große Schatten tauchten vor uns auf. Es war aber nur harmloses Buschwerk, dessen nebelfeuchte Blätter wie kalte, nasse Finger über unsere Gesichter glitten. Dann hemmte uns ein Zaun aus in die Erde gerammten Dornenästen; ein eingehegtes Hirsefeld, das von einigem Unkraut überwuchert war. Wir bogen nach rechts ab, und nach weiteren hundert Schritten blieben wir alle vier wie auf einen unhörbaren Befehl mit angehaltenem Atem stehen. Wir vernahmen ein Gemurmel von Stimmen, dann eine einzelne lautere Stimme, die einer Frau – unverkennbar, absolut unverkennbar die Stimme der totgeglaubten Fürstin Gadwura Arowa von Jaisulmir…!

Harald, dicht neben mir, wandte den Kopf zu Miss Goord und Amalgi zurück.

„Warten Sie beide hier!", flüsterte er. Miss Goord trat näher.

„Es ist das Beratungshaus des Dorfes", erklärte sie ganz leise. „Wir sind bereits mitten im Dorf – auf dem freien Platz inmitten der Steinhütten. – Lassen Sie uns besser umkehren, Herr Harst, die Rani scheint hier Anhang zu werben, und…"

Die Stimme der Fürstin, scheinbar aus dem Nebel hervordringend, übertönte jetzt das gedämpfte Raunen der Engländerin. Die Rani bediente sich der englischen Sprache – wohl deshalb, weil die Afghanen das Ratschpu, die Mundart der eingesessenen Wüstenbewohner, nicht genügend beherrschen.

„Ich will euch in euer Heimatland zurückgeleiten!", rief die entthronte Herrscherin von Jaisulmir jetzt mit allem Nachdruck. „Ihr sollt eure Heimat wiedersehen, und Schätze will ich euch mitgeben, die euch für alle Zeit reich machen! Seht her! Gold, reines Gold, reinste Stücke Goldes! Seht – all dies soll bereits jetzt euer sein, und zehnmal so viel sollt ihr noch erhalten, wenn eure waffenfähigen Männer mich begleiten! Ihr wisst, dass die Fremden, die oft in ganzen Trupps aus Neugier den heiligen Salzsee besuchen, sich jetzt der Cholera wegen nicht blicken lassen werden, und dass selbst die Eisenbahn, die am Salzsee vorüberführt, seit fünf Tagen nicht mehr verkehrt. Nur noch der ständige Posten des Kamelreiterkorps liegt in den Baracken am Nordwestufer – nicht mehr als lächerliche zwanzig Mann! Helft mir, diese gefangen zu nehmen, und eure erste Aufgabe ist erfüllt!"

Sie schwieg jetzt, sie schien abzuwarten. Abermals erhob sich das dumpfe Gemurmel zahlreicher Stimmen in einer unverständlichen Sprache. Und über uns vieren, die wir hier im wallenden Nebel standen, wurde es heller und heller.

Wie lange würde es wohl noch dauern, bis die grauen, feuchten Schleier zerflattern würden? Was dann? Was wäre, wenn wir entdeckt werden würden?

Vor mir erblickte ich die verschwommenen Umrisse von Haralds Gestalt. Neben mir standen Miss Goord und Amalgi. Harald flüsterte: „Meine ausgestreckte Hand berührt die Mauer des Beratungshauses. Und hier ist eine Öffnung!"

Mit einem Mal schien seine Gestalt zu zerfließen und sich wieder zusammenzuballen. Er war dichter an die Öffnung herangetreten gewesen und raunte nun von neuem: „Ein Fensterloch, das mit einem Fell verhängt ist. – Ah, da spricht einer der Afghanen."

Eine tiefe, brüchige Stimme war zu hören, die in gebrochenem Englisch sprach. Der Sprecher warnte davor, der Rani Gefolgschaft zu leisten: „Kehre zurück, woher du gekommen, Rani!

Du sein eine Flüchtige, du werden gesucht. Noch immer Engländer haben – Allah soll sie verdammen! – ihre Spione über deine Reich verteilt. Sollst du nicht verlocken unsere Männer durch den Glanz von das verfluchte Gold! Sollst du nicht Dinge uns versprechen, was du nicht kannst halten! Bis zu unserer Heimat ist endlos weiter Weg. Mancher von uns sein entflohen von hier und sein kaputt und krank zurückgekommen – mancher, auch ich haben versucht, zu gehen in Heimat. Geh du, Rani, du hast zwölf Stunden mit deine Leute unsere Gastfreundschaft gehabt. Damit ist genug! Nimm deine Leute mit fort und geh und komm nicht mehr zu uns. Ihr seid mehr wie zwanzig, und ihr werdet mit den Soldaten fertig werden auch ohne uns."

Wieder herrschte Schweigen in der Versammlung, es war nur ein leises Gemurmel zu hören. Wir vier hatten uns dichter an das Fenster herangewagt. Immer noch summte unterdrücktes Gemurmel. Dann auf einmal ertönte die durchdringende Stimme der Rani: „Seid ihr etwa Feiglinge, in denen die Sehnsucht nach den heimatlichen Bergen längst verdorrt ist?! Ich, die Rani von Jaisulmir, schwöre bei Schiwas heiligem Antlitz: Ich selbst werde euch führen – ich selbst! Ich begleite euch! Denkt daran, dass ihr hundertfünfzig waffenfähige Männer seid, dass ich euch Gewehre beschaffen will, gute Gewehre, Repetierbüchsen wie sie die englischen Soldaten haben…"

In diesem Moment packte mich eine Faust und riss mich seitwärts mit sich. Ich flog wie ein lebender Sandsack gegen ein paar bisher unsichtbare Kerle. Die Kerle wichen taumelnd zurück. Die Faust zog mich weiter, sie schleifte mich nahezu hinein in die schützenden Nebelmassen und hinein in ein Feld mit hohen, rauschenden Pflanzen. Hinter mir gab es den schnell wieder verstummenden Lärm eines kurzen Handgemenges. Die Faust gab mich frei. Harald flüsterte: „Los – mir nach! Zurück zum alten Hubert. In wenigen Minuten haben wir die Meute hinter uns...!"

Wie wir uns damals durch das Feld hindurchgearbeitet und wie wir damals die Stelle gefunden hatten, wo Hubert Enoch mit den beiden Dromedaren zurückgeblieben war, wie wir drei dann glücklich aus dem Tal hinaus in die Bergwildnis gelangten – ohne die Reittiere, die uns hier nur behindert hätten, wie die Hunde des Afghanendorfes, Hunde von einer hochbeinigen, schlanken Rasse mit Gebissen schlimmer als Wölfe, unsere Fährte dank Haralds Umsicht verloren und wie wir nach einer Stunde völlig erschöpft in einer Schlucht mitten im Dornendickicht halbtot niedersanken, all das lebt in meiner Erinnerung nur in ganz schwachen, verwischten Bildern fort, etwa wie ein Traum, auf den man sich am Morgen nur bruchstückhaft besinnt.

In einer Schlucht, umgeben von dichtem Dorngestrüpp, da lagen wir drei nun, schwitzend, keuchend, dem sicheren Tod entronnen. Denn dass unsere Verfolger uns nicht geschont hätten, dass auch die Afghanen uns Fremdlinge für alle Zeit hätten verschwinden lassen, war uns vollkommen klar. Unsere Lungen beruhigten sich langsam wieder. Auch der alte Hubert, der ein ausgesprochen zäher Bursche war, erholte sich allmählich. Hier waren wir vorläufig sicher. Vorläufig! Und wir hatten zwei Büchsen, einen Revolver, ein Messer und ein Feuerzeug zur Verfügung.

„Nun heißt es, die Miss und Amalgi wieder heraushauen!", meinte Harald, und entnahm der Dromedar-Satteltasche, die er bis hierher mitgeschleppt hatte, eine Schachtel Zigaretten einer fragwürdigen, englischen Sorte. – Die Zigaretten waren absolute Pestnudeln, aber wir rauchten sie trotzdem. In der Not frisst der Teufel halt Fliegen. Und der Rauchhunger des menschlichen Gaumens hat im Weltkrieg sogar ganze Seegrasmatratzen vertilgt. Wir rauchten also. Und wir grübelten darüber, wie wir es anstellen könnten, Miss Goord und Doktor Amalgi zu befreien.

XV. Die verlassene Karawanserei

Es war längst heller Tag geworden. Aber hier in dieser engen Schlucht – mehr Felsspalte als Schlucht – herrschte trotzdem ein unsicheres Halbdunkel, da beide Schluchtränder mit jenen merkwürdigen, zumeist nur in den gebirgigen Gegenden der Thar-Wüste vorkommenden Randosio-Büschen dicht bestanden waren, deren Luftwurzeln gleichfalls große Seitenäste mit fahlem Blattschmuck besitzen. Und diese Wurzeln hatten sich allmählich von beiden Seiten her vereinigt und so die Schlucht gleichsam mit einem Dach überspannt, das den Sonnenstrahlen jeden Zutritt verwehrte.

Wir hockten also in einer winzigen Lichtung des Dornengestrüpps eng nebeneinander ohne uns zu rühren und lauschten. Seit mehr als einer Stunde hatten wir von den Verfolgern nichts mehr bemerkt. Offenbar war es uns tatsächlich gelungen, sie in die Irre zu führen. Harald erklärte, dass er jetzt nicht mehr befürchten würde, dass die Hunde der Afghanen unsere Fährte wiederfinden.

„Davor sind wir sicher", fügte er sinnend hinzu. „Denn der bescheidene Trick, in dem Wäldchen ein Stück Weges in den Baumkronen zurückzulegen und vom letzten Baum auf die den Hunden unerreichbare Felsterrasse zu springen, hat uns die Meute vom Halse geschafft. Nur das Heranschleichen an das Dorf wird uns eine harte Nuss zu knacken geben."

Er versuchte, einen scherzhaften Ton anzuschlagen, um unsere Laune ein wenig aufzubessern.

„Und – lange zögern dürfen wir nicht. Ich denke, die hinterlistige Rani wird die Afghanen für ihre Pläne gewinnen, und sie wird alles daransetzen, uns in ihre Gewalt zu bekommen, zumal sie genau weiß, dass wir nicht nur ihre Absichten durchkreuzen, sondern auch mit ihr selbst wenig zart umspringen würden. Mithin müssen wir damit rechnen, dass sie hier in den Bergen überall Wachposten verteilt, die uns insbesondere den Weg nach dem Salzsee zu und nach der dortigen Karawanserei versperren sollen."

Ich nickte nur. Meine Gedanken drehten sich schon seit einiger Zeit ausschließlich um die bedeutungsvolle Frage, ob die Rani etwa das Gold, mit dem sie die Afghanen gefügig machen wollte, jener Goldader zu entnehmen gedachte, die nach den übereinstimmenden Aussagen Amalgis und Miss Goords in einer sehr schwer auffindbaren Grotte einer der kleinen Inseln mitten im Salzsee zu suchen war. Als ich diese Gedanken jetzt Harald mitteilte, erwiderte er sofort: „Die Fürstin kennt die Goldader. Der Goldader wegen hat der Vater der Rani unsere Miss Goord all die Jahre eingekerkert gehalten. – Für mich unterliegt es keinem Zweifel, dass die Rani möglichst viel von diesem Gold mit sich nach Afghanistan nehmen will – mit Hilfe ihrer Getreuen, zu denen auch der Trapper John Wiscont gehört, ein Mann, mit dessen Verschlagenheit und Tatkraft wir jederzeit rechnen müssen. Wiscont war es ja auch, der uns dort im Nebel vor dem Beratungshaus entdeckt hat. Seine Gestalt, sein Gesicht tauchten plötzlich vor mir auf, nachdem ich schon vorher das unbestimmte Gefühl gehabt hatte, dass wir eingekreist wären. Ich konnte dich, mein Freund, gerade noch aus dem Ring der Feinde auf etwas grobe Art hinausbefördern. Amalgi und die Miss ebenfalls zu retten, war unmöglich. Jeder Versuch hierzu hätte auch uns beide zu Gefangenen gemacht, und unsere Lage wäre verfahrener denn je gewesen. – Aber genug der Worte! Brechen wir wieder auf. Vielleicht gelingt es uns gerade jetzt, wo man uns fraglos noch mit den Hunden nachspürt, irgendwie in das Dorf zu gelangen. – Ich werde stets zwanzig Schritt voranschleichen. Ihr beide bleibt zusammen. Werde ich gefasst, dann müsst ihr sofort fliehen, ohne euch auf einen Kampf einzulassen. Flieht wieder hierher in die Schlucht, die ihr unschwer längere Zeit verteidigen könntet, wenn es hart auf hart kommt."

Mir behagten diese Anweisungen recht wenig. Aber Harald zu widersprechen war natürlich zwecklos. Er wusste eigentlich immer, was zu tun war. Und er behielt damit in den allermeisten Fällen Recht. Aufbruch also... Der alte Hubert und ich nahmen die Büchsen, Harald den Revolver. Nun hinaus aus der

Dämmerung in den hellen, wenn auch regnerischen Tag. Schweres Gewölk hing über den Tälern. Die Gipfel der Berge waren kaum zu erkennen. Die ganze Natur schien in eine unbestimmte, milchig graue Farbe getaucht zu sein. – Wenn ich ehrlich sein soll: ich hätte nicht einmal die Richtung gewusst, in der das Afghanendorf zu suchen war, da unsere Flucht uns kreuz und quer durch diese Felswildnis geführt hatte. Harald zögerte nicht eine Sekunde, wohin er sich zu wenden hatte, nachdem wir erst einmal ein größeres Hochplateau erreicht hatten. Von der Sonne war nichts zu sehen. Der warme Regen kam in dünnen, gleichmäßigen Schnüren herab – ein echter Tropenregen. Auf der Hochebene konnte man etwa fünfzig Schritt weit undeutlich das Vorgelände erkennen. Wir schritten recht langsam dahin. Sobald Harald stehenblieb, den wir nie aus den Augen verloren, machten auch wir halt und lauschten. Es war, als ob drei gute Jagdhunde ihre feinsten Instinkte aufböten, um von einem gefährlichen Wild Witterung zu bekommen, nur dass hier in unserem Fall das Wild unsere Verfolger waren.

Bald war das Plateau glücklich überquert. Jetzt ging es hinab in ein steiniges, breites Tal. Es kam mir irgendwie bekannt vor. Tatsächlich – dies war das Nachbartal des Dorfes! Da standen ja die drei elenden Palmen, die mir aufgefallen waren, als wir nachts unter Miss Goords Führung der Ortschaft zustrebten! – Wir hatten also vorhin auf der Flucht unbeabsichtigt einen Halbkreis ohne unser Wissen beschrieben, und unser Versteck, die Dornenschlucht, hatte keine halbe Meile von dem Dorf entfernt gelegen! Auch Harald hatte die Palmen bemerkt. Er drehte sich um und winkte mir. Ich verstand ihn. Auch er war über die Nähe unseres Zieles überrascht. Jedenfalls war es ein Glücksfall, dass wir so schnell bis an den Nordrand des Tales gelangen konnten, und diese Glücksfügung gab mir die Hoffnung, dass auch der schwierigste Teil unseres Unternehmens, die Befreiung der beiden Gefährten, gelingen würde. Nun kletterte Harald den Abhang hinab. Und dort vor uns in den Nebelschleiern, mussten die Steinhütten des Dorfes liegen, dort würde… Meine Gedankenreihe zerriss jäh… Aus dem düsteren Gebräu der Regenschwaden erscholl ein seltsamer Laut. Kein Schrei – kein Ruf, nichts von einer menschlichen Stimme war in dieser Reihe von Tönen, die unvermittelt abbrachen, wieder auflebten und abermals sich scheinbar in der Ferne verloren. Wir standen und lauschten, bis Harald leise erklärte: „Es können nur die beiden Dromedare sein, die wir bei unserer Flucht hier zurückgelassen haben. Dieses merkwürdige keuchende Pfeifen ist bei diesen Tieren stets ein Zeichen gesteigerter Angst. Beeilen wir uns! Sehen wir zu, was die Dromedare so in Schrecken versetzt."

Sehr bald hatten wir die kleine Felsgruppe und das dichte Gestrüpp gefunden. Bei dieser miserablen Tagesbeleuchtung war es schwer, irgendetwas zu erkennen. Wir konnten gerade so die verschwommenen Umrisse der beiden Reittiere erkennen, die wütend nach einem anderen, weit kleineren, sehr unförmigen Geschöpf traten. Da sagte Harald gedämpften Tones: „Wahrhaftig – eine Riesenschildkröte!"
Ich traute meinen Ohren nicht. Mir war es tatsächlich neu, dass es hier in der Thar-Wüste Landschildkröten und noch dazu von solcher Größe, geben sollte. Harald fuhr fort: „Es stimmt schon – eine der Riesenschildkröten aus dem Salzsee. Es ist eine Seltenheit, dass ausgerechnet diese Riesenpanzertiere in dem so stark natronhaltigen Wasser des Salzsees zu leben vermögen. Offenbar haben sich die Afghanen ein paar von den Schildkröten in jungem Alter hierher geholt und benutzen sie, wie dies auch an der Küste der malaiischen Inseln üblich, als Gesundheitspolizei in ihren Dorfstraßen, da diese Art Schildkröten allen Unrat vertilgen. – Helft mir, das Tier aus der Nähe der Dromedare fortzuschaffen."

Das war gut gesagt: fortschaffen! Die Schildkröte wog ihre anderthalb Zentner, und nur unseren vereinten Kräften gelang es, das Tier aus dem Dickicht hervorzubringen, eine Arbeit, die uns derart beschäftigte, dass wir darüber völlig vergaßen, auf die Umgebung zu achten. Wir schraken denn auch ziemlich zusammen, als plötzlich neben uns eine leise und doch klare Stimme fragte: „Was macht ihr denn hier?"

Es war Amalgi! Und... Miss Honoria Goord war bei ihm! Kein Wunder, dass wir drei die Schildkröte, die Dromedare und uns selbst vergaßen. Harald drückte den beiden die Hände. Der alte treue Hubert Enoch hätte seinen Herrn am liebsten umarmt. Amalgi wehrte merkwürdig ernst all diese Äußerungen unserer Freude ab und sagte: „Leider ist es ein Irrtum, dass die Miss und ich frei sind und wir Sie begleiten können. – Nein, wir haben dem Dorfältesten feierlich versprochen, dieses Tal nicht zu verlassen, bevor die Frage geklärt ist, ob die Afghanen auf die Vorschläge der Fürstin eingehen. Die Männer des Dorfes und der Anhang der Fürstin befinden sich noch jetzt außerhalb des Tales und suchen nach Ihnen. Nur das Gezeter der Dromedare lockte uns hierher. Ansonsten..."

Harald unterbrach ihn: „Erledigen wir erst das Wichtigste, Amalgi. Wie benahm sich die Rani Ihnen beiden gegenüber?"

„Sie warnte die Afghanen, uns zu nahe zu kommen, weil wir mit Cholera infiziert wären. Wir zeigten den Afghanen aber unsere Kumussa-Wurzeln, was sie ziemlich beruhigte. Die Rani ist nichts als fleischgewordener Hass. Ich merkte, dass sie die Entdeckung ihres großen Geheimnisses fürchtet, das sich auf der Insel im Salzsee befindet. Sie verstehen?"

„Und ob ich verstehe", antwortete Harald. „Die Goldader."

„Oh – nicht nur das allein", flüsterte Amalgi erregt. „Es muss da noch irgendetwas anderes geben, noch ein Geheimnis. Die Rani schien in höchster Angst zu sein, dass Sie und Schraut den See erreichen könnten. Ich vermute, dass..."

In diesem Augenblick in nicht allzu großer Entfernung von Norden, woher wir drei soeben gekommen waren, ertönte das Kläffen zahlreicher Hunde. Ohne Zweifel waren das unsere Verfolger. Und sie waren auf unserer Fährte! Nun gab es kein Zaudern, jetzt hieß es fliehen, unverzüglich und in höchster Eile. Die Hunde hätten uns alle zerrissen! Amalgi überschaute sofort die Sachlage.

„Nehmen Sie beide die Dromedare, Harst!", rief er. „Hubert bleibt bei uns. Begeben Sie sich zu der Karawanserei und..." Harald hatte mich bereits mit sich fortgezogen. Im Nu saßen wir im Sattel. Wir verstanden nur noch, dass Amalgi etwas von „bewachsene Insel" rief. Dann sprengten wir davon. Wir verließen uns völlig auf den Instinkt der Reittiere, Hindernissen rechtzeitig auszuweichen. Undeutlich erkannten wir neben uns plumpe Steinhäuser. Kinder und verschleierte Frauen kreischten und stoben auseinander. So ging es dem Südausgang des Tales zu. Eine Hetzjagd ohnegleichen.

Dass wir uns damals nicht den Hals gebrochen und nicht gestürzt waren – ein reines Wunder! Dann war da ein kleiner Bach, der sich offenbar dem großen Salzsee entgegenschlängelte. Wir ritten in das Bachbett hinein und folgten dem Lauf des fließenden Wassers. Nun mussten selbst die feinen Nasen der Hunde kapitulieren. Unsere Spur war für unsere Verfolger verloren. Erst nach einer guten Stunde gönnten wir unseren Reittieren einen etwas ruhigeren Schritt. Doch es ging immer noch weiter und weiter im erneut beginnenden Regen in südwestlicher Richtung. Nach ungefähr drei Stunden sahen wir vor uns einen hellen Streifen wie Schnee; das Gestade des weiten Natronsees. Was aussah wie Schnee waren Salzablagerungen. Wir ritten noch etwa eine Stunde am Ufer entlang. Dann sahen wir Wellblechbaracken. Die Karawanserei! War dies nun unser ersehntes Ziel dieses Tages? Wir sprangen von den Reittieren und eilten der größten Baracke zu. Stutzend blieben wir stehen. Leichengeruch wehte uns entgegen…

XVI. Die Insel im Salzsee

Es war ein ekelhafter Leichengeruch, der immer penetranter wurde, je näher wir der Baracke kamen. Und da schrie uns eine heisere Stimme aus den Regennebeln entgegen: „Sahibs! Hilfe! Trinken! Wasser! Bitte!"
Wir ahnten es: Cholera! Auch hier hatte der furchtbare Würgeengel schon gewütet. Auch hier war das Schreckgespenst Indiens schon vorbeigekommen.
„Kumussa!", mahnte Harald. Und wir schoben uns die Reste der rettenden Wurzelstücke in den Mund. Wir fanden in der offenen Tür der Wohnbaracke einen Sterbenden, den letzten noch Lebenden des kleinen Kommandos, das hier an einsamer Stelle bisher treu seine Pflicht getan hatte. Der Mann war ein farbiger Unteroffizier. Er hatte gerade noch Kraft genug gehabt, den Hilfeschrei auszustoßen, dann war er in Ohnmacht gesunken. Wir sahen, dass ihm nicht mehr zu helfen war und dass er binnen kurzem tot sein würde.
Wir verließen diesen Ort des Schreckens wieder. Bis zum Seeufer hinab waren es etwa zweihundert Meter. Unsere Tiere schritten über knirschendes Salz. Nun hatten wir Zeit. Wir versuchten, etwas von den Inseln zu erspähen. Der Regen hatte ein wenig nachgelassen. Und da wurde ich gewahr, welche Ausdehnung dieser Salzsee hat, den die Eingeborenen Samb Har nennen, See des Schweigens. Unsere Dromedare standen dicht am Wasser. Sie schnaubten, machten aber keinen Versuch, die widerliche Salzlake zu trinken.
Harald sagte gleichmütig: „Von Ost nach West etwa zwölf Meilen, von Nord nach Süd etwa sieben Meilen – ein recht ansehnliches Gewässer! – Strenge deine Augen nicht unnötig an, mein Freund. Die Inseln wären auch bei klarem Wetter nur mit dem Fernglas zu erkennen. Der See wird sogar von größeren Schiffen befahren, die von dem Ort Chattu im Westen Frachten aller Art zum Ostufer schaffen. Außerdem gibt es hier Fischer, die vom Fang der Riesenschildkröten leben. Ich las auch in ei-

nem Reisehandbuch im Hotel in Amber, dass hier irgendwo eine kleine Jacht vorhanden sein muss, die die Touristen in ruhigen Zeiten zu den Inseln bringt. Ein Bahnhof muss gleichfalls in der Nähe liegen, und wenn die Beamten der stillgelegten Strecke wegen der Cholera geflüchtet sind..."

Harald verstummte. Der Regen hatte nachgelassen. Wir erkannten rechts von uns in einiger Entfernung eine weit in den See hineingebaute Steinmole. Daran vertäut lagen kleinere Segelboote und ein größeres Fahrzeug, eine Motorjacht!

Als wir an der Mole anlangten, ließ Harald sein Tier niederknien und stieg aus dem Sattel.

„Bleib hier", sagte er und schritt die Mole entlang, nicht ohne sein Gewehr aus der Satteltasche gezogen zu haben. Weit und breit war kein einziger Mensch zu sehen. Abermals begann von Südost her pechschwarzes Gewölk heraufzuziehen. Nach wenigen Minuten schüttete die finstere Wolkenwand ihre warmen Wassermengen wie mit Eimern aus. Nichts mehr war zu sehen. Ich wartete und triefte. Die Tiere trieften. Die Erde schien zu dampfen. Es herrschte eine drückende Schwüle. Dazu waberte ein merkwürdig fader Geruch in der Luft, der vom Salzsee herrührte. Und es war bis auf das Plätschern des Regens Totenstille ringsum. Ich dachte an die Choleraleichen dort drüben in den Baracken und ich dachte an die drei Gefährten, die wir im Afghanendorf hatten zurücklassen müssen. Ich dachte an Amalgi, der auf eine uns rätselhafte Weise Herr über Tod und Leben zu sein schien. Die beiden Ratschputen hatte er blitzschnell sterben lassen. Wie und wodurch? Weshalb konnte er von seiner unheimlichen Kunst nicht auch im Afghanendorf Gebrauch machen?

Harald kehrte zurück, ebenso triefend.

„Da ist ein Mann auf der Jacht, tot, anscheinend noch nicht lange", berichtete er. „Jedenfalls ist dort genug Benzin vorhanden. Wir werden unsere Tiere hier irgendwo in eine Umzäunung bringen, damit wir sie bei unserer Rückkehr wiederfinden, und dann zu der Insel fahren, denn... Möglicherweise werden wir dort ebenso benötigt wie im Dschebel Hammak."

„Inwiefern?", wollte ich wissen.

Wir nahmen unsere Dromedare am Zügel und schritten im niederprasselnden Regen auf die Station zu.

„Inwiefern...", wiederholte Harald nachdenklich und sprach weiter: „Du hast ja Amalgis Andeutung gehört, und du weißt, mein Freund, dass im Dschebel Hammak alle Kerkerzellen belegt waren. Aber die indische Semiramis hatte gewiss noch mehr Gefangene. Wie viele Europäer sie überhaupt zu sich gelockt hatte und dann verschwinden ließ, steht nicht fest, aber es waren auf alle Fälle mehr als diese sieben Leute, die wir befreien konnten.

„Du meinst also, wir werden dort auf Gefangene treffen", schlussfolgerte ich.

„Ich vermute das jedenfalls ganz stark", bestätigte er. „Die Fürstin, diese Megäre, hat dieses grauenvolle Geschäft doch über etliche Jahre betrieben, ihre Liebhaber nach kurzem Liebesglück einzukerkern. Aber zu welchem Zweck...? Wenn sie es getan hätte, um Lösegeld zu erpressen, dann wäre doch der Eine oder Andere irgendwann doch wieder aufgetaucht, aber das ist nie geschehen. Vielleicht ist sie ja auch wirklich nur... auf irgendeine Art pervers. Wenn ein Weib wie sie in einem solch märchenhaften Reichtum aufwächst, wobei ihr sämtliche irdischen Wünsche unverzüglich erfüllt werden, dann gönnt sie sich eben womöglich auch mal etwas... Verbotenes. Es kann aber auch sein, dass sie etwas Größeres im Schilde führt, vielleicht den Staat zu erpressen mit einer großen Anzahl westlicher Geiseln?"

„Erpressen?", fragte ich. „So etwas würde doch, ohne Übertreibung, ein weltweites Aufsehen erregen."

„Eben", stimmte Harald zu.

„Weshalb sollte sie das tun?", überlegte ich.

„Zum Beispiel, um freies Geleit zu bekommen", erklärte Harald, „für eine Karawane, die eine riesige Menge Gold nach Afghanistan transportiert, in ein Land, in welchem die Fürstin nicht verfolgt wird und in dem sie der indischen oder englischen Gerichtsbarkeit entzogen wäre."

„Das klingt sehr schlüssig", meinte ich. „Denn auf indischem Territorium müsste sie früher oder später damit rechnen, entdeckt und verhaftet zu werden."

„So ist es", bestätigte Harald.

Wir stellten dann rasch unsere Tiere unter, gaben ihnen zu saufen und zu fressen, und warfen ihnen genügend Vorrat hin, dass sie es auch ohne uns ein paar Tage aushielten. Von allem war hier in den menschenleeren Baracken reichlich vorhanden, was darauf hindeutete, dass man diesen Ort in großer Eile verlassen haben musste. Nur ein paar vollgefressene Ratten zogen sich zögernd in Löcher und Spalten zurück, als wir eine Herberge betraten.

Mit einigem Proviant beladen, den wir in der dortigen Speisekammer gefunden hatten, traten wir den Rückweg zur Mole an. Wir staksten stolpernd über die Steine der Mole und kletterten an Bord der Jacht. Den toten Mann, bei dem es sich wohl um den Kapitän handelte, wickelten wir in eine Plane ein, damit er nicht gleich zur Beute der Geier oder Ratten werden würde, und trugen ihn vom Schiff.

Es war kein übles Schiffchen, diese Motorjacht, recht sauber und durchaus komfortabel. Sie hatte den indischen Namen DRAGARI, was wohl so viel wie Sperber heißt. Der Besitzer mochte mit seinen Fahrten ein ganz nettes Geld verdient haben. Und Harald und ich, noch immer an den Kumussastücken kauend, die uns Mund und Kehle desinfizierten und auch Magen und Darm gegen die Bazillen immun machten, wir schauten uns zunächst einmal den Motor an. Wir füllten den Benzintank, ließen den Motor zur Probe laufen und begaben uns dann in die Kombüse und die Vorratskammer, um festzustellen, dass diese recht gut mit allem Nötigen bestückt waren, wenngleich wir einiges Obst und Gemüse entsorgen mussten, das nicht mehr frisch war und in der feuchten Luft zu schimmeln begonnen hatte. In einem Lagerraum entdeckten wir genug reine Wäsche und Arbeitsanzüge, auch Ölmäntel und Ölhüte. Dort wechselten wir unsere durchnässten Kleider. Und dann aßen wir uns erst einmal satt und tranken einigermaßen frisches Wasser. In der Kapitänskajüte hatten wir eine Kiste voller Rumflaschen gefunden und tranken uns beiläufig einen ganz ordentlichen Schwips an. Harald schätzte die Tageszeit auf etwa fünf Uhr nachmittags. Und das stimmte mit dem noch tickenden Chronometer in der Kapitänskajüte überein.

Um halb sechs, es goss immer noch und wollte einfach nicht aufhören, warfen wir die Taue der Jacht los und glitten langsam von der Mole ab in freies Wasser. Der Motor ratterte leise. Harald steuerte gen Süden in ruhiger Fahrt. Ich hatte zuerst noch in dem kleinen Maschinenraum gestanden. Da der ganze Motor anscheinend tadellos in Ordnung war, begab ich mich an Deck. Wir fuhren nur mit halber Kraft. Das Wetter war zu diesig. Wir mussten Vorsicht walten lassen, hatten ja keine Ahnung von den Wasserverhältnissen des Sees.

Unsere Unruhe wuchs. Ich merkte Harald an, wie nervös er war. Der Motor ratterte. Der Regen prasselte auf die Deckplanken. Vor uns war nur graues Halbdunkel und nicht enden wollender Regen. Uns quälte drückende Schwüle und der fade Geruch dieses Gewässers. So fuhren wir gute zwei Stunden geradeaus. Da sagte Harald: „Wir müssen die Mitte des Sees bereits hinter uns haben. Wir sind schon an den Inseln vorübergefahren. Ich werde den Kurs ändern."
Er blickte auf den Kompass und drehte das Steuerrad herum. Die Jacht wandte sich gen Westen, immer mit derselben vorsichtigen Geschwindigkeit. Und es regnete und regnete... Eine trostlose Stimmung lag über der weiten Wasserfläche, über dem See des Schweigens. Trostlos diese eintönigen Geräusche, dieses Glucksen des Wassers an den Bordwänden, dieses eintönige Rattern des Motors und die Geräusche der drehenden Schraube. Harald, dem eine dieser englischen Zigaretten im Mundwinkel hing, stand aufrecht am Steuer wie eine Statue, hinauslugend in die graue Dämmerung, horchend, jede Sekunde bereit, uns vor einem Auflaufen auf eine Klippe zu bewahren. Und nach langem Schweigen erklärte er ganz unvermittelt: „In dem Reisehandbuch war auch zu lesen, dass auf den kleinen Inseln aller-

hand Vögel nisten, und dass eine der Inseln an ihrer Ostseite von Bäumen und Büschen bestanden ist – nur *eine* der Inseln, und es gibt acht Inseln. Die Vögel werden uns rechtzeitig warnen, hoffe ich, dass wir nicht etwa stranden... Du könntest dich vielleicht vorn an den Bug stellen, Max. Dort kannst du besser hören als hier – die Vogelstimmen meine ich. Und sieh auch mal ab und zu nach dem Motor."

Ich tat was er sagte. Allmählich war ich müde geworden. An meinem Ölzeug lief es hinab; außen das Regenwasser, innen der Schweiß, den die Schwüle der Luft hervortrieb. Der Motor war absolut in Ordnung. Ich kippte nur etwas Benzin nach. Dann lehnte ich vorn an der niedrigen Reeling und horchte, und ich fühlte immer stärker das Niederdrückende dieser eintönigen Fahrt ins Ungewisse. Mancherlei ging mir in flüchtigen Gedanken durch den Kopf. Ob Haralds Vermutung wohl zutreffen würde? Ob diese Inderin mit dem Liebreiz einer Frau von Welt und mit der Gewissenlosigkeit einer Verbrecherin wirklich dort auf der Insel westliche Gefangene hielt?

Es regnete und regnete. Es regnete immer weiter. Es wurde immer gefährlicher, denn es war jetzt tatsächlich kaum noch die Hand vor Augen zu sehen. Und die Fortsetzung der Fahrt bei diesen Sichtverhältnissen auf diesem unbekannten Gewässer wurde nun wirklich zu einer wahnwitzigen Leichtfertigkeit. Harald schien das ebenso zu erkennen; die Jacht verlangsamte ihren Lauf immer mehr. Und als diese Vorwärtsbewegung kaum mehr wahrnehmbar war, da – in dem Moment schrak ich zusammen. Gerade unter mir ein Knirschen und Scharren! Eine leise Erschütterung ging durch das Schiff! Der Kiel schrammte über Grund, über Felsen...! Ich warf mich herum, wollte Harald ein lautes „Stop!" zubrüllen, da gab es schon einen leichten, wirklich nur einen leichten Rums, und das Schiff stand augenblicklich still und ich stürzte und schlug mit dem Kopf an die Bootsumrandung. Als ich mich wacklig und benommen und vor Schmerz stöhnen aufrichtete, merkte ich, das Harald bereits den Rückwärtsgang eingelegt hatte. Knirschend schrammte der Kiel wieder von der Klippe zurück. Der Motor ratterte heftig.

Ein kleiner Ruck ging noch einmal durch das Schiff, dann war es wieder frei. Die Jacht lief rückwärts. Gott sei Dank! Ich atmete auf. Und auf einmal riss die dunkle Wolke über uns auseinander und ich sah vor mir schattenhaft das bergige Gestade der Insel aufragen…

XVII. Schüsse aus dem Dunkel

Die Kraft der wütend das Wasser peitschenden Schraube zieht die Jacht rückwärts in das Dunkel des düsteren Salzsees hinein. Ich hielt mir den schmerzenden Schädel. Mein jagender Herzschlag beruhigte sich allmählich. Der Motor verstummte. Die plötzliche Stille dröhnte einem gleichsam in den Ohren.

„Den Anker!", hörte ich Harald rufen. „Lass den Anker runter!"

Etwas wackelig auf den Beinen versuchte ich mit der Mechanik des Ankerspills zurecht zu kommen. Endlich fand ich den Hebel, der die Arretierung der Seilwinde löste. Der Anker plumpste außen an der Bordwand ins Wasser. Die Winde hörte recht schnell auf, sich zu drehen und ich stellte sie wieder fest. Dann ging ich nach hinten zu Harald, der sich gesenkten Blickes, anscheinend in tiefes Nachdenken versunken, gegen das Steuerrad lehnte.

„Da haben wir noch mal verdammtes Glück gehabt, was?", sprach ich ihn an. Er nickte abwesend.

„Wir sind ohne Positionslampen gefahren", sprach ich weiter, „ohne jedes Licht an Deck. Sollten wir die nicht besser anzünden?"
Harald blickte auf.
„Bin mir nicht sicher", meinte er. „Ich weiß nicht, ob es gut wäre, wenn wir uns hier sichtbar machen. Wenn die Leute der Fürstin uns entdecken... Wie werden sie wohl reagieren, wenn sich Fremde dieser Insel nähern?"
„Es könnte ja aber auch sein", wandte ich ein, „dass sie die DRAGARI kennen. Diese Jacht dürfte doch hier auf diesem Binnensee nicht gerade unbekannt sein."
Wir ließen die Laternen ausgeschaltet. Dass wir hier mit einem anderen Wasserfahrzeug kollidieren würden, war nahezu ausgeschlossen; der See war doch leer. Kein Fischerboot, kein Frachtschiff würde jetzt in der Cholerazeit den Hafen verlassen. Aber sollte sich ein Schiff dieser Insel nähern, dürften seine Lenker wohl kaum etwas Gutes im Schilde führen.

Spät am Abend hielten wir uns in dem kleinen Speiseraum neben der Kombüse auf, wo wir uns nach einer ausgiebigen Mahlzeit, die aus Dosenfleisch und Nudeln bestanden hatte, noch einen Tee mit Rum gönnen wollten. Der Lichtkreis der elektrischen Glühbirne verströmte beinahe eine trauliche Behaglichkeit. Zu unseren Füßen hatten sich infolge des triefenden Ölzeugs Wasserlachen gebildet, die Harald mit einem groben Feudel aufwischte. Eben war ich dabei, die blecherne Teekanne auf den Tisch zu bringen, als ich ein lautes Knacken vernahm und einen Schlag gegen diese Kanne verspürte. Erst eine Sekunde später war der Schuss zu hören, dessen Kugel das landseitige Fenster, die gegenüberliegende Kajütenwand und dazwischen die sich in meiner Hand befindliche Kanne durchschlagen hatte, deren heißer Inhalt nun auf Tisch und Boden blubberte. Instinktiv duckte ich mich.

„Licht aus!", rief Harald. Während ich den Schalter der Deckenlampe betätigte, löschte er das Licht in der Kombüse. Es war jetzt nahezu stockdunkel. Wir lauschten eine geraume Weile schweigend, doch es war nichts als das Prasseln des Regens und von der Insel her das erschreckte Aufkreischen einiger Vögel zu hören, das jedoch sogleich wieder verstummte.

„Bist du verletzt?", hörte ich Harald fragen.

„Nein", antwortete ich. „Hab wohl mächtiges Glück gehabt. Es hätten nur ein paar Zentimeter gefehlt und..."

Da schlug eine zweite Kugel irgendwo in die Bordwand ein.

„Schmeiß den Motor an!", hörte ich Harald aus dem Dunkel rufen, der bereits zum Bug unterwegs war, um den Anker einzuholen. Während ich im dunklen Maschinenraum herumwerkelte, um den Motor wieder in Gang zu setzen, krachte draußen noch ein dritter Schuss, der die Jacht jedoch verfehlt zu haben schien.

Zunächst tuckerten wir rückwärts in die ungewisse Dunkelheit hinein, um zunächst einmal Abstand von der Insel zu gewinnen. Danach drehte Harald das Schiff und fuhr zunächst langsam in die ungefähre Richtung, aus der wir gekommen waren, danach schlug er einen großen Bogen um die Insel herum.

„Was machen wir jetzt?", sprach ich Harald an, als ich nach einer geraumen Weile zu ihm trat.

„Wir müssen versuchen, an einer anderen Stelle an die Insel heran zu kommen", meinte er. „Dumm ist nur, dass unser Motor meilenweit zu hören ist. Wer auch immer es war, der auf uns geschossen hat, er ist jetzt vorgewarnt. Er weiß, dass wir da sind und in welche Richtung wir fahren."

„Ob das die Leute der Rani sind?", überlegte ich.

„Wer sonst wäre so sehr daran interessiert, dass sich niemand der Insel nähert?", fragte Harald zurück und sprach nach kurzem Überlegen weiter: „Wir suchen uns einen Ankerplatz an der Nordseite der Insel. Und morgen früh, wenn wir wieder etwas sehen können, überlegen wir uns, was wir dann weiterhin machen."

Die Suche nach einem Ankerplatz war mit der großen Gefahr verbunden, unser Schiff an den Klippen zu beschädigen. Was wäre, wenn es leckschlagen und sinken würde? – Das wäre, kurz gesagt, unser Ende gewesen.

„Nimm den Bootshaken", wies mich Harald an, „und halte ihn am Bug so ins Wasser, dass wir nirgends auflaufen können!"

Nun, so ganz behaglich war der Gedanke nicht, den gut vier Meter langen Bootshaken sozusagen als Fühler vorzustrecken. Wenn er irgendwo anstoßen würde, hätte Harald ja ohnehin kaum Zeit dazu, auf meinen Zuruf zu reagieren. Aber ich gehorchte. Und die Jacht schlich vorwärts in langsamer Schrittgeschwindigkeit. Es regnete und ich triefte. Ich hatte die Stange aufgestützt auf den Bug, hielt sie schräg nach unten. Große Regentropfen schlugen klatschend auf meine Hände. Diese Finsternis war beängstigend. Die Ungewissheit zerrte unerbittlich an den Nerven.

Meine Nerven hatten seit Tagen mehr geleistet, als ihnen dienlich war. Ich fühlte sie förmlich wie allzu straff gespannte Geigensaiten vibrieren bei dem geringsten Anstoß, in ständiger Gefahr, zu zerreißen. Und die DRAGARI schlich weiter voran auf diesem salzigen Gewässer, in dem keine Fische lebten, sondern nur diese sonderbaren Riesenschildkröten. Ich konnte so gut wie gar nichts sehen und dachte, dass es wohl ein Zufall sein müsste, wenn wir die Insel wiederfinden. Ich dachte es – und fühlte einen harten Stoß unten an der Eisenspitze der Stange...! Eine Klippe! Ich brüllte zum Heck: „Stop! Stop!"
Ich stemmte mich gegen die Stange, jedoch vergeblich. Ich hielt sie fest umklammert und sie schob mich nach rückwärts gegen das Ankerspill. Ich strauchelte und stolperte. Der Motor verstummte plötzlich. Es klang, als wäre er abgewürgt. Ganz sacht schrammte der Kiel über steinigen Grund. Die DRAGARI lag still. Auf einmal stand Harald neben mir. Wir horchten ins Dunkel hinein. Nichts als der Regen war zu hören. Zu sehen war so gut wie nichts Es regnete, es goss, es strömte vom Himmel wie aus Bottichen...

„Das Schiff liegt vorne auf", sagte ich schwer atmend.

„Ist nicht schlimm", beruhigte mich Harald. „Es liegt nur ganz leicht auf. Da zieht uns die Schraube locker wieder herunter. Lass uns den kleinen Heckanker auswerfen und sehen, ob er hält. Wir bleiben erst einmal hier, bis es hell wird. Und wir lassen bis dahin alle Lichter aus. Wenn uns niemand sehen kann, wird auch niemand auf uns schießen."

Unten in der Kajüte tasteten wir nach unseren Gewehren, die wir für alle Fälle bereithalten wollten. Die Insel war vielleicht dreißig Meter entfernt, schätzte ich. Harald hatte wohl gespürt, wie müde und abgespannt ich war. Er ließ mich in die Kajüte hinuntergehen, damit ich mich auf einer der schmalen Kojen ein wenig ausstrecken konnte. Er selbst wollte die erste Wache übernehmen. In ein paar Stunden, so sagte er, würde er mich wecken, damit ich ihn ablöse. Ich legte nur meine Öljacke ab und kroch in die Koje, wo ich mit meiner Büchse im Arm völlig ermattet liegenblieb. Trotz meiner bleiernen Müdigkeit konnte ich nicht gleich einschlafen. Ich lauschte auf den Regen und auf Haralds leise Schritte, die das Deck umrundeten…

Auf einmal schreckte ich hoch. Warum? Weil ich den Regen und Haralds Schritte nicht mehr hörte. Ich hatte also doch geschlafen, viel zu tief und zu fest, als ich es gewollt hatte. Mein Herz pochte. Ich richtete mich auf und lauschte in die Dunkelheit hinein, die jetzt doch nicht mehr so ganz dunkel war. Der Morgen begann zu dämmern.
„Harald!?", rief ich wispernd nach draußen, als ich die Kajütentür geöffnet hatte. Dann rief ich lauter und mit voller Stimme: „Harald!"
Keine Antwort, kein Geräusch. Von der Insel her waren vereinzelte Vogelschreie zu hören, die als Echo von den hohen Felswänden zurückgeworfen wurden. Ob Harald es für überflüssig gehalten hatte, weiterhin Wache zu halten und sich ebenfalls schlafen gelegt hatte? Ob er in die Kajüte im Mittelaufbau getreten war und eine der englischen Stänkerzigaretten rauchte? Einschläfernd und direkt beruhigend war bisher das Tapp-Tapp seiner Schritte gewesen. Nun meldeten sich die allzu straff gezogenen Saiten – die Nerven. Sie vibrierten und teilten ihre Unrast dem Herzen mit. Ich hörte mein Herz laut pochen. Ich griff nach dem Gewehr und stieg die enge Treppe empor. Die Jacht

wiegte sich leicht vor dem Heckanker. Ein frischer Wind war aufgekommen. Erstmals sah ich durch das Morgendämmer die Insel mit dem beeindruckend hohen Felsgestade scharf und klar vor mir. Aber Harald war weg! Ich rief laut – keine Antwort... Ich packte meine Waffe fester. Ich rief nochmals. Ich schaute zum Heck, zum Bug, in den Motorraum; kein Harald. Meine Nerven gerieten ins Schwingen. Wo, zum Teufel, war er abgeblieben!? Sollte er etwa wieder, ohne mich vorher zu benachrichtigen, eine seiner beliebten Extratouren gewagt und sich auf die Insel begeben haben? Ich eilte zum Heck. Dort war unter einer Plane das kleine Beiboot vertäut. Aha, es fehlte. Und der kleine Kranbaum, mit dem es von Bord gelassen werden konnte, war seitwärts gedreht und das Seil hing die Bordwand hinab.

Also: Harst war an Land! Einen Moment spüre ich den aufquellenden Ärger über seine Rücksichtslosigkeit. So ist er ja leider stets. Hat uns dadurch schon so manches Unheil eingebrockt! Aber es ist ihm nicht abzugewöhnen! Er ist und bleibt ein selbstherrlicher Fatzke! Gedanke, Entschluss, Ausführung! Das ist eins bei ihm! Dann nimmt er sich keine Zeit, mich irgendwie zu benachrichtigen. Er hat nachher schon seine Ausreden, wenn ich einschnappe! Oh, dieser verdammte Halunke!

Ich wartete...

Ich umrundete die DRAGARI immer wieder, ich horchte, hielt Ausschau. Ich suchte das Fernglas, das in einer Schrankklappe neben dem Steuerruder gelegen hatte. Meine Uhr ging gegen vier. Ich verglich sie mit dem Schiffschronometer und zog beide auf. Dann sah ich das Beiboot mit Harald hinter einer Felsklippe hervorkommen. Mein Gott, war ich auf einmal froh! Was hatte ich mir doch für Sorgen gemacht um meinen besten Freund! Es hätte ja auch sein können, dass er... Nun ja, ich atmete erleichtert auf.

„Bin wieder da, mein Alter", sagte er munter, als das Boot leicht an die Bordwand stieß. Er kletterte am Fallreep hoch und schwang sich über die Reling.

„Die Insel ist auf der Ostseite tatsächlich bewaldet", begann er sogleich zu berichten. Wir werden die Jacht ein Stück weiter in eine Felsenbucht steuern, wo sie weder vom Land noch vom Wasser aus gesehen werden kann. Und wir können von da oben aus..." – Harald deutete mit ausgestrecktem Arm auf eine mit Buschwerk bewachsene Anhöhe – „...das begrünte Tal gut überblicken. Ich denke, da werden wir interessante Dinge zu sehen kriegen."

XIX. Der stürzende Berg

Nach einem stärkenden Frühstück machten wir uns sogleich an die Ausführung unseres Vorhabens. Die Sonne ging auf und begann von einem nahezu wolkenlosen Firmament zu strahlen. Als wir die Jacht in die geschützte Bucht bugsierten, schrammten die Planken und der Kiel immer wieder an den Felsen, die bis kurz unter die Wasseroberfläche ragten. Das Schaben und Knirschen unter dem Boot klang manchmal wirklich bedrohlich. Ich fand es kreuzgefährlich, was Harald unserem braven Schifflein da zumutete und verdrehte vor lauter Verzweiflung die Augen gen Himmel.

„Du lieber Gott...!", seufzte ich ein ums andere Mal. Wir manövrierten immer wieder vor und zurück, bis wir eine freie Fahrrinne für einige Meter gefunden hatten. Ich stand mit dem Enterhaken in dem undurchsichtig trüben Wasser stochernd am

Bug und fragte mich, wie wir jemals wieder aus dieser labyrinthischen Falle ins freie Gewässer finden sollten.

„Also es ist dort wirklich bewaldet?", knüpfte ich, vor Anstrengung keuchend, das Gespräch an, als wir den steilen Berghang zu dem begrünten Grat aufstiegen, zu dem Harald gedeutet hatte. Obwohl wir uns im Schatten des Berges bewegten und die Sonne uns nicht direkt versengte, war es an diesem Morgen bereits unerträglich heiß.

„Alles, was du haben willst", erwiderte Harald gutgelaunt, „Palmen, Laubbäume, Buschwerk, Gras, blühende Sträucher. Es gibt dort auch einen kleinen Acker und einige Gemüsebeete. Und ich habe durch die Bäume auch einige Blockhütten und einen Ziehbrunnen gesehen. Also gibt es auch Süßwasser. Man kann dort völlig autark leben. Das hier muss die Schatzinsel der Rani sein. Du wirst es gleich selbst feststellen, wenn wir oben sind. Und dann liegt dort weiter nach Norden zu in einer größeren Bucht ein Wrack – ein Lastschiff mit zwei Maststümpfen. – Ein Beleg dafür, dass der Sambhar-See durchaus seine Tücken hat. Wenn der Sturm über die Thar-Wüste fegt, soll der Salzsee mächtige Wellen schlagen, die schon so manches Schiff an die Klippen geworfen haben."

Oben angekommen konnte ich mich von allem überzeugen, was Harald mir berichtet hatte. Der hohe, felsige Berg, der den größten Teil dieser Insel einnahm, fiel an der Ostseite gute 100 Meter senkrecht ab und bildete dort sogar einen imposanten Überhang. Leider war der Fuß des Berges von unserem Platz aus nicht zu erkennen; wir vermuteten da einen Höhleneingang. Deutlich war ein leicht gewundener Weg zu erkennen, der von irgendwo aus diesem Felsmassiv kommend durch das leicht abschüssige, bewachsene Gelände zu einer kleinen Bucht ans Wasser führte, wo ein stabiler Anlegesteg aus behauenen Holzstämmen errichtet war. Das saftig grünende Tal lag zu dieser Stunde im prallen Schein der Morgensonne. In einer ungefähren Entfernung von vielleicht 300 bis 400 Metern konnte ich nun einige Männer wahrnehmen, 5 oder 6 an der Zahl, die sich

in den Pflanzungen zu schaffen machten und mit Hacken und Spaten hantierten.
„Europäer", sagte Harald, indem er mir das Fernglas reichte.
„Ganz eindeutig", bestätigte ich. Die Männer arbeiteten mit entblößten Oberkörpern. Alle waren sonnengebräunt und trugen verknotete Schweißtücher auf den Köpfen. Das Feld war vollständig mit einem etwa kniehohen Palisadenzaun aus armdikken Hölzern umgeben, vermutlich um die großen Schildkröten abzuwehren, die man hie und da durch das Gesträuch kriechen sah. Einige Schafe und Ziegen standen in einem Gatter nahe den Blockhütten.
„Da unter dem Feigenbaum, siehst du?", wies ich Harald hin. „Ein Ratschpute mit einem Gewehr."
Harald nickte.
„Die Männer dort unten sind Gefangene", konstatierte er. „Wir müssen versuchen, wenigstens an einen von ihnen unbemerkt heranzukommen. Er könnte uns sagen, wie viele Wachen sich hier auf der Insel befinden. Und er könnte seine Mitgefangenen von unserer Anwesenheit unterrichten. Dann können wir gemeinsam einen Plan zu ihrer Befreiung…"
Harald unterbrach sich plötzlich und entriss mir förmlich das Fernglas. Sodann richtete er es in die Ferne auf den See hinaus. Jetzt sah ich, was ihn dort so interessierte; ein Schiff!

Es war ein Motorschiff, ein Kutter, der gerade in voller Fahrt auf die Ostseite der Insel zusteuerte. Er kam immer näher. Ob er wohl auch mit ein paar wohlgezielten Schüssen empfangen würde, wie wir? Der gewundene Weg durch die Büsche und Bäume hindurch schien sich zu beleben. Leute liefen zum Ufer hinunter. Dann betraten mehrere Ratschputen den Anlegesteg, um das Schiff zu erwarten.

Als der Kutter anlegte, konnten wir aus der Ferne erkennen, wie sie sich auf dem Steg auf die Knie warfen und ihre Häupter senkten. Nun, und wer war denn wohl die schlanke Frau in dem leuchtend gelben Sari, die dort über die eilends ausgelegte Landungsbrücke schritt und die Knienden mit hoheitsvoller Geste zum Aufstehen aufforderte…?

Harald und ich blickten uns an und mussten lächeln.

„Sie hat ja nicht lange auf sich warten lassen", meinte ich.

„Das hätte ich an ihrer Stelle auch nicht getan", gab Harald zurück. „Sie konnte sich doch an den Fingern einer Hand abzählen, dass wir beide hier sind. Und ihr ist auch klar, was wir hier wollen. Ja, sie hat sich große Sorgen gemacht um ihre kostbaren Gefangenen und... um ihr Gold."

„Wenn man ihr berichtet", setzte ich seinen Gedanken fort, „dass man sich in der Nacht genötigt sah, auf eine Motorjacht zu schießen, die ohne Positionslampen vor der Insel ankerte, dann kann sie sich sogar ziemlich sicher sein, dass wir sie beobachten. Und von wo hat man den allerbesten Überblick über die begrünte Ostseite der Insel?"

„Da magst du wohl Recht haben", gab Harald zu. „Wir sollten unsere Köpfe hier nicht zu weit aus den Sträuchern hinausstecken, sonst..."

Ich beobachtete durch das Fernglas, wie die Rani mit ihrem Gefolge, unter dem sich wohl auch ein gutes Dutzend bewaffneter Afghanen befand, den Weg zu dem Berg entlangschritt, wie einiges Gepäck von ihren Dienerinnen aus dem Schiff entladen wurde und wie zuletzt ein bewaffneter, hochgewachsener Weißer drei gefesselte Gefangene an Land geleitete...

„Da, schau mal!", forderte ich Harald auf, indem ich ihm das Fernglas übergab.

„Aha", sagte er, „da sind ja Miss Goord, Doktor Amalgi und Hubert..."

Und ich ergänzte: „Der lange Kerl mit dem Gewehr ist kein anderer als dieser Lump von Trapper!"

Harald hatte das Fernglas abgesetzt und sich rücklings gegen einen Stein gelehnt. Scheinbar abwesend blickte er vor sich hin und zupfte sich wie stets, wenn er scharf nachdachte, am Ohrläppchen.

„Also, mein Freund, versetze Dich einmal in die Lage der Rani", begann er nach einer geraumen Weile zu sprechen. „Sie weiß ohne jeden Zweifel, dass zwei deutsche Detektive hier auf der Insel sind, die alles daransetzen, ihre Pläne zu durchkreuzen. Was wird sie tun? Ihre Leute anweisen, uns aufzuspüren und auszuschalten?"

„Nein", überlegte ich, „das würde nur wieder zu schmerzlichen Verlusten bei ihrem ohnehin knappen Personal führen, selbst wenn sie sich jetzt mit den Afghanen verbündet hat."

„Richtig", stimmte Harald zu. „Da wäre es doch nur folgerichtig, wenn sie uns in Ruhe lässt und uns in der Gewissheit, dass wir sie beobachten, irgendeine Theaterposse vorspielt. Darin ist sie ja, wie du weißt, eine Meisterin ihres Faches."

„Es regnet bald wieder", seufzte ich und schaute nach der finsteren Wolkenwand empor, die sich hinter dem Berg erhob und den Himmel verfinsterte.

„Wie auf Bestellung", frohlockte Harald. „Na komm, da, ein Stück weiter unten ist ein schmaler Pass, durch den wir absteigen können. Der Regen und die Dunkelheit sind unsere Verbündeten."

Und wieder begann es übergangslos in Strömen zu gießen...

Als wir nach einer halsbrecherischen Kletterei unter triefenden Büschen und Bäumen standen, wisperte ich Harald zu: „Ich muss gerade daran denken, dass die Rani doch auch damit rechnet, dass wir nicht den ganzen Tag müßig auf irgendwelchen Felsklippen herumliegen und sie nur beobachten. Womöglich ist ihr klar, dass wir jetzt hier unten sind. Ich habe das unbestimmte Gefühl, dass wir gerade im Begriff sind, in eine Falle zu tappen."

Wir schlichen durch ein dichtes Gestrüpp in Richtung der Pflanzung. Auf einmal spürte ich Haralds Hand auf meinem Arm. Wir duckten uns tiefer und hielten lauschend den Atem an. Dort war jemand, nur ein paar Meter von uns entfernt. Wir lugten durch das Blattwerk und erspähten unter einer kleinen aus Palmwedeln geflochtenen Überdachung einen dieser halbnackten Gefangenen mit seinem entblößten Hinterteil über einem waagerecht in Kniehöhe zwischen zwei Bäumen angebrachten Balken hocken und... Nun ja, auch der Geruch, den jeder altgediente Soldat mit dem Begriff „Donnerbalken" verbindet, fehlte hier nicht. Wir warteten diskret ab, bis er sein Geschäft vollbracht und sich von dem Platz erhoben hatte und sich eben wieder zu dem Gemüsegarten an seine Arbeit begeben wollte.

„Kssst!", machte Harald. Der Mann stutzte und blickte sich um. Als er Haralds Handzeichen sah, vergewisserte er sich unauffällig, ob er sich nicht etwa im unmittelbaren Sichtfeld seines Bewachers befand. Dann schlich er sich gebückt zu uns.

„Um Gotteswillen!", wisperte er auf Deutsch und setzte dann in englischer Sprache mit sich vor Hast überschlagenden Worten fort: „Lassen Sie sich nicht von dem Wächter dort sehen und entfernen Sie sich so schnell als möglich von der Insel und melden Sie den Behörden, dass wir hier seit Jahren gefangen gehalten werden von der Rani von Jaisulmir, und...!"
Harald stoppte den Redefluss des Mannes, in dem er einige beruhigende, deutsche Worte an ihn richtete und uns erst einmal vorstellte. Es stellte sich heraus, dass der Gefangene tatsächlich ein Deutscher war, ein Kaufmann aus der Hansestadt Wismar, der zunächst zwei Jahre lang im Dschebel Hammak und nun seit vier Jahren hier auf der Insel gefangen gehalten wurde.

„Ich darf nicht so lange von der Arbeit fortbleiben", gab er uns zu verstehen, „sonst wird der Ratschpute misstrauisch. Unsere Bewacher sind ohnehin sehr nervös, seit sich gestern Nacht ein Boot der Insel genähert hatte, das wahrscheinlich noch in der Nähe ist. Es liegt also auf der Hand, dass Sie das waren. Man wird nach Ihnen suchen."

Wir hielten das Gespräch knapp und waren bemüht, nur die wichtigsten Informationen zu erhalten. Auf Haralds Frage nach der Anzahl der Gefangenen und der Wächter antwortete der Kaufmann: „Acht Engländer, zwei Deutsche, ein Holländer und ein Franzose. Die Bewachung besteht aus insgesamt achtzehn Ratschputen, die allesamt vorzüglich mit ihren Waffen umzugehen wissen. Sie beide können hier nichts ausrichten."
Der Gefangene legte uns geradezu flehentlich ans Herz, die Insel zu verlassen; die Ratschputen hätten bereits mehrfach zufällig angekommene Leute ohne Pardon getötet und deren Boote

versenkt. Auch die vollständige Besatzung des gestrandeten Frachters hätten sie auf dem Gewissen.

„Hat man Ihnen gesagt, weshalb Sie gefangen gehalten werden?", wollte ich wissen.

„Die Rani hat uns ganz offen gesagt, dass sie uns als Geiseln benötigt", antwortete unser Landsmann. „Sie plant, das viele Gold von dieser Insel ins Ausland zu transportieren…"

„Gold?", fragte Harald dazwischen. „Es stimmt also, dass es hier eine Goldader gibt?"

„*Eine* Goldader?", wiederholte der Gefangene mit geringschätzigem Lächeln und griff in seine Hosentasche, woraus er mehrere haselnussgroße Goldklumpen zog, die er geradezu beiläufig in unsere Hände legte. „Das Zeug liegt dort in dem Höhlengewölbe massenweise herum wie Kieselsteine. Wenn man will, kann man darin baden. Es ist unmöglich, alles auf einmal fortzuschaffen. Wir haben einige hundert Säcke davon zum Abtransport gestapelt."

„Und wann soll der Transport stattfinden?", fragte Harald.

„Nun, ich habe Ihnen ja gesagt, wie lange ich schon in dieser Gefangenschaft bin", antwortete der Mann. „Wir alle warten darauf. Die Rani hat uns versichert, dass sie uns freilassen wird, wenn sie ihr Ziel erreicht hat. Und ein jeder von uns dürfte so viel Gold nach Hause mitnehmen, wie er tragen kann. Wir sollten uns nur an ihre Weisungen halten und nicht versuchen zu fliehen. Aber einige von uns glauben ihr nicht. Ich denke, dass das Ende des Transportes auch unser Ende wäre. Dieses Weib kennt keinerlei Skrupel. Sie hat bisher noch jeden umbringen lassen, der vom Geheimnis dieser Insel wusste."

„Und warum lässt sie sich so viel Zeit mit ihrem Vorhaben?", rätselte ich. Doch der Gefangene hatte sofort die Antwort parat.

„Es soll nicht irgendeine Karawane sein", erklärte er, sondern eine Riesenkarawane, die über die Grenze ziehen soll. Dazu braucht man außer den nötigen Kamelen eine ganze Menge vertrauenswürdigen Personals und keine gedungenen Schmuggler, die sich dann mit der ihnen anvertrauten Ware aus dem

Staub machen. Und daran hapert es, verstehen Sie? – Ich muss jetzt wieder zurück, damit mein Fehlen nicht auffällt. Und Sie sollten so schnell wie möglich die Behörden informieren. Dann hätten wir vielleicht noch eine Chance, wenn auch nur eine kleine. Ich zähle auf Sie! Viel Glück!"

„Eine letzte Frage!", hielt ihn Harald noch kurz auf. „Wie viele Eingänge hat diese Höhle?"

„Nur einen einzigen zu ebener Erde dort an der Steilwand", antwortete der Gefangene. „Wer dort hineingeht, kann nur von dort wieder herauskommen."

Als sich der Mann entfernte, der uns zum Abschied fest die Hände gedrückt hatte, begaben wir uns an einen geschützten Platz im dichten Gestrüpp und berieten, was wir nun tun sollten. Ich war der Meinung, dass wir dem eindringlichen Rat des Gefangenen folgen und unverzüglich von der Insel verschwinden sollten. Was könnten wir beide hier gegen die zahlenmäßige Übermacht der Ratschputen und der neu hinzugekommenen Afghanen denn wohl ausrichten? Harald schwieg lange, bis er nachdenklich sagte: „Wenn man sich einer zahlenmäßigen Übermacht entgegenstellen will, braucht man etwas, womit man diese Übermacht gewissermaßen im Zaum halten kann…"
Ich schaute ihn an, in der sicheren Annahme, dass er bereits wieder einen verrückten und natürlich unter tausend Gefahren und kräftezehrenden Mühen auszuführenden Plan im Kopf hatte. Nun, ich hatte mich nicht getäuscht.

„Wir brauchen eine Geisel", sagte Harald völlig gelassen, „eine sehr wichtige Person sollte das schon sein, nämlich die hochrangigste Person hier auf der Insel…"
Ich seufzte nur.

Die Natur erlaubte sich, uns zu beweisen, dass jetzt die Regenperiode an der Herrschaft war. Es goss in Strömen und es herrschte nahezu Finsternis ringsum, denn über See, Insel und Strand glitt ein Riesenschatten – eine mächtige Regenwolke, ein schwarzes Ungeheuer mit geschwollenem Bauch, dass seinen Rachen öffnete und Wassermassen spie. Es regnete, es goss und goss, während wir auf Händen und Knien, teilweise auch auf dem Bauch durch das Gesträuch kriechend die Umgebung erkundeten wie die Schildkröten.

„Ganz erwünscht", meinte Harald in nahezu aufgeräumter Stimmung. Ich dagegen verfluchte im Stillen meinen Beruf und dachte daran, wie schön es wäre, meinen Lebensunterhalt als Angestellter in irgendeiner behaglichen Bürostube zu verdienen und duftenden Kaffee zu kochen…

Büsche und Sträucher überschütteten uns mit den dicken Tränen ihrer regennassen Blätter. Die Gefangenen, die vorhin noch auf dem Feld gearbeitet hatten, waren samt ihrem Wächter verschwunden. Die Blockhütten, die auf der Waldlichtung standen, schienen leer zu sein, wenngleich einige aufgehängte Wäschestücke unter deren Vordächern darauf schließen ließen, dass sie durchaus genutzt wurden. Undeutlich sahen wir nun vor uns diese riesige Felsmauer und an deren Fuß den Eingang zu der Höhle, von welcher der gefangene Kaufmann gesprochen hatte; das war also die legendäre Goldhöhle. Der Eingang war mit einem Vordach überbaut. Wir konnten einen schwachen Lichtschein von dort wahrnehmen. Vermutlich hatten sich alle Gefangenen und auch alle Bediensteten der Rani wegen des starken Regens in die Höhle zurückgezogen. Aus einem Loch in der steilen Felswand oberhalb seitlich des Eingangs quoll Rauch, offenbar der Rauch einer Feuerstelle, über der man das Essen bereitete. Und mir knurrte der Magen. Einmal kamen zwei Dienerinnen heraus, die von dem überdachten Ziehbrunnen Wasser in hölzernen Eimern in die Höhle trugen. Wir bewegten uns weiter, bis wir den Landungssteg mit dem dort festgemachten Kutter einsehen konnten. Weder auf dem Steg noch auf dem Schiff war eine Wache zu bemerken. Warum lässt man den Kutter unbewacht? Wir hätten ihn natürlich entführen können, so dass die Rani mit ihrem Gefolge auf der Insel festgesessen hätte. Doch was hätte das uns und was hätte das den bemitleidenswerten Gefangenen genützt? Selbst wenn wir mit einer von der Regierung gestellten Streitmacht, deren Aufstellung sicherlich Tage, wenn nicht gar Wochen gedauert hätte, wieder zurückgekehrt wären, so hätte die Rani immerhin fünfzehn europäische Geiseln in ihrer Gewalt...

Stunden vergingen. Meinen Vorschlag, doch besser auf unsere DRAGARI zurückzukehren, um dort das schlimme Wetter abzuwarten, da sich hier währenddessen doch ohnehin kaum etwas Bedeutungsvolles ereignen würde, überging Harald auf seine Art mit beiläufigem Schweigen. Dann ließ der Regen nach und es kam nun doch etwas Leben in diese triefende Landschaft. Wir staunten zunächst nicht schlecht, als wir Honoria Goord, Doktor Amalgi und Hubert Enoch ungefesselt und in Begleitung einer Dienerin und eines bewaffneten Ratschputen auf einem Trampelpfad durch den Wald kommen sahen. Alle, außer dem Ratschputen, trugen Bündel und Gefäße mit sich; offenbar Kleidung, Wäsche und Verpflegung. Die Gruppe bewegte sich auf die Blockhütten zu, um dann eine von diesen zu betreten. Es dauerte nicht lange, bis sich die Dienerin und der Wächter wieder in Richtung Höhle entfernten...

...und Harald und ich in der Blockhütte den drei Gefangenen gegenüberstanden.

„Es war ja damit zu rechnen", begrüßte uns Amalgi, „dass Sie beide irgendwann hier auf der Insel auftauchen. Aber dass Sie uns so schnell ausfindig machen...!"

Wir erfuhren, dass die Rani angewiesen hatte, die drei neu angekommenen Gefangenen in den Blockhütten unterzubringen, die normalerweise nur während der Trockenzeit als Unterkünfte dienten. Während der Regenzeit zogen die Gefangenen anscheinend immer in die trockene Felshöhle um, da die Feuchtigkeit während des Regens nie ganz aus den Hütten wich. Nun waren die Unterbringungsmöglichkeiten in der Höhle jedoch angeblich ausgeschöpft.

„Dabei stimmt das gar nicht", meinte Miss Goord. „Dieses Höhlensystem ist riesig. Dort gibt es recht komfortabel eingerichtete Gemächer für die Herrschaft und die Bediensteten und für die Gefangenen einen separaten Höhlentrakt, der mit einer

Gittertür verschließbar ist. Dort wäre Platz für noch viel mehr Leute. Höchst merkwürdig."

„Mich wundert das überhaupt nicht", erwiderte Harald. „Das ist nur ein Akt in der Theateraufführung, welche die Rani hier für uns aufführt. – Natürlich ist sie sich im Klaren darüber, dass Schraut und ich auf der Insel sind. Sie rechnet auch fest damit, dass wir Ihnen hier begegnen. Sie drei sind – mit Verlaub – nur ein Köder, an den wir anbeißen sollen, ein Brocken, der uns genügen soll. Sie hofft, dass wir uns mit Ihnen Dreien zufriedengeben und uns entweder mit unserer Jacht oder dem Kutter, der dort völlig unbewacht am Steg schaukelt, aus dem Staub machen."

„Ja, aber werden wir das denn nicht tun?", meldete sich der alte Hubert verwundert zu Wort.

„Warum wohl gibt uns die Rani die Möglichkeit, so einfach zu verschwinden?", fragte Harald in die Runde. „Und noch dazu mit ihrem eigenen Schiff? Da stimmt doch etwas nicht!"
Wir mussten Harald beipflichten und ergingen uns eine ganze Weile in nachdenklichem Schweigen.

„Die Rani muss noch eine andere Möglichkeit haben, mitsamt ihrem Gefolge und womöglich sogar mitsamt ihrem Gold von der Insel fortzukommen", sagte Harald. „Vielleicht gibt es noch ein weiteres Schiff irgendwo auf der anderen Seite der Insel?"

„Ach ja", ließ sich da der alte Hubert wieder hören. „Heute früh, als es noch nicht regnete und die Sicht über dem See noch klar war, habe ich in der Ferne einen Frachter gesehen. Er kam aus westlicher Richtung."

„Da haben Sie sich sicher getäuscht, Hubert", tat Amalgi die Bemerkung seines Dieners ab. „Die Frachtschifffahrt auf dem See ist doch von Amts wegen vollständig eingestellt wegen der Cholera."

„Wenn das Schiff von Westen kam, können wir es nicht gesehen haben von unserem Aussichtspunkt heute Morgen", konstatierte Harald, indem er mich vielsagend anblickte. Um die gesamte Insel überblicken zu können, hätten wir schon auf die

Spitze des Berges klettern müssen. Aber das wäre selbst für einen geübten Alpinisten ein viel zu gewagtes Unterfangen gewesen.

„Wissen Sie", hub der alte Diener von neuem an, „ich habe noch recht gute Augen, Gottlob. Es war sehr wohl ein Frachtschiff, ein Zweimaster."

Harald und ich konnten uns nun auch nicht endlos in angeregte Plaudereien mit unseren Gefährten ergehen, wir mussten höllisch darauf aufpassen, in der Blockhütte nicht von irgendwelchen Bediensteten der Fürstin überrascht zu werden. Darum machten wir beide uns auf den Rückweg zur DRAGARI, um etwas zu essen und dort die Nacht abzuwarten. Wir wollten im Schutz der Dunkelheit irgendwie versuchen, in die Höhle einzudringen und womöglich der Fürstin habhaft zu werden. Wir hatten unsere Gefährten um Verständnis dafür gebeten, dass wir sie nicht gleich mit unserer Jacht in Sicherheit bringen würden, denn wir hatten die Strapazen der Reise zu dieser Insel nicht auf uns genommen, um sozusagen halbverrichteter Dinge wieder umzukehren; wir wollten auch den anderen Gefangenen unsere Hilfe zukommen lassen, wenn es denn eine Möglichkeit dazu gäbe.

Uns stellte sich immer dringender die Frage, was die Rani hier wohl im Schilde führte. Unsere Gefährten berichteten uns, dass auffällig viele große Kisten Dynamit aus dem Kutter in die Höhle transportiert worden waren. Sie fanden das merkwürdig, denn zum Fördern des Goldes, welches in der Tat wie Kiesel und Sand in den schier endlosen Verzweigungen des riesigen Gewölbes herumlag, waren keinerlei Sprengungen notwendig. Man benötigte lediglich Schaufeln dazu, um es an Ort und Stelle in Säcke zu füllen. Und hatte der Wismarer Kaufmann nicht von *mehreren hundert* Säcken gesprochen, die dort schon für den Abtransport bereitlagen? Nur – wie sollten die auf den kleinen Kutter verladen werden, der gewiss nicht in der Lage wäre, *mehrere hundert* Säcke voll Gold zu transportieren? Ob tatsächlich etwas dran war an der Beobachtung des alten Hubert bezüglich des Segelfrachters? Ob dieser wohl vor der anderen

Seite der Insel ankerte und nur darauf wartete, in die ostseitige Bucht beordert und beladen zu werden?

Als Harald und ich nach dem halsbrecherischen Aufstieg durch den regennassen Felsenpass wieder oben auf dem Grat anlangten, von wo aus wir den Ankerplatz unserer DRAGARI einsehen konnten, blieben wir wie angewurzelt stehen. Es war ein trauriger Anblick, der sich uns darbot. Von unserer Jacht ragten nur noch die obersten Aufbauten aus dem Wasser…

Ich empfand tatsächlich ein Gefühl von Trauer, denn ich hatte mich direkt in dieses schöne Schiff verliebt.

„Sie wird wohl leckgeschlagen sein, als wir gegen die Klippen stießen", meinte ich. „Wahrscheinlich war das Loch so klein, dass wir es nicht bemerkt haben, als wir…"

„Und wo ist das Beiboot?", unterbrach mich Harald. „Auch leckgeschlagen?"

In der Tat; das Beiboot, das wir auf den schmalen mit Salz bedeckten Sandstrand gezogen hatten, war verschwunden!

„Dann waren da wohl Besucher…?", schlussfolgerte ich und ergänzte: „Ich habe irgendwie das dumme Gefühl, dass wir beobachtet werden."

Ich ließ meinen Blick über die Umgegend wandern, ob nicht irgendwo ein Ratschputen-Turban oder ein Gewehrlauf hinter einem Stein hervorlugte.

„Ich sage dir", knurrte Harald, „die Fürstin führt uns gehörig an der Nase herum."

„Lohnt sich der Abstieg überhaupt noch?", fragte ich. Harald schüttelte den Kopf.

„Um etwas aus dem Schiff zu bergen, müssten wir tauchen", erwiderte er. „Aber tauchen kann man nicht in dieser Salzbrühe, ohne sich die Augen zu verätzen. Und wir bräuchten so dringend mehr Gewehrmunition als die wenige, welche wir bei uns tragen, für unser nächtliches Vorhaben."

„Ja", bestätigte ich. „Und eine Dose Erbsensuppe wäre auch nicht übel gewesen…"

Unsere drei Gefährten wunderten sich, uns so bald wiederzusehen. Die bittere Nachricht über unser versenktes Schiff löste natürlich keinerlei Begeisterung aus. Nun galt es, sich damit abzufinden, dass wir diese Insel nur noch mit dem Kutter würden verlassen können. Unser Plan war, die Nacht bis eine Stunde vor Tagesanbruch abzuwarten, also jene Zeit, in welcher mit größter Wahrscheinlichkeit alles im tiefsten Schlaf liegt und in der erfahrungsgemäß auch alle Wachtposten schläfrig werden. Wir wollten dann den Kutter für unsere Flucht vorbereiten. Amalgi, Hubert und die Miss sollten sich dort bereithalten, während Harald und ich in die Höhle einzudringen versuchen, um zu sehen, ob wir der Rani habhaft werden können. Dazu befragten wir die Drei noch einmal über alle Einzelheiten zur Beschaffenheit und zur Ausdehnung der unterirdischen Gewölbe aus, um uns im Geiste einen Grundriss davon einzuprägen.

Unsere Gefährten teilten ihre reichlichen Proviantrationen mit uns und wir begaben uns nach dem Verzehr von indischem Fladenbrot und kaltem Ziegenfleisch zur Ruhe, nachdem wir einen in fünf Zeitabschnitte gerecht geteilten Wachplan festgelegt hatten, um gegen unliebsame Überraschungen gefeit zu sein. Harald und ich bezogen die benachbarte Blockhütte. Ich fiel sogleich in einen bleiernen Schlaf in der Gewissheit, kurz vor drei Uhr von Hubert geweckt zu werden, um die letzte Wache zu übernehmen...

Es gab einen gewaltigen Knall!

Noch ganz benommen schnellte ich von meiner Pritsche empor, griff nach meiner Waffe und rannte ins Freie. Innerhalb weniger Sekunden waren wir alle fünf vor der Blockhütte versammelt. Die Vögel waren allesamt von ihren Schlafplätzen in den Bäumen und Felsnischen aufgeflattert und veranstalteten ein ohrenbetäubendes Kreischen. Der Himmel war sternenklar und der Halbmond ermöglichte uns eine recht gute Sicht.

„Eine Sprengung!", ließ sich Hubert hören, dessen Wache bereits begonnen hatte. Es musste etwa halb drei Uhr sein. Der jedem Soldaten bekannte, typische Geruch von explodiertem Pulver wehte zu uns herüber.

Jetzt gab es einen ungeheuren Donnerschlag, gegen den der vorherige Knall nur ein leises Knacken gewesen war!

Die Erde bebte unter unseren Füßen. Wir fühlten den Luftstoß der Explosion, von der sich die großen Bäume zurückbogen. Unseren Augen bot sich jetzt ein unglaubliches Schauspiel. Der Berg, den wir schattenhaft gegen den klaren Sternenhimmel vor uns aufragen sahen, stürzte in sich zusammen. Seine überhängende Steilwand schien förmlich zu zerbröckeln und krachte zu Tal. Über uns sausten Felstrümmer hinweg. Ein Steinregen prasselte herab. Ich sah einen mächtigen Felsbrocken, groß wie die Bäume, der alles niederwalzend durch den abschüssigen Wald kollerte und erst am Seeufer zum Stillstand kam. Ringsum ertönte ein überlautes Poltern, Bersten und Brechen. Wir rannten um unser Leben. Wir versuchten, der schrecklichen Lawine zu entgehen, die hinter uns sogleich die Blockhütten niederwalzte, wo wir eben noch geschlummert hatten…

Als der Bergsturz zum Stillstand gekommen und das Grollen der rollenden Felsen verstummt war, blickten wir im Schein des Mondes über eine bizarre Geröllhalde, die jetzt nahezu die Hälfte des begrünten Teils der Insel bedeckte. Wir Fünf hatten es tatsächlich geschafft, unser Leben zu retten, und ich kann mir selbst kaum erklären, wie das zustande gekommen war. Ein großes, ein riesenhaftes Glück hatte uns vor schlimmen Verletzungen bewahrt, wenn man davon absieht, dass wir alle blutige Kratzer und Schrammen vom überhasteten Rennen durch das dichte Gestrüpp davongetragen hatten und dass der alte Hubert sich ein wenig den Fuß verstaucht hatte, als er über einen kollernden Stein gestolpert war.

Als der Morgen graute, es war ein recht nebliger Morgen, begaben wir uns über Felsbrocken und umgestürzte Bäume kletternd dorthin, wo es einst unterhalb der Steilwand die Goldhöhle gegeben hatte. Sie existierte nicht mehr. Nicht einmal der Zugang war noch aufzufinden. Mit unheimlicher Kraft hatte der

Sprengstoff hier einen gewaltigen Grabhügel zerbröckelten Gesteins geschaffen, unter dem jetzt all diejenigen für immer verschwunden waren, denen des Schicksals unbarmherzige Lebensuhr hier an dieser Stelle ihr Ziel gesetzt hatte. Irgendwo unter diesem Steinhaufen lagen nun die Rani von Jaisulmir mitsamt ihren geplatzten Träumen von einem Leben in märchenhaftem Reichtum, dort lagen all ihre Bediensteten und die gedungenen Afghanen und leider auch alle Gefangenen, die so viele Jahre vergeblich auf ihre Freiheit gehofft hatten. Und es lag wohl auch eine Unmenge puren Goldes dort begraben, für immer und alle Zeit. Ziellos kletterten wir noch eine ganze Weile auf dieser Stätte der Verwüstung umher, kaum begreifend, was hier geschehen war.

Des Rätsels Lösung, ob es sich bei dieser Explosion um einen Unfall durch einen versehentlichen Funken oder vielleicht sogar um die absichtliche Tat eines verzweifelten Gefangenen gehandelt hatte, lag ebenfalls unter diesen Steinen – für immer!

XIX. Die Flaschenpost

Jemand rüttelte mich kräftig an der Schulter und riss mich aus angenehmen Träumen, aus Träumen von einem weichen Bett in meinem behaglichen Schlafzimmer daheim in Berlin. Leider nur Träume...
Unser jetziges Heim ist alles andere als behaglich; eine Hütte, aus Zweigen geflochten, außen noch bedeckt mit den Riesenblättern der Kanna odorata, des Stinkkrautes. – Die reine Ironie ist dieser Name für diese Stänkerpflanze: die duftende Kanna! Ja – duftend! Aber wie! Wie ein feuchter Kehrichthaufen etwa, den die pralle Sonne bescheint! Und doch hatten wir diese Blätter zum Abdichten der Hütte benutzen müssen, weil wir sonst hier auf der Insel im Salzsee bei diesen tropischen Regengüssen dauernd pitschnass gewesen wären. Nein, es war wahrhaft kein besonders gemütliches Quartier, in welchem man geruhsame Nächte hätte verbringen können. Mein Schlaf war nur ein stetes Dahindösen in einer Art zermürbendem Halbschlaf – zuweilen für Minuten in wirre Träume versinkend, wieder aufschreckend durch einen frechen Wassertropfen, der sich durch das Hüttendach einen Weg gebahnt hatte und einem auf das Gesicht klatschte. So hausten wir fünf Gefährten nun bereits drei Tage auf der Insel – wir fünf: Georg Amalgi, Honoria Goord, Hubert Enoch, Harald Harst und meine Wenigkeit.

„Wir haben hier nichts mehr zu verrichten", hatte Harald resigniert am Tag nach der furchtbaren Explosion gesagt. So hatten wir denn den Kutter bestiegen, hatten den Motor tatsächlich zum Laufen gebracht und wählten einen nördlichen Kurs. Wir wollten dorthin zurück, wo die Randberge des Sambhar-Sees lagen und in diesen Bergen das Afghanendorf aufsuchen. Dort hofften wir unsere Waffen, Reitdromedare und Lastkamele zurückzuerhalten. Wir hofften es, auch wenn es so aussah, als hätte sich die Fürstin mit den Afghanen verbündet, aber die Fürstin gab es ja nun nicht mehr. Wir wären wohl die Ersten, wahrscheinlich auch die Einzigen, die den Dorfleuten diese Nachricht überbringen würden; natürlich auch die Nachricht vom Tode ihrer Angehörigen.

Kaum fünfhundert Meter waren wir dann von der Insel entfernt, in rascher Fahrt bei guter Sicht dahingleitend, als der alte Hubert, der sich im Maschinenraum zu schaffen gemacht hatte, einen Ruf ertönen ließ: „Herr Doktor! Sofort umkehren!"
Hubert kam keuchend mit einem Benzinkanister aufs Deck geklettert und eilte zu seinem Herrn, der am Ruder stand. Und Amalgi wendete ganz plötzlich in kurzem Bogen, nachdem Hubert erregt auf ihn eingeredet hatte und hielt wieder auf die Insel zu.
Harald rief Amalgi zu: „Weshalb!?"
Amalgi winkte uns heftig zu sich und... kurz und gut: Hubert hatte den Benzintank auffüllen wollen, in welchem sich nur noch wenig Treibstoff befand. Es war aber noch ein voller Kanister da, den er nun einzugießen begann. Dabei kam ihm die Flüssigkeit irgendwie zu durchsichtig vor. Als er sie prüfte, stellte sie sich als Wasser heraus.

„Gut, dass ich das gleich bemerkt habe", meinte er erleichtert. „Wenn ich noch mehr davon in den Tank gefüllt hätte, wäre der Motor sofort stehengeblieben."

Was uns dabei durch den Kopf ging, war doch sehr aufschlussreich. Harald schlug sich an die Stirn und rief: „Dieses Weib hat uns tatsächlich ein Theaterstück vorgespielt! Und ich sage euch: Sie lebt noch! Und ist mit ihrem gesamten Tross und den Gefangenen und dem Gold unterwegs nach Afghanistan!"

Natürlich – die Rani hatte niemals vor, mit dem Kutter wieder abzureisen. Sie hatte ihn uns gewissermaßen auf dem Präsentierteller überreicht, allerdings mit zu wenig Benzin. Wenn wir also arglos damit abgefahren wären, dann wären wir mitten auf dem See plötzlich manövrierunfähig gewesen. Dann hätte es geschehen können, dass wir viele Tage, womöglich sogar wochenlang umhergetrieben wären, ohne Nahrung auf einem leeren See, in dem nicht einmal Fische leben! Uns wurde klar, dass die Goldhöhle auf der uns abgewandten Seite des Berges einen zweiten Ausgang gehabt haben musste. Dieser verborgene Ausgang war vor den Gefangenen geheim gehalten worden. Und die Rani hatte den Tag und die Nacht dazu genutzt, um den von Hubert erwähnten Frachter zu beladen, der auf der anderen Inselseite lag. Dann hat sie den Berg in die Luft gesprengt, um uns glauben zu machen, sie wäre wieder einmal tot, und hat sich in aller Ruhe mit einem uneinholbaren Vorsprung aus dem Staube gemacht. Was für ein raffiniertes Weib!

Wir schafften es noch mit dem kleinen Rest Benzin ans Ufer zu gelangen und machten den Kutter wieder an der Landungsbrücke fest. Wir erinnerten uns, dass sich auf unserer gesunkenen DRAGARI noch zwei volle Benzinkanister befanden. Aber wie sollten wir ohne Taucherausrüstung an sie herankommen? Da kam Harald die Idee, sich die Augen derart fest verbinden zu lassen, dass kein ätzendes Salzwasser in sie eindringen könnte. Wir nahmen also ein Seil aus dem Kutter, wo wir auch eine Tischdecke und einen Bogen Ölpapier in der ansonsten leeren Kombüse fanden. Dann machten wir uns zu viert auf den Weg zum Wrack unserer Jacht, das in einer Entfernung von etwa einem halben Kilometer im Uferwasser lag. Den alten Hubert mit seinem verstauchten Fuß ließen wir auf dem Kutter zurück.

Bei der Jacht angekommen, schnitten wir die leinene Tischdecke in Streifen und banden das Ölpapier über Haralds Kopf, so dass Haar und Augen geschützt waren. Natürlich konnte er absolut nichts mehr sehen. Das Vorhaben gelang aber trotzdem ganz gut, denn er schwamm die zirka fünfzehn Meter vom Ufer bis zum Wrack mit dem einen Ende des Seiles, indem ich ihn rufend dirigierte. Ich wies ihn an, wo er zu tauchen hatte, und so konnten wir tatsächlich beide Benzinkanister und sogar ein paar Büchsen Proviant bergen. Leider war meine geliebte Erbsensuppe nicht dabei. Die Gewehrmunition konnte Harald nicht finden, obwohl er lange danach tastend suchte. Er meinte, dass diejenigen, die unser Schiff versenkt hatten, sie wohl mitgenommen haben mussten. Aber wir waren froh, nun genügend

Treibstoff zu haben, um diese verwunschene Insel endlich zu verlassen. Recht guter Dinge machten wir vier uns auf den Rückweg, wobei es nun wieder wie aus Eimern zu gießen begann.

Aber als wir dann zur Landungsbrücke zurückgekehrt waren, lag da im salzigen Sand des Ufers unser alter Hubert mit blutiger Stirnwunde. Und der Kutter war spurlos verschwunden. Hubert kam bald wieder zu sich, doch schien er recht verwirrt zu sein und konnte keinerlei verwertbare Angaben zu dem machen, was sich hier abgespielt hatte. Fest stand, dass wir zumindest bis vor Kurzem nicht allein auf der Insel waren. Und jedenfalls waren wir fünf nun also dazu verdammt, hier ein kümmerliches Leben zu fristen, bis wir eben aus Teilen des Wracks des Zweimasters, den ein Sturm früher einmal hier hatte stranden lassen, ein halbwegs seetüchtiges Floß hergestellt haben würden. Deshalb hatten wir zunächst die Hütte gebaut und arbeiteten von früh bis spät an diesem Floß, dessen Balken und Bretter, Segel und Seile wir mit behelfsmäßigen Werkzeugen aus dem Schiffswrack herausbrachen und herausschnitten.

Und nun war's bereits die dritte Nacht in der stinkigen Laubhütte. Eben hatte Harald mich wachgerüttelt.

„Munter werden, mein Alter!", wisperte er. Ich saß schon aufrecht auf meinem Graslager. Die nassen Kleider klebten mir am Körper. Und diese Kleider stanken schon halb verfault, da sie nie mehr richtig trocken wurden. Unsere Schuhe waren bereits mit Schimmel bedeckt. Es herrschte eine schwüle Hitze, die einem fast den Atem nahm. Es war noch dunkel.

„Was gibt's?", fragte ich etwas unwirsch.

„Horch mal!", forderte Harald mich auf.

Ich horchte. Doch ich hörte nur die eintönige Musik der fallenden Tropfen wie schon seit Stunden, seit Tagen… Ich horchte. Und da hörte ich von fernher jetzt einen schrillen Ruf! Nochmals und nochmals… Mit einiger Phantasie könnte man den Ruf als den Hilfeschrei eines Menschen in einer unverständlichen Sprache deuten. Dann flackerte neben mir ein Flämmchen auf. Harald hatte sein Feuerzeug in der Linken. Das Flämmchen beleuchtete schwach den Innenraum der Hütte. Ich stellte fest, dass wir nur noch zu dritt waren, dass Miss Honoria und Doktor Amalgi fehlten.

Harald griff nach der Büchse und gab mir einen Wink. Auch ich nahm die Waffe. Und wir schlichen hinaus, ohne den leise schnarchenden Hubert zu wecken, der sich erst einmal von seiner schweren Gehirnerschütterung erholen musste.

Durch die herabrollenden Bindfäden des Regens erkannten wir im Osten den ersten helleren Schimmer des nahenden Morgens. Wir standen unter einer Palme und lauschten... Die Rufe waren verstummt. Woher sie gekommen waren, war schwer zu bestimmen. Harald begann, sich durch die Büsche und Sträucher auf die Inselmitte zuzubewegen. Ich folgte ihm. Wir erreichten den Trümmerberg der früheren Goldhöhle und machten halt.

„Ich begreife das nicht", sagte Harald. „Weshalb haben Amalgi und Honoria heimlich die Hütte verlassen? Warum haben sie sich davongeschlichen? Und – was war das für ein fernes Rufen?"

Um uns her erwachte das trübe Dämmern eines regnerischen Morgens. Ich starrte auf die Felsentrümmer und dachte an die frappierende Raffinesse der Fürstin, die uns derart an der Nase herumgeführt hatte. Mein Freund Harald hatte soeben mir gegenüber zugegeben, dass er die neuesten Geschehnisse nicht begreife; einen solchen Tag müsste man rot im Kalender anstreichen.

Wir durchstreiften den Trümmerberg, ratlos und nach etwas suchend, von dem wir selbst nicht wussten, was es war. Allmählich war es hell geworden. Zuweilen ließ der Regen etwas nach. Wir sahen das graue Gewölk am Himmel dahinziehen und wir erkannten von einer Felskuppe aus die benachbarten Inseln, leblose Steinhaufen.

Von den Gefährten fanden wir keine Spur. Nach etwa zwei Stunden wussten wir, dass sich Amalgi und Miss Honoria Goord nicht mehr auf der Insel befanden, dass sie entweder gewaltsam verschleppt worden waren oder sich heimlich entfernt hatten...

„Sie hatten ja immer irgendetwas miteinander zu tuscheln", sagte ich in der Hütte zu Harald und Hubert und schaute dabei den alten Diener vielsagend an. Hubert mit seiner verbundenen Stirn und seinem verwilderten Bart antwortete jedoch ruhig: „Herr Schraut, ich kann Ihnen versichern, dass ich nicht weiß, wo mein Herr geblieben ist. Er hat diesbezüglich kein Sterbenswort zu mir gesagt."

„Wir glauben Ihnen, Hubert", beruhigte ihn Harald, wobei er dem Alten vertraulich auf die Schulter klopfte.

Unser Speisezettel war nicht gerade sehr reichhaltig. Das Frühstück bestand aus gesottenen Schildkröteneiern, die etwa so schmeckten wie ein Knüppel auf dem Kopf. Als Nachtisch verzehrten wir ein paar bittersüße Tupisfrüchte, die schon ein bisschen angegangen waren. Für kurze Zeit schien die Sonne an einem wolkenfreien Himmel. Die ganze Umgegend begann in der Hitze zu dampfen. Harald und ich gingen zum Strand und zum Wrack hinunter. Da lag unser Floß, und auf dem Floß stand eine verkorkte Flasche, die gewiss niemand von uns dort hingestellt hatte, durch deren grünliche Glaswand etwas Helles hindurchschimmerte. Es war ein zusammengerollter Zettel. Harald entkorkte die Flasche und schüttelte die dünne Papierrolle heraus. Auf dem feuchten Zettel war anscheinend in großer Eile mit Bleistift gekritzelt worden: Leben Sie wohl, Freunde! Suchen Sie uns nicht! Uns beide ruft eine Angelegenheit, über die wir nicht mit Ihnen sprechen durften. Hubert soll nach Amber zurückkehren, wo ich für ihn bei der Filiale der India-Bank eine Summe deponiert habe, die ihm einen sorglosen Lebensabend in seiner deutschen Heimat ermöglicht. Georg Amalgi – Honoria Goord

XX. Der englische Detektiv

„Ich hatte schon irgendwie mit so etwas gerechnet", meinte Harald und reichte Hubert den Zettel. „Da – behalten Sie ihn als letzten Gruß Ihres Herrn. Amalgi hat uns ja bereits im Dschebel Hammak vorausgesagt, dass seine Tage gezählt seien, und dass er Anfang November sterben würde…"
Dem graubärtigen Alten rollten ein paar dicke Tränen über die Wangen. Er unterdrückte mühsam sein Schluchzen. Und murmelnd sagt er: „Mein Herr hat mich leider in seine Geheimnisse nie ganz eingeweiht. – Ja, dass er bald sterben würde, hat er des Öfteren erwähnt, hat aber auch immer betont, dass er sterben und doch leben würde… Ich bin ja nur ein einfacher Mann, der von den Geheimwissenschaften Indiens nichts versteht. Aber der Herr Doktor sprach zuweilen von einem Yogi des Samur-Kultes, der ihn in die letzten Geheimnisse aller Dinge eingeweiht hätte, und von einer Bildsäule, die ihn darstellen würde, wie er im Leben ausgesehen hatte. Ich kann mir allerdings nicht erklären, was er damit meinte."
Der alte Mann wischte seine Tränen fort und zuckte resigniert die Achseln. Harald schaute gedankenverloren nach Südost, woher der Morgenwind schon wieder ein schwarzes Ungetüm von Regenwolke heranführte, die bald die sengende Sonne verschlucken musste.

Was meine Person betrifft, so waren mir Huberts recht ungenaue und phantastische Angaben weit gleichgültiger als die Frage, weshalb Honoria Goord sich Amalgi angeschlossen hatte, mit dem sie doch erst vor kurzem bekannt geworden war. Freilich, etwas Gemeinsames verband die beiden: sie hatten jeder für sich auf besondere Art Kenntnis von der Existenz der Goldhöhle hier auf dem Eiland erlangt, und beide hatten stets auf mich den Eindruck gemacht, als ob sie irgendetwas noch für sich behielten, was diese nunmehr zerstörte Grotte betraf. Während mein Blick nun sinnend auf Haralds Profil ruhte und die finstere Wolke mit frappierender Schnelligkeit mit neuen

Wassermassen drohend heraufzog, wandte Harald mit energischem Ruck den Kopf wieder nach uns hin.

„Arbeitet weiter an dem Floß!", sagte er in einem Befehlston, der ihm manchmal zu eigen war und der mich stets unangenehm berührte. „Ich hab noch etwas zu erledigen..."

Und ohne irgendein erklärendes Wort schritt er dem Uferwald zu und verschwand hinter den noch regennassen Sträuchern, auf denen die Wassertropfen im letzten Sonnenglanz wie Diamanten glitzerten. Ja, er verschwand. Er hatte etwas zu erledigen! Großartig! Empört sah ich ihm nach. So war er nun mal. Er würde dafür wohl seine Gründe haben, sagte ich mir, um mich selbst zu beruhigen und wies alle weiteren empfindlichen Gedanken von mir.

„Los denn, Hubert!", munterte ich den alten Diener auf, der trotz seiner Jahre noch beneidenswert rüstig war. Wir kletterten also an Bord des Wracks, um neue Bretter und Balken loszusprengen, wozu wir uns einiger Eisenstangen und handlicher Steine bedienten.

Dieses Wrack war im Ganzen noch leidlich erhalten. Es war einer jener plumpen Segler gewesen wie sie auf dem Salzsee vielfach gebräuchlich sind. Es besaß nur ein Vorder- und Achterdeck, während der mittlere Laderaum offen war, der bei Bedarf mit einer Ölplane überspannt werden konnte. In diesem Mittelraum stand das Wasser etwa anderthalb Meter hoch und verbreitete einen fauligen Geruch, der im Verein mit der drückenden Schwüle recht lästig war.

Hubert betrat vor mir den Achterdeckaufbau, in dem wir bereits die Zwischenwände entfernt hatten. Wir fühlten uns leider nur allzu sicher, zumal Harald und ich ja vorhin die Insel durchsucht hatten. Leider...

Denn umso überraschender kam nun der hinterlistige Angriff in der Kajüte, auf den wir in keiner Weise gefasst waren. Ich sah nur, wie aus einem halbdunklen Winkel ein paar Gestalten vorschnellten. Eine schwere Decke, wie die Thar-Hirten sie benutzen, flog mir über den Kopf. Man riss mich grob zu Boden, und ehe ich noch recht begriff, was hier vorging, lag ich schon am Boden und wurde mit Stricken zu einem hilflosen Bündel zusammengeschnürt, wurde fortgeschleift und unsanft in eine Seitenkammer geworfen, wo – ein geringer Trost! – Huberts Stimme zu hören war, der unsere Angreifer mit einigen deutschen Kernflüchen belegte, auf die er aber keine Antwort erhielt.

Ich steckte in dieser Decke bis zum Bauch wie in einem Sack, der einen Geruch nach Kamelmist und schlechtem Tabak ausströmte. Nun herrschte eine drückende Stille um uns her, die nur durch das Trommeln der Regentropfen auf das Kajütendach gestört wurde.

Meine Gedanken waren bei Harald, der da draußen auf der Insel in dieser abermals niederströmenden Sintflut ahnungslos das erledigte, was er mir und Hubert verschwiegen hatte. Und ebenso ahnungslos könnte er diesen Kerlen, die ich nur im Halbdunkel gesehen und die ich für Bewohner des Afghanendorfes hielt, in die Fänge geraten wie wir soeben.

Ich wälzte mich über den schrägen Boden dicht neben Hubert und wisperte ihm zu, die Knoten meiner Stricke zu lösen. Wir beide waren viel zu sorgfältig gebunden, als dass wir uns selbst hätten befreien können. Doch es schien keiner unserer Angreifer mehr auf dem Wrack zu sein, denn niemand störte uns bei unseren fruchtlosen Versuchen, die Fesseln zu lösen.

„Herr Schraut", meldete sich Hubert, „ich fürchte, dass auch der Doktor und Miss Honoria von diesen Schuften überrumpelt worden sind."

„Allerdings", konnte ich nur antworten. „Die Kerle haben die Flasche mit dem Zettel nur deshalb liegen lassen, um uns in Sicherheit zu wiegen, was ihnen ja auch gelungen ist. Nun, vielleicht entgeht ihnen Harst, und der könnte dann…"

Ich verstummte. Da waren Geräusche! Stampfende Schritte! Ein Körper schlug dumpf neben uns nieder.

„Harald?", fragte ich.

„Ja", hörte ich ihn sagen.

Dann war draußen eine Stimme zu hören, die etwas auf Englisch sagte. Schritte näherten sich. Und dann, in allernächster

Nähe, gab es einen Knall, ein blechernes Peng – ein Schuss aus einer modernen Repetierpistole! Sie erschießen uns! Ich dachte in diesem Moment, dass ich nun der nächste wäre, der gleich eine Kugel in den Kopf bekommt und schloss mit meinem Leben ab... Es knallte wieder, und ich zuckte furchtbar zusammen. Doch ich spürte, dass ich nicht getroffen war. Noch nicht... Ich hörte ein heftiges Getrappel und Poltern auf dem Deck. Jemand schrie erbärmlich auf. Wenn ich doch nur etwas sehen könnte! Es knallte wieder, diesmal etwas entfernter. Es waren insgesamt fünf Schüsse. Dann war es still. Und ich atmete noch...

Die Stille dauerte nur Sekunden. Jemand stöhnte. Dann war da eine klare Stimme, etwas außer Atem, die auf Englisch sprach.

„Einen Augenblick, meine Herren, – ich werde Sie sofort befreien. Ich will nur kurz das Wrack durchsuchen, ob nicht noch ein paar von den Halunken sich hier versteckt halten."

Dann waren da schnelle Schritte, die sich entfernten. Neben mir höre ich Harald sagen: „So – ich bin frei. Unser Retter wird sich die Mühe sparen können. Mein Federmesser im Ärmel hat sich wieder einmal bewährt."

Gleich darauf war auch ich Fesseln und Decke los, und auch Hubert kam japsend und mit hochrotem Gesicht wieder unter der Decke zum Vorschein.

Ich starrte mit stillem Grauen auf die fünf Leichen, die dort vor der Tür der kleinen Kammer und weiter hinten auf dem Deck lagen. Es waren allerdings keine Afghanen, sondern reinblütige Radschputen, kräftige Gestalten in der Uniform der Diener der Rani, jeder mit einer Kugel im Kopf. Unser Retter musste ein glänzender Pistolenschütze und ein rücksichtsloser Draufgänger sein. Der alte Hubert wisperte: „Mein Gott, fünf Leute so ohne weiteres niederzuknallen...!"

„Wirklich tadellos", meinte Harald bewundernd. „Ein wirklich exzellenter Schütze!"

Im selben Moment erschien in der offenen Kajütentür des Vorderdecks ein junger, hochgewachsener Mann, der ein Stück Ölleinwand als Regenpelerine um seine Schultern gelegt hatte. Er kam rasch auf uns zu und verbeugte sich knapp.

„John Gordon-Berlett", stellte er sich vor. Wir nannten ebenfalls unsere Namen, und es stellte sich heraus, dass er bereits einiges von uns gehört hatte und dass wir Berufskollegen waren. Der Name Gordon-Berlett war uns ebenfalls nicht ganz unbekannt. John Gordon-Berlett hatte seit etwa zwei Jahren in unseren Kreisen von sich reden gemacht. Er war trotz seiner Jugend einer der gefragtesten Londoner Privatdetektive. Harald streckte ihm die Hand hin.

„Wir danken Ihnen, Sir", sagte er. „Wollen Sie uns verraten, was Sie auf diese gottverlassene Insel führt?"

„Ich bin auf der Suche nach einer jungen Dame", antwortete er freimütig. „Es ist der Auftrag des Testamentsvollstreckers ihres verstorbenen Onkels. Sie ist seit zwölf Jahren in dieser Gegend verschollen. Ich habe anscheinend Ihre Fährte gefunden, bin mir aber nicht ganz sicher. Es ist keine einfache Sache nach zwölf Jahren in diesen fremden Gegenden von jemandem noch irgendwelche Lebenszeichen zu entdecken."

„Meinen Sie etwa unsere Freundin Miss Honoria Goord?", fragte Harald in einer Art, als wüsste er die Antwort auf diese Frage bereits.

„Was?!", staunte Gordon-Berlett. „Nun sagen Sie bloß, Sie kennen sie…!"

Und nun entspann sich ein sehr lebhaftes Gespräch mit dem jungen Detektiv, der natürlich alles wissen wollte, was wir mit Miss Goord erlebt hatten. Er sagte auch: „Meine Herren, bei dieser Erbschaft geht es um satte zehn Millionen Pfund Sterling. Sie können sich also vorstellen, dass mein Honorar entsprechend bemessen ist. Wenn Sie bereit sind, mit mir zusammenzuarbeiten, werden wir es teilen, wie es sich gehört."

Wir erfuhren, dass Gordon-Berlett die Bewohner des Afghanendorfes recht geschickt nach der Miss ausgefragt hatte, und von ihnen hatte er auch den Hinweis bekommen, dass sie sich eventuell auf dieser Insel aufhalten könnte. Leider wollte ihn niemand in das Cholera-Gebiet begleiten. So war er mit einem Segelboot, dass er in Ermangelung eines anwesenden Besitzers hatte stehlen müssen, am frühen Morgen allein auf der Insel angelangt. Er hatte bemerkt, wie wir von den Ratschputen überfallen worden waren. Als er sie ansprach, machten sie Anstalten, ihn ebenfalls gefangen zu nehmen.

„Ich hatte keine andere Wahl, als die Kerle niederzuschießen", sagte er. „Sie waren gut bewaffnet. Um ein Haar hätten sie mich kalt gemacht. Es war wirklich knapp."

Gordon-Berlett war dafür, gleich mit uns zusammen aufzubrechen, um den Spuren Honoria Goords zu folgen.

„Kommen Sie", sagte Harald plötzlich entschlossen. „Ich will diese Insel nicht verlassen, bevor ich nicht geklärt habe, wie die Fürstin es geschafft hat, mit all ihrem Gefolge und dem Gold zu verschwinden. Dazu brauche ich etwas Hilfe…"

Wir traten in den Regen hinaus und begaben uns ans Ufer. Harald führte uns schweigend den Felsen auf der nordwestlichen Inselseite zu.

Der alte Hubert raunte mir zu: „Herr Schraut, zehn Millionen! Mein Gott! Wenn man bedenkt, dass eine so reiche Dame sich hier als Abenteurerin umhertreibt…!"

Ja, zehn Millionen Pfund zu besitzen, war bestimmt eine recht angenehme Vorstellung. Aber ich bezweifelte, dass Honoria Goord einen besonders großen Wert auf diese Erbschaft legen würde. Diese junge Frau von etwas über dreißig Jahren hatte während ihres langen Aufenthalts in diesem wundersamen Land über Menschen und Dinge anders denken gelernt, als gewöhnliche Sterbliche. Dieses früh gealterte, grauhaarige Mädchen war wohl weit erhaben über jede Sehnsucht nach den Freuden und Genüssen der westlichen Welt dort in weiter Ferne. Auch sie war von dem Wunderland Indien und seinen Geheimnissen in Bann geschlagen worden.

Harald bog in die Felswildnis ein und wandte sich einer Stelle zu, wo ein Teil der Felswand nicht von der großen Detonation zerstört worden war. Auf einmal blieb er stehen und deutete auf eine mannshohe, nahezu kreisrunde Steinplatte, die an der glatten Felswand lehnte. Er räumte einige kleinere Steine

fort, die unter sie gekeilt waren und stemmte sich seitwärts dagegen.
„Ich brauche ein wenig Hilfe", sagte er. Wir rollten die Steinplatte mit vereinten Kräften beiseite. Hinter ihr kam der Eingang zu einer Höhle zum Vorschein.
„Der zweite Eingang zur Goldgrotte", sagte Harald.

XXI. Die Höhle der träumenden Toten

„Goldgrotte?", fragte Kollege Gordon-Berlett nach. Harald gab ihm mit wenigen Sätzen Aufschluss.
„Ich hatte gleich nach der großen Explosion den Verdacht, dass die Fürstin sich gerettet hatte", erklärte er zum Schluss. „Nach der Sache mit dem Wasser im Benzintank war es für mich erwiesen, dass sie gar nicht vorhatte, den Kutter noch einmal zu benutzen. Es musste einen geheimen Zugang zu der Höhle geben, durch den sie die Insel mit ihren Bediensteten unter Mitnahme der Gefangenen und des Goldes mit einem größeren Schiff verlassen hatte. Ich suchte vorhin nach diesem zweiten Eingang, und als ich ihn gefunden hatte, wurde ich auf dem Rückweg von diesen Ratschputen überfallen, die vermutlich

von der Rani hier zurückgelassen wurden, um uns auszuschalten für den Fall, dass wir ihr auf die Schliche gekommen wären."

Gordon-Berlett nickte verstehend und vergewisserte sich: „So glauben Sie also, dass auch Miss Goord und der Doktor jetzt Gefangene dieser Fürstin sind?"

„Ja, das denke ich", meinte Harald. „Der Flaschenpostbrief stammt zwar unzweifelhaft von Amalgis Hand, aber ich kann mir vorstellen, dass er ihn nur unter Bedrohung durch eine auf ihn gerichtete Waffe verfasst haben muss."

„Weshalb aber", flocht ich ein, „hat er heimlich in der Nacht mit Miss Goord zusammen unsere Hütte verlassen?"

Harald sah mich unschlüssig an. Darauf hatte er keine plausible Antwort. Gordon-Berlett räusperte sich diskret, woran ich erkannte, dass er meine Bemerkung in Bezug auf ein bestehendes amouröses Verhältnis zwischen Amalgi und Miss Goord missdeutete. Er fragte: „Und Sie werden mir helfen, meine Herren, Miss Goord zu finden und zu befreien?"

„Wir helfen Ihnen", versicherte ihm Harald. „Wo liegt Ihr Segelboot?"

„Drüben am Nordufer, gut versteckt. Und übrigens liegt dort noch ein Schiff, wahrscheinlich der Kutter, den Sie vorhin erwähnten. Er ist ohne Besatzung. Kann es sein, dass er den Kerlen gehört hat, die jetzt mit durchlöcherten Schädeln bei dem Wrack liegen?"

„Allerdings", antwortete ich. „Wir haben sogar noch genügend Benzin, um ihn aufzutanken. Das wäre vielleicht etwas komfortabler, als gegen einen ungünstigen Wind zu segeln."

„Dann möchte ich erst einmal, bevor wir die Insel verlassen, die noch erhaltenen Teile der Grotte besichtigen", sagte Harald.

„Wir alle wollen das", meinte Gordon-Berlett unternehmungslustig und deutete auf den Höhleneingang. „Bitte, nach Ihnen..."

Gleich am Eingang stand ein Fass voller Harzfackeln. Wir nahmen uns jeder eine und zündeten sie an. Eine aus dem Gestein geschlagene Treppe führte den steil abschüssigen Gang hinab. Wir stiegen hinunter. Bald ging der Tunnel in die Waagerechte über und er wurde breiter, höher und zerklüfteter. Und dann auf einmal war er durch etliches Geröll versperrt.

„Das muss der Zugang zur Goldhöhle gewesen sein", stellte Harald fest. „Aber die gibt es ja jetzt nicht mehr. Jedenfalls ist das für mich der endgültige Beweis, dass die Rani diesen Gang genutzt hat und dass sie jetzt gerade dabei ist, ihr großes Vorhaben in die Tat umzusetzen. – Wir sollten uns beeilen."

Wir wandten uns wieder dem Ausgang zu, als Hubert, der uns als letzter gefolgt war und nun vor uns her ging, plötzlich stehenblieb und mit seiner Fackel in eine schmale Felsnische leuchtete, die wir auf dem Hinweg nicht beachtet hatten.

„Meine Herren, sehen Sie nur!", rief er. „Dahinter ist noch eine Höhle."

Und in der Tat schien dort ein weiterer Gang zu verlaufen, dessen Ende wir im flackernden Fackellicht nicht ausmachen konnten. Die Neugier veranlasste uns dazu, uns durch den recht schmalen Spalt zu winden und dem Gang zu folgen. Schon nach wenigen Schritten öffnete sich eine Halle mit gefliestem Boden vor uns. Was wir hier sahen, nahm uns vor Staunen den Atem...

Im zuckenden Lichtschein unserer Fackeln schaute aus einer glatt behauenen Nische an der Stirnseite der ovalen Halle die übermannshohe, goldene Statue eines Buddhas auf uns herab. Ringsum an den Wänden war eine große Zahl etwas kleinerer Nischen ins Gestein getrieben, und in jeder einzelnen saß ein Mensch; es mochten insgesamt etwa vierzig sein. Diese Männer waren meist nur mit einem Lendenschurz bekleidet, einige hatten die Schultern mit einem Tuch bedeckt. Einige saßen auf einem goldbestickten Kissen, manche auch auf einer zusammengelegten, offensichtlich minderwertigen Decke. Die meisten jedoch saßen in der Art da wie es die Yogis tun, mit überkreuzten Beinen, wobei die Füße auf den Oberschenkeln liegen. Andere saßen mit untergeschlagenen Beinen auf ihren Fersen. Alle aber hatten ihre geöffneten Hände mit den Handflächen nach oben auf ihren Oberschenkeln abgelegt, den Kopf leicht vorgebeugt und die Augen geschlossen. Und alle trugen dieselbe hellblaue Tätowierung auf der Stirn, ein geheimnisvolles, verschlungenes Zeichen. Diese Menschen waren so reglos wie das sie umgebende Gestein. Sie waren unzweifelhaft nicht mehr am Leben. Doch sie zeigten keinerlei Anzeichen von Verwesung. Ein feiner, kaum wahrnehmbarer Geruch wie von Weihrauch schwebte durch die Luft. Es herrschte eine atemlose Stille, eine nahezu fühlbare, durchgeistigte Ruhe. Das leise Knistern unserer Fakkeln war das einzige Geräusch, das hier zu hören war. Wir standen wie erstarrt, fast so erstarrt wie diese Menschen. Was uns wohl am meisten beeindruckte, waren ihre Gesichter, die einen nahezu Ehrfurcht gebietenden Ausdruck von tiefer Seligkeit zeigten, als befänden sie sich alle in demselben, wundervollen Traum, in einem Traum von unbeschreiblicher Herrlichkeit.

„Sind diese Leute... etwa tot?", fragte Hubert leise flüsternd.

Harald löste sich als erster aus der allgemeinen Erstarrung. Er trat an eine der Nischen heran und berührte die Hand des Toten. Er konnte die Hand einfach anheben und wieder ablegen. Dann berührte er den Mann sacht an der Wange, die ganz leicht unter dem Druck nachgab.

„Keine Totenstarre", wisperte Harald, „aber auch kein Atem. Diese Leute sind unzweifelhaft tot... und irgendwie doch nicht tot."

Gordon-Berlett näherte sich ebenfalls einer Nische. Wenngleich er genauso verwundert über diese Szenerie war wie wir anderen, schien er trotzdem erheitert zu sein.

„Aber, meine Herren", sagte er in ganz normaler Lautstärke, die in diesem Raum jedoch unangenehm widerhallte, „wir alle haben ein gewisses Maß an Bildung, welches uns doch verbieten sollte, an so etwas Unsinniges zu glauben. Kein Atem? Das kann nicht sein."

Er fasste den in der Nische sitzenden Mann an der Nase und drückte sie zu.

„Sie werden sehen", fuhr er fort, „dass dieser Kerl hier gleich aus seiner Erstarrung erwacht und durch den Mund nach Luft schnappen wird."

In diesem Moment gab es an der Decke der Halle ein knackendes Geräusch und es polterte ein kopfgroßer Felsbrocken millimetergenau an Gordon-Berlett vorbei auf den glatten Boden, der davon eine Delle bekam. Der zuckte zurück und ließ die Nase los. Wir waren alle sehr erschrocken.

„Ich habe das Gefühl, als sollte das eine Warnung gewesen sein", meinte ich. „Es ist wohl besser, wenn wir diesen Leuten ihre Ruhe lassen."

„Oh Gott, sehen sie doch!", rief Hubert aus und deutete auf den großen, goldenen Buddha, der uns mit einem wütenden Gesichtsausdruck aus hell schimmernden Augen anstarrte. Dabei hätte ich schwören können, dass er vorhin noch mit geschlossenen Augen vor sich hin lächelte, als wir die Halle betreten hatten. Und mir lief ein Schauer über den Rücken, als ich nun sah, dass alle toten Männer die Augen geöffnet hatten. Diese Augen sahen jedoch nicht wie menschliche Augen aus, sondern wie geschliffene Opale. Und der Ausdruck der Gesichter hatte sich scheinbar verändert und verhieß uns nichts Gutes. Es knackte wieder recht bedrohlich an der Decke, doch es fiel diesmal nichts herunter.

„Kommt!", sagte ich und bewegte mich vorsichtig zum Ausgang. Ich ließ die anderen vor und warf, bevor ich ihnen folgte, noch einen letzten Blick in die Halle. Da war es, als würde mich der Buddha mit seinen Opal-Augen milde anschauen. Und die toten Männer hatten ihre Augen geschlossen, und es schien, als wären sie in ihre wundervollen Träume zurückgekehrt...

XXII. Das nächtliche Wunder

Ich fühlte mich ausgesprochen erleichtert, als ich wieder draußen im niederströmenden Regen stand.
Wir platzierten mit vereinten Kräften die Steinplatte wieder vor dem Höhleneingang und wanderten in uns gekehrt und schweigend dem Nordufer zu, wo wir zunächst das Segelboot bestiegen, mit dem unser Kollege bis hierher gelangt war. Damit fuhren wir zu dem verlassenen Kutter hinüber. Dort konnten wir feststellen, dass der Benzintank nahezu voll war. So nahmen wir denn Kurs nach Norden mit dem Segelboot im Schlepp, das Gordon-Berlett wieder an den Platz zurückbrachte, woher er es genommen hatte.
Während des ganzen Tages machten auch Harald, Gordon-Berlett und Hubert Enoch einen merkwürdig verstörten Eindruck. Bei der Überfahrt sagte Harald leise zu mir: „Wenn ich mich nicht irre, waren das Yogis des Samur-Kultes. Sie hatte alle dieses hellblaue Symbol des Gottes Samur auf der Stirn. Von denen heißt es, dass sie sich mit drawidischen Mysterien beschäftigen, die auf eine besondere Art den Tod verehren. Mit diesen Mysterien hat sich auch Doktor Amalgi befasst, und möglicherweise auch Miss Goord."
Nach etwa vier Stunden landeten wir unweit der menschenleeren Karawanserei, von der aus Harald und ich zur Insel übergesetzt hatten. Ein deutlicher Verwesungsgeruch wehte zu uns herüber. Harald und ich begaben uns kurz zu der verlassenen Herberge, um nach unseren Dromedaren zu schauen, die wir dort zurückgelassen hatten, doch sie waren fort.
Abends gegen zehn Uhr waren wir, ständig im strömenden Regen marschierend, in der Nähe des Bergdorfes angelangt, wo die Rani sich nun also erfolgreich unter seinen afghanischen Bewohnern Anhänger geworben hatte und wo wir nun auch Amalgi und die Miss und unsere Waffen und Reitdromedare wiederzufinden hofften. Es war nahezu völlig finster, doch der Regen hatte aufgehört und das eine oder andere Wolkenloch

ließ den Sternenhimmel und zeitweise einen hellen Halbmond sehen. Mit der Örtlichkeit waren wir ja bereits einigermaßen vertraut. Wir standen in demselben Gebüsch des weiten Felsentales, in dem wir vor Tagen unsere Dromedare verborgen hatten. Auch Gordon-Berlett war ja schon gleichfalls hier im Afghanendorf gewesen, wo er eine erste Spur von Miss Goord gefunden hatte.

Es kam nun darauf an, dass wir uns darüber Gewissheit verschafften, ob sich die Rani mit ihren Gefangenen noch in der Siedlung befinden würde. Harald wollte mit mir zusammen in das Dorf schleichen, während Gordon-Berlett und Hubert in diesem Gestrüpp auf uns warten sollten. Wir ließen unsere Büchsen zurück und nahmen nur Gordon-Berletts Repetierpistolen mit, die er uns freundlicherweise für diesen Kundschaftergang anbot.

In tiefster Finsternis schritten Harald und ich nun vorsichtig nach Süden zu in das Tal hinab und stießen auch sehr bald auf eine jener Mauern aus lose aufgeschichteten Steinen, die den Afghanen zur Umgrenzung ihrer Weideplätze dienten. Hier blieb Harald stehen und flüsterte: „Hörst du etwas?"

„Nein. Nichts", antwortete ich.

„Eben", meinte er. „Das ist auffaltend. Kein einziges Tier meldet sich. Schafe blöken selbst nachts immer einmal. Und die Hunde der Afghanen waren doch auch recht lebhaft, als wir zum ersten Mal hier waren. Es ist, als wäre das Dorf unbewohnt."

Wir lauschten weiter in die Nacht hinein, doch da war nichts zu hören. Zehn Minuten darauf hatten wir festgestellt, dass die armseligen Steinhütten und das große Beratungshaus vollständig leer waren. Die Dorfbewohner waren verschwunden. Sie hatten aller Wahrscheinlichkeit nach tatsächlich mit dem Gefolge der Fürstin zusammen den waghalsigen Zug gen Nordwest durch die Thar-Wüste angetreten, und zwar erst vor höchstens zwei Tagen, weil unser Londoner Kollege das Dorf ja noch bewohnt angetroffen hatte. So waren denn diese ehemaligen Kriegsgefangenen und deren Nachkommen, die mehr als sechzig Jahre hier inmitten der indischen Bevölkerung als Fremdlinge gelebt hatten, ohne Erlaubnis der englischen Behörden mit Weib, Kind und allem Vieh auf und davon gezogen; eine stattliche Karawane von mindestens fünfhundert Personen, die wahrscheinlich darauf rechneten, dass sie jetzt während der Regenzeit unbehelligt ihr fernes Ziel erreichen könnten. In dem Dorf schien sich wirklich keine einzige Menschenseele mehr aufzuhalten.

Wir holten Gordon-Berlett und Hubert aus dem Versteck ab und bezogen Nachtquartier im großen Beratungshaus, weil wir dort am wenigsten von Flöhen und ähnlichen Quälgeistern belästigt zu werden hofften. Bald flackerte ein Feuer inmitten des runden, kahlen Raumes. Über dem Feuer briet ein Stück Ziegenfleisch, das Gordon-Berlett noch als Proviant auf seinem Boot hatte. Es war schon etwas anrüchig geworden. Wir besaßen jedoch im Augenblick nichts Besseres und waren damit auch ganz zufrieden, weil wir die Wohltat, dass unsere Kleidung endlich wieder einmal trocken wurde, höher schätzten als einen gefüllten Magen.

John Gordon-Berlett rauchte sinnend eine schwarze Brasil, die infolge der ungünstigen Einwirkung der feuchten Luft mehr stank als roch. Der alte Hubert hatte Harald gebeten, uns auch weiterhin begleiten zu dürfen, da er um keinen Preis über das Schicksal seines Herrn im ungewissen bleiben wollte.

„Natürlich kommen Sie mit, Hubert", hatte Harald erwidert. „Es ist nur die Frage, ob wir Amalgi und die Miss jemals wiedersehen. Wir sollten uns nichts vormachen; es dürfte uns sehr schwer fallen, der Karawane zu folgen. Dieser anhaltende Regen wäscht alle Spuren fort."

Da erwachte John Gordon-Berlett aus seiner stoischen Ruhe.

„Herr Harst", sagte er in seiner energischen Art, „Miss Goord *muss* gefunden werden! Man hat mir tausend Pfund Honorar zugesichert, wenn ich sie wohlbehalten nach Hause bringe. Ich bin zum ersten Male in Indien. Ich allein kann hier nicht viel ausrichten. Fünfhundert Pfund, Herr Harst, wenn Sie mir zum Erfolg verhelfen – fünfhundert Pfund, das sind immerhin zehntausend Mark, nicht wahr? Ich will Ihre Zeit nicht ohne Entgelt in Anspruch nehmen."

„Über den Preis reden wir später", erwiderte Harald. „Wissen Sie, Schraut und ich haben ein persönliches Interesse an der Befreiung von Miss Goord und Doktor Amalgi. – Lassen Sie uns die Nachtruhe beginnen, damit wir morgen in aller Frühe ausgeruht das Wichtigste erledigen können: den Ankauf von Proviant und Reittieren. Dazu müssen wir uns zu Fuß zum nächsten bewohnten Ort durchschlagen. Es wird ein weiter Weg sein. Das alles kostet uns Zeit und verschafft der Karawane der Rani weiteren Vorsprung."

Kurz darauf lagen meine drei Gefährten neben dem niederbrennenden Feuer und bemühten sich, eine Schnarchsinfonie ersten Ranges zustande zu bringen. Ich aber hatte beim Auslosen der Wachen den kürzesten Halm gezogen und musste als erster bis Mitternacht das Beratungshaus unter meine Obhut nehmen, – ein mäßiges Vergnügen, wenn einem die Augen vor Müdigkeit zufallen und wenn man außerdem noch diese Vorsichtsmaßregel für überflüssig hält. Aber Harald hatte nun einmal energisch darauf bestanden.

Ich lehnte also, die Büchse im Arm, an der halb offenen, schwerfälligen Balkentür und schaute auf die gemächlich am Nachthimmel entlang ziehenden Wolken. Zu sehen war nichts von besonderem Interesse. Ich gähnte immer häufiger. Immer wieder fielen mir die Augen zu. Zuweilen sank mir der Kopf auf die Brust. Dann schrak ich zusammen, raffte mich wieder auf, packte die Büchse fester und versuchte mich durch allerlei gruselige Gedanken wach zu erhalten. Ich sah im Geiste die geheimnisvollen Mumien auf der Goldinsel vor mir und grübelte darüber nach, was es wohl mit diesen träumenden Toten mit den schillernden Opalaugen für eine Bewandtnis haben mochte, bis vor mir aus der Dunkelheit ein leises Geräusch an mein Ohr drang…

Es war nur ein leises Geräusch vom leichtfüßigen Tappen menschlicher Schritte, die sich zügig näherten. Im Nu verschwand ich halb hinter der Tür. Das Feuer, um das die müden

Gefährten lagen, war bereits halb erloschen, es konnte kaum mehr von draußen bemerkt werden. Die Schritte tappten näher. Es waren auffallend leichte Schritte. Ich hielt den Atem an. Aus den Schatten der Nacht löste sich nun eine Gestalt heraus – ein hagerer Inder mit weisgrauem Bart, der nur mit einem Lendenschurz und einem Schultertuch bekleidet war, wie ich undeutlich wahrnahm. Ich drückte mich vollends hinter die Tür und hielt die Büchse bereit. Ich wollte den Fremden erst einmal in das Beratungshaus hereinlassen. Dann konnte ich ihn stellen. Er trat völlig arglos ein. In demselben Augenblick flackerte die Glut des Feuers knisternd empor, obwohl doch eigentlich alles Holz längst verbrannt und verkohlt war. Und so konnte ich denn das Gesicht des Mannes ganz genau erkennen – das hagere Gesicht eines Yogi, wie ich feststellte – eines Yogi des Samur-Kultes, denn auf seiner Stirn zwischen den Augen unter dem Turbanrand sah ich die hellblaue Tätowierung! Mein Herz begann zu jagen, als der Inder sich nun langsam zu mir wandte und mich mit Augen anblickte, die im hellen Feuerschein aufleuchteten wie… Opale!
Langsam und in einem eigenartigen, doch gut verständlichen Deutsch sagte er mit einer Stimme, die etwas unerklärlich Beruhigendes ausstrahlte: „Sahib Schraut, was Ihr braucht, findet Ihr in der dritten Steinhütte – dort."
Und er hob die Hand, deutete nach draußen und schaute mich wieder aus seinen flimmernden Augen an. Dann nickte er mir freundlich zu mit einer unaussprechlich hoheitsvollen Bewegung des Kopfes, trat wieder in die Nacht hinaus und verschwand, ohne dass ich seine Schritte hören konnte. Und das Feuer sank wieder in sich zusammen und glimmte nur noch wie vorhin.

Was damals in jenen Augenblicken in mir vorging, ist kaum zu schildern. Mir war zumute, als ob ein Gespenst, kein Lebender mit mir gesprochen hatte, und ich hätte darauf schwören mögen, dass die Augen dieses Samur-Yogi tatsächlich Opale gewesen waren.

„Max!?", hörte ich Haralds Stimme rufen. Er hatte sich aufgerichtet. Auch Gordon-Berlett und Hubert waren wach geworden. Alle drei erhoben sich von ihren Lagern.

„Was ist los?", fragte Harald beunruhigt. „Warum schreist du so?"

„Ich?", fragte ich verwirrt zurück. „Niemand hat geschrien."

„Auch ich hab es gehört", meinte Gordon-Berlett. „Es war ein ganz furchtbarer Angstschrei."

„Hast du etwa geschlafen?", wollte Harald wissen. „Du hast etwas Gruseliges geträumt und..."

„Nein!", wies ich die Anschuldigung empört zurück. „Ich kann gar nicht geschlafen und geträumt haben, denn ich hab hier aufrecht gestanden."

„Aber *ich* hab geträumt", meldete sich Hubert zu Wort, „von einem Mann, dessen Augen geleuchtet haben wie zwei Lampen."

„War es ein Inder?", fragte Harald. „Mit diesem Zeichen auf der Stirn?"

„Ja", antwortete Hubert. „Und er sagte auf Deutsch, dass wir zur dritten Steinhütte gehen sollen."

„Nein", wandte Gordon-Berlett ein. „Er sagte es in perfektem Englisch."

„Was?!", wunderte sich Harald. „Sie haben das *auch* geträumt?"

„Es war gar kein Traum", stellte ich klar. „Er war tatsächlich hier..."

Und ich berichtete, was ich soeben erlebt hatte.

„Das ist zwar alles völlig unmöglich", meinte Harald, „aber wir sollten trotzdem nachschauen."

Und wir eilten durch die Dorfgasse zur dritten Steinhütte. Wir traten hinein. Gordon-Berletts Taschenlampe leuchtete uns voran. Die Hütte war so gut wie leer. Auf dem gestampften Lehmboden jedoch sahen wir, offenbar mit einem spitzen Gegenstand eingeritzt, ein Kreuz. Wir wühlten den Lehm mit unseren Messern auf. Dieser Lehm war noch etwas feucht. Wir fanden darunter einen Hohlraum und eingehüllt in zwei große

Wolldecken all das, was man uns und unseren Freunden abgenommen hatte: Remingtonbüchsen, Patronen, Pistolen, Messer, Taschenlampen, Brieftaschen – alles was wir brauchten! Und in dem Stall hinter dieser Hütte standen vier Reitdromedare und zwei Lastkamele, vollkommen angeschirrt, mit Sätteln und Satteltaschen, und es waren unsere eigenen Tiere darunter. Und wir fanden sogar frischen Proviant und saubere Kleidung in den Taschen!

Schweigend nahmen wir das Wunder hin, das niemand von uns begreifen konnte. Mich überkam lediglich die schwache Ahnung, dass dieser Yogi womöglich von der Goldinsel im Salzsee gekommen war, damit wir Honoria Goord und Doktor Amalgi befreien könnten. Niemand von uns hatte jetzt noch das Verlangen zu schlafen. Wir fühlten uns munter und kräftig, trotz der Strapazen des vorigen Tages.

Bald waren wir hoch zu Dromedar auf dem Weg in Richtung Afghanistan, auf einem Weg, den ein heller Mond von einem sternklaren Himmel beschien, und auch das kam uns wie ein Wunder vor.

Während dieser Nacht ging mir der Spruch des weisen Rabindranath Tagore nicht aus dem Sinn, der da lautet: „Der Glaube ist der Vogel, der das Tageslicht spürt, bevor der Morgen dämmert."

Nun ja, wir waren hier in Indien, in dem Land in dem allein nur die geheimnisvolle Lyrik eines greisen Tagore emporblühen konnte, eine Lyrik, von der mein Freund Harald stets behauptet, dass sich hinter ihren wohlklingenden Worten mehr Geheimnisse verbergen, als sich irgendein Europäer nur träumen lässt

XXIII. Die Spur der Todeskarawane

Am Morgen erreichten wir einen kleinen Teich, der wohl nur jetzt während der Regenzeit existierte und von einem klaren Bach gespeist wurde. Hier machten wir Rast. Doch bald brachen wir wieder auf, sattgefrühstückt mit Fladenbrot und kaltem Fleisch, sauber gewaschen und frisch gekleidet. Und diese Morgenstunde brachte uns wieder einmal Sonnenschein und klaren Himmel – wieder eine Laune der Natur, des Wettergottes, der es bis dahin mit uns wahrlich nicht besonders gut gemeint hatte. So ritten wir vier denn gen Norden in die Berge hinein. Harald voran, Hubert mit den beiden Lasttieren am Leitseil als letzter. Einer hinter dem anderen ritten wir auf engen Pfaden, zuweilen dicht an Abgründen vorüber, manchmal über Steinbrücken, deren primitive Bauart einem ein Prickeln auf der Haut erzeugte. Ein Fehltritt des Dromedars, und man stürzte in die Tiefe und brauchte keinen Sarg mehr. Wir ritten in gehobener Stimmung dahin und genossen das fröhliche Sonnenlicht umso mehr, als wir genau wussten, dass diese köstliche Morgenstunde nur zu schnell dahinschwinden könnte.

Die Berge nördlich des Salzsees haben keine allzu große Ausdehnung. Schon gegen Mittag hatten wir die freie Wüste vor uns. Wüste? Nein – dieser Ausdruck passte jetzt nicht mehr so recht, denn gerade in den Randgebieten der Thar ruft jede Regenperiode sofort eine überaus üppige, wenn auch nur kurzlebige Flora hervor. Grün schimmerten nun die bisherigen Sanddünen. Ein grüner Rasenteppich, feucht und dicht und blumenreich täuschte eine heimische Wiese vor. Unsere Tiere wurden geradezu ausgelassen. Nur mit Mühe konnten wir sie immer wieder davon abbringen, das noch nasse, frische Gras zu rupfen, das ihnen ja so überaus gefährlich werden konnte, weil es in ihren Därmen schwere Koliken erzeugt.

Nachdem wir dann ein Radschputendorf in weitem Bogen der Choleragefahr wegen umgangen hatten, ließ Harald mich gen Osten und Gordon-Berlett gen Westen davongaloppieren, damit wir nach der Fährte der Afghanenkarawane suchten, die in diesem frischen Grasteppich unbedingt eine deutliche Spur zurückgelassen haben musste. Harald hatte eben mit dem so überaus raschen Emporschießen dieser kurzlebigen Vegetation nicht gerechnet und war nun überzeugt, dass wir auch in dieser Beziehung Glück haben würden. Es bestätigte sich. Und ich hatte tatsächlich das Glück, eine breite, vollständig niedergetretene Linie zu finden, die sich vorsichtig in Tälern entlangschlängelte: es war die Spur einer sehr großen Karawane! Kein Zweifel, dieser niedergetrampelte Strich, diese Menge Kamel- und Schafdünger – es waren die Gesuchten, es war die Rani Arowa mit den flüchtigen Afghanen!

Vom Rand eines Steilabhangs aus verfolgte ich mit dem Fernglas den Verlauf der Fährte. Allem Anschein nach konnte der Zug der Reiter und Herden erst vor etwa zwei Tagen hier vorübergekommen sein. Schon wollte ich umkehren, als ich durch mein Fernglas in der Ferne ein paar dunklere Punkte erkannte, über denen in der Luft eine Menge Aasgeier schwebten, die zuweilen niederstießen, wieder emporflogen und abermals herabschossen in wechselndem Spiel. Meine erste Annahme, dass dort ein paar Schafe, Ziegen oder Rinder krepiert und liegen geblieben seien, musste ich angesichts dieses Verhaltens der Aasgeier wieder verwerfen. Nur vor noch lebenden Geschöpfen weichen die geflügelten Leichenfresser scheu aus – vor noch lebenden, aber schon in den letzten Zügen liegenden Menschen! Ich trieb mein Dromedar zu flotter Gangart an, folgte der Fährte und kam dem bezeichneten Punkt näher und näher. Wieder hielt ich das Glas an die Augen und sah etwa sechs... nein, acht Menschen im Gras liegen.

Ob es die Cholera war, welche die Karawane eingeholt hatte? – Eine Cholerakarawane! Der todbringende Würger inmitten der Flüchtlinge! Dann gab es keine Hilfe, keine Rettung für die Hunderten! Ich fror in der prallen, heißen Sonne. Entsetzen packte mich. Ich jagte gen Westen, hatte in einer halben Stunde Harald und Hubert erreicht und berichtete. Wir trabten sofort weiter, als auch Gordon-Berlett wieder bei uns eingetroffen war. Wir ritten gen Nordost, weil wir so irgendwann die von mir entdeckte Spur kreuzen mussten. Bald kamen wir wieder auf felsigen Boden und gerieten in einen jener schluchtenreichen Höhenzüge, die dem Sandmeer der Thar-Wüste ihre Abwechslung verleihen. Harald strebte uns eilig voran, immer an den Südausläufern der steinigen Berge entlang. Ich bemerkte, wie sein Tier auf einmal stutzte und auswich. Choleraleichen lagen unbestattet nur in Decken gehüllt am Weg. Sie stanken bereits in dieser schwülen, stickigen Luft. Auch Kinder waren darunter. Wir traben vorüber. Der Verwesungsdunst klebte mir noch lange am Gaumen.

Wir hatten die Fährte gefunden. Immer mehr Leichen zeichneten den Weg. Es ging wieder hinein in die Berge, hinunter in ein Tal. Leichen lagen auch dort. Aasgeier flogen unwillig kreischend auf, als wir uns näherten. Und dann... Mich packt noch immer das Grauen, wenn ich daran zurückdenke; da lagen Sterbende, mit dem Tode ringende. Ihre Blicke trafen mich bis ins Innerste, stachen mir ins Herz. Ich konnte einfach nicht mehr hinsehen. Niemand konnte diesen Menschen mehr helfen. Es war ein furchtbarer Gestank, der von ihnen ausging, der auf das sich stetig unkontrolliert entleerende Gedärm zurückzuführen war.

Wir dachten an Amalgi und Honoria und hofften, dass sie noch Reste der schützenden Kumussa-Wurzel besaßen. Weiter, immer tiefer in die Berge ging es hinein, wo die Regenzeit nur an besonders begnadeten Stellen ein paar grüne Halme hervorgelockt hatte. Der Regen hatte uns bis hierher verschont und schien sich in der Tageshitze in Dampf aufzulösen, der nun die umgekehrte Richtung vom Boden zum Himmel einschlug. Das Atmen fiel schwer. Auch die Tiere keuchten. Es war Cholerawetter, das ideale Wetter für den furchtbaren Würger!

Ein weiteres Tal tat sich vor uns auf. Und dort lagen wieder Leichen; es waren diesmal aber wohl an die zwanzig Ratschputen mit auf den Rücken gefesselten Händen und durchschnittenen Kehlen. Der Abhang war rot gefärbt von dem Blut, das der Regen gestern noch in Spalten und Pfützen gespült hatte. Was für ein grausiger Anblick! Es musste sich hier wohl um die gesamte männliche Dienerschaft der Fürstin handeln, die hier bestialisch abgeschlachtet und den Geiern zum Fraß überlassen worden war.

Was mochte sich hier nur abgespielt haben? Offensichtlich hatten sich die neuen Verbündeten der Rani nun gegen ihre Anführerin gewandt. Wir durchquerten das Tal und begannen den Aufstieg hügelan. Es ging recht steil bergauf. Ich überlegte bereits, ob es nicht besser wäre, abzusteigen. Dann plötzlich rochen wir den Rauch eines Feuers. Harald riss sein Tier herum und winkte uns stumm und heftig, umzukehren. Wir wendeten und folgten Harald in eine Schlucht, die sich ein Stück parallel zu unserem Weg hinzog. Dort machten wir Halt.

Harald teilte uns in knappen Worten mit, dass die Karawane offenbar jenseits des Hügels haltgemacht haben musste, jedoch bereits weitergezogen war. Es hielten sich aber immer noch einige Leute dort auf, möglicherweise eine Nachhut. Daher sei Vorsicht geboten. Harald, Gordon-Berlett und ich nahmen unsere Gewehre und ein Fernglas und begannen, den steilen Hügel von der Seite zu ersteigen. Hubert sollte unsere Tiere bewachen. Der Wettergott, der die Regendämonen für's erste vertrieben hatte, ließ die Sonne prall erstrahlen. Wir kauerten hinter glühheißen Felsblöcken auf dem Hügelkamm und blickten in ein grünes, halb bewaldetes Tal hinab, und wir erschauerten. Wir sahen mitten im Tal einen niedergebrannten, doch immer noch qualmenden Holzstoß. Auf dem Scheiterhaufen stand ein Pfahl, an den zwei Menschen mit den Rücken zueinander gefesselt waren, oder besser gesagt das, was die Flammen von ihnen übriggelassen hatten. Davor lagen sechs junge Frauen in ihrem Blut, die wir an ihrer Kleidung als Dienerinnen der Rani identifizieren konnten. Etwa ein Dutzend Afghanen, Männer und Frauen, waren damit beschäftigt, Leichen zu bestatten. Es waren viele Tote, etwa zwanzig oder vielleicht auch dreißig. Es lagen auch noch einige Sterbende auf notdürftigen Lagern. Und die sich noch regen konnten, waren offenbar allesamt von der Krankheit gezeichnet. Niemand von ihnen schien bewaffnet zu sein. Also erhoben wir uns aus unserer Deckung und schritten den Hang ins Tal hinab.

„Nicht gehen zu diesen Platz, besser hier bleiben, meine Herren!", hörten wir auf halbem Wege eine Stimme in gebrochenem Englisch rufen. Wir fuhren herum und brachten unsere Waffen in Anschlag. Nicht weit von uns saß ein alter Mann auf einer Decke zwischen den Steinen, ein Afghane, von dem allerdings keine Bedrohung auszugehen schien. Seine Stimme kam mir sofort irgendwie bekannt vor. Ich erinnerte mich an jenen Tag, als wir im dichten Nebel in das Bergdorf geschlichen waren und vor dem Versammlungshaus den Reden der Rani und der Dorfbewohner gelauscht hatten. Ja, dort hatte ich diese Stimme schon einmal gehört.

„Sie sprechen Englisch?", begann Gordon-Berlett in vertraulichem Ton das Gespräch. Bevor der Alte darauf einging, warnte er uns: „Besser nicht kommen näher zu mir! Besser bleiben dort stehen wegen Krankheit!"
Auch er war bereits deutlich gezeichnet von der Cholera. Auch der Geruch, der von ihm ausging, deutete darauf hin. Seine Lippen waren blass und rissig von der Austrocknung, welche die Krankheit mit sich brachte. Harald löste seine Feldflasche vom Gürtel und warf sie dem Kranken hin, der sie sogleich gierig ansetzte und in einem Zuge leerte. Es sah nicht so aus, als würde er den nächsten Sonnenaufgang noch erleben, und er schien das auch zu ahnen. Doch der Alte zeigte sich im Bewusstsein seiner letzten Stunden recht gesprächig. – Ja, er habe ein wenig Englisch gelernt, weil er sich als junger Mann einige Jahre in Diensten der Royal Army befunden hatte. Und was wir ferner von ihm erfuhren, war zusammengefasst etwa folgendes: Die Rani Arowa hatte es tatsächlich fertiggebracht, die Männer seines Dorfes gegen seinen, des Dorfältesten Einspruch, davon zu überzeugen, mit ihr illegalerweise nach Afghanistan zu ziehen. Dafür hat sie den Leuten, die sich in ihre Dienste begeben würden, übermäßig reichen Lohn versprochen und sie mit modernen Repetiergewehren ausgestattet. Besonders letzterem Angebot hatten die afghanischen Männer nicht widerstehen kön-

nen. Zunächst war es darum gegangen, ein Frachtschiff zu kapern und eine riesige Menge Goldes von der Insel im Salzsee zu holen. Dann war mit sechshundert Kamelen, die teils gekauft, teils geraubt, teils bereits vorhanden waren, eine gewaltige Karawane zusammengestellt worden, um das Gold von dem Schiff aus dem indischen Territorium zu schaffen, wo die Rani der ständigen Gefahr ihrer Verhaftung durch die Behörden ausgesetzt war. Für den Fall, dass es zu einer Konfrontation mit der Polizei oder der Armee kommen würde, hatte sie vierzehn westliche Geiseln in ihrem Gewahrsam, dreizehn Männer und eine Frau in Männerkleidern, welche sie hinzurichten bereit gewesen wäre, falls man ihr das freie Geleit verweigern würde. Eine solche Situation wäre spätestens an der Grenze zu erwarten gewesen, wo man die Karawane, die sich hier in der Wüste nahezu im Verborgenen bewegte, mit großer Wahrscheinlichkeit entdeckt hätte. Doch bald nachdem man das Dorf auf Nimmerwiedersehen mit Frauen, Kindern und Vieh verlassen hatte, zeigten sich die wahren Absichten der verbrecherischen Rani zunächst als ein leiser Verdacht, dann jedoch mit unwiderleglicher Gewissheit. Die Afghanen mussten feststellen, dass die Cholera, von der sie so lange verschont geblieben waren, unter ihnen zu grassieren begann. Die ersten starben schon am zweiten Tag der Reise, jedoch handelte es sich ausschließlich um Afghanen und vor allem um die Schwächsten unter ihnen; Frauen und Kinder. Die Ratschputen und übrigens auch die Geiseln blieben allesamt gesund. Bald kam heraus, dass sie ein Mittel gegen die Krankheit von der Rani zugeteilt bekommen hatten, eine geheimnisvolle Wurzel, die gekaut werden musste. Und es wurde endlich auch ruchbar, dass die Seuche absichtlich, jedoch versehentlich zu früh unter die Leute gebracht worden war. Eine heimlich mitgeführte, zerstückelte Cholera-Leiche hatte bei dem heißen Wetter so sehr zu stinken begonnen, dass man sie entdeckt und damit die Seuche freigesetzt hatte. Das große Sterben sollte eigentlich erst hinter der Grenze beginnen, damit die Rani den versprochenen Lohn nicht ausbezahlen müsste. So hatten sich die Afghanen am vorgestrigen

Tage gegen sie erhoben und dank ihrer vorzüglichen Bewaffnung deren Leute überwältigt und auf der Stelle hingerichtet. Die Geiseln habe man zunächst auch töten wollen, doch man hatte wegen der dringenden Fürbitte des Dorfältesten davon abgesehen und sie freigelassen. Die Rani Arowa selbst wurde gestern, als der Regen wie auf Bestellung aufhörte, gemeinsam mit ihrem derzeitigen Liebhaber, einem Trapper namens John Wiscont, lebendig auf dem Scheiterhaufen verbrannt. Die sechs Dienerinnen hatten sich im Angesicht des Todes ihrer Herrin jede selbst ein Messer ins Herz gestoßen. Die Karawane sei, unter Zurücklassung der Kranken und unter Führung einiger heißsporniger Männer am heutigen Morgen weitergezogen. Diese meinten, irgendwie auch ohne die Rani über die afghanische Grenze zu gelangen, wo sie sich ein Leben in märchenhaftem Reichtum erhofften, was ihnen in ihrer Unbedachtheit jedoch mitnichten gelingen konnte. Das verfluchte Gold, so meinte der Alte kummervoll, habe ihnen den Verstand geraubt. Auf unsere Frage, wohin die freigelassenen Gefangenen aufgebrochen waren, konnte er keine genaue Auskunft geben. Er vermutete, dass sie sich wohl auf den Weg nach Amber gemacht hatten. Und sie würden die Stadt auch ohne weiteres in etwa zwei-drei Tagen erreichen können, denn man hatte ihnen Reittiere überlassen. Aber zwei von den Gefangenen, nämlich die Frau und ein recht hochgewachsener Mann hätten sich der Gruppe nicht angeschlossen, berichtete der Alte, sondern einen anderen Weg in nördlicher Richtung eingeschlagen. Sie hätten sich nach dem Weg zur nepalesischen Grenze erkundigt...

Als wir dann bei unserem Hubert und den Dromedaren in der Schlucht anlangten, bezog sich der Himmel wieder in aller Eile mit schwarzen Wolken. Wir bestiegen unsere Reittiere, hüllten uns in die fettigen Wolldecken, die uns notdürftig vor der Nässe schützten und schlugen den Weg nach Norden ein, wobei wir noch ein Stück der Spur der Todeskarawane folgen mussten. Es begann nun wieder zu gießen. Und als wir das Tal durchquerten und am niedergebrannten Scheiterhaufen vorüberritten, dessen letztes Glimmen nun vom Regen ausgelöscht worden war, da konnte ich es nicht lassen; ich musste zu den Toten an dem Pfahl hinüberblicken. Während von dem Trapper nur noch ein verkohltes Skelett mit einigen Hautfetzen und ein Schädel mit weit aufgerissenem Mund übrig war, fiel mir auf, dass die Leiche der Rani noch einen erstaunlich guten Erhaltungszustand aufwies, wenngleich sie vollständig von einer pechschwarzen Rußschicht überzogen war. Und es war mir für einen Moment, als hätte sie mit halboffenen Augen zu mir hergeschaut, mit Augen die so hell glänzten wie Opale…

XXIV. Abenteuer im Himalaya

Es war herrlich, nach unserer strapaziösen Reise durch das indische Wüstentreibhaus diese frische, erquickende Luft des nepalesischen Berglandes zu atmen. Und ebenso wohltuend war es, nach den regenfeuchten, schmutzigen Nachtlagern der vergangenen Wochen frisch rasiert und gebadet in einem sauberen Hotelbett zu schlafen.

Der einzige von uns, dem diese Tour durch die steinige Wüste, durch Monsunregen und Hitze nichts ausgemacht zu haben schien, war Harald. Abends waren wir angekommen. Morgens um sechs verließ er bereits das überfüllte Hotel, das von Flüchtlingen, die der in den Tälern grassierenden Cholera entgehen wollten, belegt war. Die Luft und das Wasser des Ortes Nepalgang gelten landläufig als außerordentlich gesund. Man hatte uns vier wegen der Überfüllung im aufgebetteten Lesesaal des Hotels untergebracht. Wir drei anderen erhoben uns erst ge-gen neun Uhr, wir frühstückten draußen auf der Veranda, genossen den Anblick der weiß leuchtenden Schneeberge des Hi-malaja und musterten die anderen Hotelgäste ringsum. Es waren zumeist Frauen englischer Kaufleute nebst Kindern. Männer waren auffallend wenig vertreten.

Vier Tage Eisenbahnfahrt lagen hinter uns; eine ganz besondere Marter, die ich als nicht weniger strapaziös empfand, als die Wüstenreise auf dem Rücken eines schwankenden Dromedars. Die Zugabteile hatten abscheulich nach Desinfektionsmitteln gestunken. Der Blick aus dem Fenster ließ mich angesichts der steilen Abhänge, an denen die Strecke entlangführte die Stirne kräuseln. Die hölzernen Brücken über den felsigen Abgründen schienen manchmal zu schwanken, und sie knirschten vernehmlich, wenn sie der Zug in verlangsamter Fahrt überquerte. In solchen Momenten verwünschte ich zutiefst die Gründe, die mich dazu veranlasst hatten, diese Bahn bestiegen zu haben.

Doch wir befanden uns hier auf der unzweifelhaft richtigen Spur, die uns zu unserer Millionenerbin Miss Goord und Doktor Amalgi führen musste. Die beiden waren uns jetzt lediglich noch einen einzigen Tag voraus.

Dass wir diese Spur überhaupt gefunden hatten und bis hierher verfolgen konnten, war unter anderem einem neuen, einem vierbeinigen Gefährten zu verdanken, der uns seit etwa zwei Wochen begleitete.

Am Ende des Tages, an dem wir das Tal mit dem grausigen Scheiterhaufen durchqueren mussten, stießen wir auf eine Siedlung. Dort erfuhren wir, dass Miss Goord und Amalgi hier zwei Tage zuvor einigen Proviant erworben hatten. Harald handelte einem Hirten einen kräftigen, doch noch recht jungen Hund ab, der sich in jeder Hinsicht als goldwert erwies; sein Name war Gaska, was in der Sprache der Wüstenbewohner so viel wie

Wächter heißt. Gaska gelang es tatsächlich, die Spur der beiden Gesuchten zu erschnüffeln, und wir überließen uns in den Folgetagen ganz der Führung seiner vortrefflichen Nase. Streckenweise waren die Spuren der beiden Reitdromedare recht gut im Sand zu erkennen, doch manchmal ging es auch über Felsplateaus und durch steinige, sich gabelnde Schluchten, wo uns ohne den Hund sicherlich guter Rat teuer gewesen wäre. Aber so kamen wir recht zügig voran. Merkwürdig war, dass wir kaum Hinweise darauf fanden, dass Amalgi und Honoria jemals eine Rast eingelegt hatten, so als wären sie Tag und Nacht durchgeritten. Gelegentlich fand Gaska abgenagte Knochenreste, über die er sich sofort hermachte, und ein einziges Mal kamen wir an einer bereits erkalteten Feuerstelle vorbei. Was nur mochte die beiden zu solcher brachialen Eile veranlassen? Ich musste an Amalgis rätselhafte Voraussage denken, dass er in Kürze sterben würde, dass die ersten Tage des Novembers ihm den Tod bringen würden. Also – ritt er tatsächlich in dieser Eile seinem Tod entgegen, und Honoria Goord begleitete ihn dorthin? – Weshalb aber begleitete sie ihn?

Eines Tages bemerkten wir vier Kamelreiter in weiter Ferne hinter uns, die unserem Weg zu folgen schienen. Wir konnten zunächst nicht feststellen, ob dies zufällige Wüstenwanderer oder etwa Verfolger waren. Weshalb auch hätte man uns verfolgen sollen? Doch diese Leute, die wir durchs Fernglas als mutmaßliche Europäer identifizierten, hielten sich bei diesem monotonen Ritt zwei Tage lang immer im gleichen Abstand zu uns; sie machten keinerlei Anstalten uns einzuholen, blieben aber auch nicht zurück. Irgendwann fiel uns auf, dass es nur noch drei Leute waren. Wo mochte der vierte geblieben sein? Dann auf einmal, als wir arglos eine Talsohle zwischen zwei Hügeln durchquerten, fiel ein Schuss, der ein Loch in Gordon-Berletts Tropenhelm riss. Als er sich geistesgegenwärtig aus dem Sattel fallen ließ, traf ein zweiter Schuss sein Dromedar, das auf ihn stürzte und ihm die Beine einklemmte.

„Hilf ihm!", rief mir Harald zu, der bereits die Büchse aus dem Sattelhalfter gezogen hatte. Er sprang von seinem Tier und rannte den steilen, linksseitigen Hang hinauf, wohinter er bald verschwand. Während ich Gordon-Berlett unter dem sterbend zuckenden Dromedar hervorzerrte, hörten wir einen weiteren Schuss aus der unbekannten Waffe und gleich darauf noch einen aus Haralds Remington. Gordon-Berlett und ich überließen die Reittiere Huberts Obhut, schnappten unsere Gewehre und erklommen ebenfalls den Hang. Oben angekommen sahen wir Harald in kurzer Entfernung über einen am Boden liegenden Mann gebeugt.

„Der Kerl hat einfach ohne zu zögern auf mich geschossen", berichtete Harald noch etwas außer Atem. „Ich hatte ihn noch gewarnt, aber..."

„Thomas Goord...?", sagte Gordon-Berlett verwundert, als wir herzutraten. Der etwa fünfzigjährige Europäer war bereits tot.

„Ein Verwandter von Honoria Goord?", fragte Harald besorgt. Gordon-Berlett nickte.

„Ja, ein Neffe des Erblassers, der wohlweislich im Testament nicht bedacht worden war", erklärte er. „Der Kerl war sozusagen das schwarze Schaf der Familie. Er saß schon für mehrere Jahre im Gefängnis wegen eines großangelegten Finanzbetruges. Ich hätte nie gedacht, dass er sich ebenfalls auf die Suche nach der rechtmäßigen Erbin machen würde. Aber es wäre tatsächlich sehr in seinem Interesse gewesen, wenn Miss Goord hier in Indien ums Leben gekommen wäre. Dem hatte er wahrscheinlich etwas nachhelfen wollen. Dann wäre nämlich *er* in der Erbfolge der nächste Anwärter gewesen..."

„Sind noch weitere Anwärter vorhanden?", wollte Harald wissen.

„Allerdings", antwortete Gordon-Berlett, der jetzt einen etwas besorgten Eindruck machte, „seine beiden Kinder Lucy und Edgar, beide Mitte zwanzig und beide mit einer offenbar vererbten Neigung zu kriminellem Verhalten ausgestattet."

„Ob sie das wohl sind?", fragte ich in die Richtung unserer entfernten Verfolger deutend. „Sein Sohn und seine Tochter mit einem Helfershelfer oder einem ortskundigen Führer?"

Gordon-Berlett hob die Schultern und betrachtete nachdenklich seinen zerschossenen Tropenhelm.

Mir war bei der Sache nicht recht wohl, denn das Gefühl, nunmehr jederzeit mit einer heimtückischen Kugel rechnen zu müssen, war nicht gerade angenehm. Doch unsere Verfolger ließen sich seit diesem Vorfall nicht mehr blicken. So konnten wir vorerst nicht erfahren, wer diese Leute waren.

Wir setzten unseren Weg wieder zügig fort, wobei Gordon-Berlett das Reitdromedar des getöteten Thomas Goord übernahm. Harald schlug die Richtung nach der Stadt Bikaner ein, welche an der die Thar-Wüste durchschneidenden Eisenbahnlinie liegt und von wo aus die Züge nach Nepal fahren. Wir brauchten nun nicht mehr unbedingt Amalgis und Miss Goords direkten Spuren zu folgen, denn auf dem Bahnhof in Bikaner würden wir sie ja ganz sicher wieder kreuzen, falls wir die beiden dort nicht bereits eingeholt haben würden. Ein Hirte beschrieb uns zwei Wege nach Bikaner; eine sichere, gut sichtbare Karawanenroute und einen sehr viel schnelleren, kürzeren, jedoch recht gefährlichen Pfad durch felsige Bergschluchten, der in der Regenzeit oft von einem Moment auf den anderen durch reißende Wasserströme unpassierbar werden konnte. Harald und der heißspornige Gordon-Berlett waren geneigt, letzteren Weg einzuschlagen, doch der Hirte riet uns dringend davon ab, ihn ohne ortskundigen Führer zu benutzen. Und ein Führer war auf die Schnelle bei dem gerade wieder heftig einsetzenden Regen nicht zu bekommen.

Zwei weitere Tage später waren wir dann ohne weitere Zwischenfälle, aber auch ohne die beiden Gesuchten eingeholt zu haben, in Bikaner angelangt. Wir konnten unschwer auf dem Bahnhof ermitteln, dass zwei Europäer, die nur Miss Goord und Amalgi gewesen sein konnten, Fahrkarten nach Nepalgang gekauft hatten und am Abend vorher abgereist waren.

Von den drei Dromedarreitern aber war auch in Bikaner weder etwas zu sehen noch zu erfahren. Leider hatten wir sie ja nur aus weiter Ferne gesehen und würden sie möglicherweise selbst dann nicht erkennen, wenn sie plötzlich unmittelbar vor uns stünden. Doch wir konnten auch hier in Nepalgang nicht ausschließen, dass sie uns auch weiterhin folgen würden.

Gegen elf Uhr vormittags beschlossen Gordon-Berlett und ich, in den Ort zu gehen und uns nach Haralds Verbleib zu erkundigen. Es war ja keineswegs ausgemacht gewesen, dass er einfach so für einen halben Tag verschwinden würde. Auch Gordon-Berlett, der stets auf Eile bedacht war, konnte seine Verärgerung über dieses Verhalten nicht verhehlen. Ich hatte Gaska an der Leine, den ich vor unserem Aufbruch an einigen von Haralds Wäschestücken schnuppern ließ. Der kluge Hund wusste sofort, was zu tun war und führte uns mit der Nase am Boden kreuz und quer durch Straßen und Gassen.

Nepalgang liegt in einem Tal, dessen Hänge scheinbar himmelhoch und derart steil sind, dass ein Aufstieg nur über angebrachte Trittstufen und Halteseile möglich ist. Nach Norden zu öffnet sich das Tal, dort wird es etwas flacher und es gibt einen kleinen See unterhalb eines Hochplateaus.

Unser Hund hatte uns auf Umwegen zum Bahnhof geführt. Die Kultur Europas hatte auch in dieser Ortschaft jenes wunderliche Gemisch von Ursprünglichem und Modernem geschaffen, wie man dies im Orient oft findet. Neben einem kleinen Elektrizitätswerk, das aus einem Wasserfall die nötige mechanische Kraft schöpfte, standen die Filzzelte wandernder Nomaden, weideten Herden und schnurrten die Gebetsmühlen der Bekenner des Lamaismus. Wir waren eben bereits so weit nördlich, dass Hinduismus und Buddhismus nahezu völlig verschwunden waren. Hier sah man überall über braunen Gesichtern die spitzen Pelzmützen von Tibetanern.

Auf dem kleinen Bahnhof war Harald nicht mehr anzutreffen. Hier bekam Gaska ziemliche Schwierigkeiten, die Spur wegen der viel zu zahlreichen Gerüche, die seiner Nase in die Quere kamen, zu verfolgen. Doch er bemühte sich redlich, sie zu suchen und schien sie dann im Zugang zu einer schmalen Gasse wiedergefunden zu haben, die uns zu einer Art Lagerplatz einer der großen Salzkarawanen führte, die Steinsalz bis in die entlegensten Gegenden Tibets schaffen. Der Hund strebte nun freudig wedelnd und heftig ziehend auf ein abseits errichtetes Filzzelt von beträchtlicher Größe zu, das hinter Büschen halb verborgen war. Er ließ ein kurzes Bellen ertönen.

Ja – dort saß unser Harald im Kreise von fünf in Felljacken gekleideten Nepalesen auf einem vor dem Zelt ausgebreiteten Teppich. Er blickte kurz auf und machte mir verstohlen ein Zeichen, dass wir weitergehen sollten. Wir taten es und begaben uns auf kürzestem Wege wieder zum Hotel.

Eine halbe Stunde darauf war er auch schon in unserem gemeinsamen Lese-Schlafsaal. Durchaus vergnügt, frisch und angeregt erklärte er, dass seine Nachforschungen Erfolg gehabt hätten.

„Amalgi und Honoria haben hier gestern bei den Nepalesen zwei Bergponys gekauft und sich nach dem Weg zum Kloster Damalang an den Nordabhängen des Kudri-Berges erkundigt. Diese Nepalesen halten mich für einen Gelehrten, hatten gegen Banknoten nichts einzuwenden und gaben so allmählich zu, dass niemand recht wisse, wer in dem alten Felsenkloster überhaupt hausen würde. Dort seien jedoch gelegentlich buddhistische Mönche gesehen worden, was hierzulande eine Ausnahme bedeutet. Das Klostergebäude sei nur mit Hilfe eines Aufzugs zu erreichen, der ausschließlich von oben aus bedient werden könne. Die Nepalesen taten jedenfalls sehr geheimnisvoll. In Wahrheit wussten sie wohl über Damalang genau so wenig wie all die anderen Leute hier, die ich vorsichtig von hinten herum ausforschte. Unser Hoteldirektor sagte mir bereits, dass das Kloster bisher noch nie von einem Europäer betreten worden sei und dass wir uns die Mühe sparen sollten, dorthin zu gelangen. Die Mönche würden es streng bewachen, die man im Übrigen so gut wie niemals zu Gesicht bekäme. –Also: Ich habe bereits fünf Bergponys erworben, und nachmittags um vier Uhr brechen wir auf."

Gordon-Berlett, der sichtlich nervös an seiner Zigarette zog, fragte: „Und die drei Dromedarreiter? Haben Sie auch da etwas in Erfahrung bringen können?"

„Möglicherweise", antwortete Harald. „Gestern Abend sind hier im Hotel eine junge Dame, ein junger Herr und ein älterer Mann, alle drei Engländer, vielleicht also die Geschwister Goord mit einem Begleiter angekommen, wie wir bereits vermuteten. Es könnte tatsächlich sein, dass sie hinter Amalgi und Honoria her sind. Sie ritten um zehn Uhr abends in der Dunkelheit los, mit Ausrüstung und Bewaffnung und mit einem nepalesischen Führer. Amalgi und die Miss hatten fünf Stunden Vorsprung zu ihnen."

„Weshalb wollen wir denn erst am Nachmittag Nepalgang verlassen?", wandte Gordon-Berlett ein. „Warum wollen wir hier die Zeit unnütz vertrödeln? Ich denke, wir haben alle Ursache, uns zu beeilen, denn diese drei Wegelagerer werden wohl kaum zaudern, die Miss und möglicherweise auch Amalgi zu beseitigen!"

„Dass wir noch vier Stunden warten müssen, hat seinen guten Grund", erklärte Harald in beschwichtigendem Ton. „Die Ponys müssen erst herbeigeschafft werden, außerdem Proviant und Trinkwasser. Gegen vier Uhr begeben wir uns mit unseren Waffen und den allernotwendigsten Sachen zu dem Treffpunkt, den ich mit dem Nepalesen verabredet habe. Unser übriges Gepäck lassen wir hier im Hotel. Hubert wird hierbleiben und ein Auge darauf halten, denn es soll sich hier unter den Gästen auch mannigfaches Diebsgesindel herumtreiben."

Um kurz vor vier Uhr schritten wir bei klarem Sonnenschein ausgerüstet wie zu einer Tigerjagd zur Stadt hinaus. Dann bogen wir nach Osten ab, erkletterten auf einer schmalen, in den Stein gehauenen Zickzacktreppe die hohe Talwand und wurden oben von einem geradezu eisigen Wind in Empfang genommen. Wir waren froh, als wir zehn Minuten darauf in einer Schlucht zwei Nepalesen mit den Ponys antrafen, noch froher, dass wir nun in die Schafpelze schlüpfen und die Lammfellmützen über die Ohren ziehen konnten, die Harald ebenfalls für uns geordert hatte. Die Nepalesen wurden bezahlt. Der eine beschrieb uns nochmals genau den Weg und deutete nach Norden, wo der vergletscherte Gipfel des über dreitausend Meter hohen

Kudri klar zu erkennen war, wohinter die unendliche Kette der Bergriesen des Himalaja begann; eine Szenerie von so überwältigender Mächtigkeit, gegen die unsere deutschen Alpen wie ein Hügelland wirken.

Wir brachen auf. Die zottigen Ponys trugen uns zügig an Abgründen vorüber, die mir den kalten Schweiß auf die Stirn trieben. Harald ritt voran. Und siehe da, nach zwei Stunden bereits bellte unser braver Fährtensucher auf einem mit kleinen Schneehalden bestreuten Hochplateau derart kennzeichnend, dass wir sofort wussten: hier waren Amalgi und Honoria vorübergekommen, hier mussten sie abgestiegen sein und hatten vielleicht die Sättel fester geschnallt. Nun brauchten wir nicht mehr zu fürchten, den richtigen Weg zu verfehlen, nun konnten wir uns auf Gaska verlassen. Weiter ging es in noch flotterem Tempo...

XXV. Der Tod des Doktor Amalgi

Die Dunkelheit brach herein. Es wurde noch kälter. Unsere Gesichter brannten von der scharfen Luft wie Feuer. Und wie von Feuer beschienen glühte vor uns der Gipfel des Kudri – scheinbar bereits ganz nahe. Doch dieser Eindruck täuschte. Wir rasteten nur kurz, aßen im Stehen und tranken lauwarmes Wasser aus einem Lederbeutel, welchen unser Führer unter seiner Kleidung am Körper trug, und sogleich ging es gestärkt weiter. Der Hund führte uns. Ohne den Hund hätten wir wohl Tage gebraucht, um in dieser rauen, felsigen Bergwelt unser Ziel zu erreichen.

Harald meinte, dass es für ihn erwiesen sei, dass Doktor Amalgi den Weg zu dem Kloster kannte: „Die beiden haben keinen Führer mitgenommen. Das besagt genug. Amalgi muss schon einmal hier gewesen sein."

Wieder überquerten wir ein Hochplateau, bedeckt mit körnigem Schnee. Und hier stießen wir endlich auch auf eine Fährte, die vermutlich zu den unbekannten Verfolgern gehörte. Hier fanden wir an einer schneefreien Stelle zwischen Felsblöcken die frischen Spuren eines Lagerplatzes. Harald zeigte uns, dass die drei hier gerastet hatten und dass sie vor kurzem erst wieder aufgebrochen waren. Wir mussten uns also darauf einstellen, jeden Augenblick auf diese Leute zu stoßen. Und wir mussten damit rechnen, womöglich eine handfeste Auseinandersetzung mit ihnen auszutragen. Es durfte ihnen keinesfalls gelingen, Amalgi und Honoria einzuholen, bevor die beiden das Kloster erreicht hatten.

Weiter ging es steil hinunter in ein kahles Tal, wieder aufwärts dann auf gewundenem Pfad. Nun war es Nacht geworden. Das Glühen des Kudri-Gipfels war verblasst und schließlich ganz verloschen. Doch wir sahen das zerklüftete Bergmassiv im Glanz zahlloser Sterne deutlich vor uns. Unser Gaska trabte, auch die Ponys trabten eine gute Strecke. Wieder ging es schmale Pfade an dunklen Abgründen entlang, wo die Ponys wieder im Schritt gingen, vorsichtig, nahezu tastend nach trittfestem Boden.

Alle Wunder und der ganze Zauber des nächtlichen Hochgebirges taten sich vor uns auf. Finstere Wälder bedeckten steinige Halden. Aus der dunklen Tiefe einer entlegenen Waldung drang das Heulen kämpfender Panther bis an unser Ohr. Einmal kreuzte ein Bär unseren Weg, der scheu das Weite suchte. Gegen Mitternacht schien der klare Mond über den Gipfeln auf. Wir näherten uns der Nordseite des Berges. Unser Hund wurde immer lebhafter. Erneut tat sich ein tiefes, zerklüftetes Tal vor uns auf. Wieder folgte unser Weg einem beschwerlichen Anstieg. Wir führten die Ponys am Zügel. So verstrich die Zeit. Gegen Morgen, als der Himmel sich erhellte und die Sterne verblassten, versicherte uns unser Führer, dass das Kloster nicht mehr fern sei.

Uns stellte sich nun die Frage, ob Amalgi und Honoria es erreicht hatten, bevor sie von ihren Verfolgern eingeholt worden waren. Wir waren ja bisher trotz unseres scharfen Tempos keinem von beiden Parteien begegnet.

Dann wurde links von uns eine glatte Felswand von gut zweihundert Meter Höhe sichtbar – ein absolut senkrecht abfallender Steinwall, dessen Konturen sich im Dämmerlicht der Ferne verloren. Und vor uns lagen vereiste, schneebedeckte Hügel, kahle Felsen, Schutthaufen von früheren Bergstürzen, ein paar indische Kiefern und Gestrüpp. Harald hatte das Fernglas am Auge und blickte zu dieser Felswand hinüber. Auch ohne Glas sah ich, dass der Steinwall in etwa achtzig Metern Höhe zurückwich und eine breite Terrasse bildete. Dort oben erkannte ich einen tempelartigen Bau mit einer Vorhalle, mit acht Steinsäulen und mit einem matt blinkenden Metalldach. Ich fragte mich, wie es wohl möglich gewesen war, all das Baumaterial dort hinauf zu bringen.

Als wir uns wieder in Bewegung gesetzt hatten, ritt Gordon-Berlett in scharfem Tempo voraus. Er schien sehr besorgt um Honoria Goords Sicherheit zu sein. Wir konnten ihm kaum folgen und er entfernte sich immer weiter von uns uns, schaute sich auch nicht um. Dann verschwand er hinter einer Wegbiegung. Kurz darauf hörten wir Schüsse; eine regelrechte, wilde Schießerei. Die Schüsse hallten wie Kanonendonner mit vielfachem Echo durch das Gebirge. Wir jagten den Weg voran, so schnell es auf dem steinigen Untergrund möglich war. An der Wegbiegung sprangen wir mit schussbereiten Büchsen von unseren Ponys. Die Schüsse waren verstummt. Als wir den Schauplatz der offenbaren Auseinandersetzung überblicken konnten, sahen wir drei Menschen in ihrem Blut am Boden liegen; einen jungen und einen älteren Mann und eine junge Frau, allesamt mit Gewehren in den Händen. Den Einschüssen nach zu urteilen, welche sie niedergestreckt hatten, waren alle drei tot. Ein Tibetaner, offenbar der von ihnen beauftragte Bergführer, stand unbewaffnet und fassungslos dabei. Gordon-Berlett lehnte seltsam vorgebeugt an einem Stein. Blut sickerte unter dem Saum seiner Felljacke hervor und aus seinem Ärmel, es lief ihm über die Hand und tropfte auf den Boden. Er fluchte nur leise und mit vor Schmerz gepresster Stimme.

Wir brauchten keine Fragen zu stellen. Schnell fertigten wir aus einem Unterhemd einen behelfsmäßigen Verband, der jedoch nicht viel nützte. Gordon-Berlett hatte einen Einschuss direkt unter der rechten Schulter. Wir halfen ihm schnellstmöglich auf sein Reittier, das binnen kurzem blutbesudelt war und strebten in höchster Eile, der Weisung unseres Führers folgend, dem Kloster zu, das noch eine gute Stunde entfernt war. Während wir dem Weg folgten, überwand die Sonne den Dunstkreis des östlichen Horizonts und übergoss die Berglandschaft mit ihrer strahlenden Lichtfülle. Und wir keuchten geblendet weiter voran.

Es waren etwa noch fünfhundert Meter bis zu der Stelle, wo der Aufzug herabgelassen werden konnte, als Gordon-Berlett vom Pony zu stürzen drohte. Er war leichenblass infolge des schweren Blutverlustes. Das Bewusstsein schien ihm unaufhaltsam zu schwinden. Wir mussten ihn bäuchlings über das Pony legen. Harald trabte voran, wobei er das Tier am Zügel führte, ich lief ständig stolpernd nebenher und gab Acht, dass der Verwundete nicht herunterfiel. Unser Führer ritt voraus, um das Kloster zu alarmieren. Bald konnten wir sehen, dass er unten am Abhang gegen ein dort angebrachtes Klangeisen schlug. Dann rief er etwas nach oben, wo offenbar jemand erschienen war. Näherkommend konnten wir in der Höhe die Gestalten einiger Mönche erkennen, die sich über ein Geländer beugten und uns Zeichen machten, dass wir verschwinden sollten. Auch unser Führer hatte wohl nicht die richtigen Worte finden können, um die Mönche dazu zu bringen, unserem Verwundeten zu helfen. Er schien darüber recht wütend zu werden und die Leute in der Höhe schließlich mit irgendwelchen tibetanischen Kraft-

ausdrücken zu belegen. Als dies alles nichts zu nützen schien, hielt sich Harald seine Hände wie einen Trichter vor den Mund und schrie aus Leibeskräften in die Höhe: „Georg Amalgi! Honoria Goord! Georg Amalgi! Honoria Goord...!"
Er tat es wieder und wieder mit einer durch Mark und Bein gehenden Stimme, schrie immer wieder die Namen unserer Gefährten hinauf. Er ließ auch nicht davon ab, als die Mönche daraufhin miteinander zu palavern begannen, was für uns eine endlos lange Zeit zu dauern schien. Doch dann endlich entschlossen sie sich dazu, jemanden mit dem Aufzug herunter zu schicken. Dieser Aufzug, ein großer, aus Zweigen geflochtener Korb an einer Seilwinde, benötigte nun auch wieder einige Zeit, um unten anzukommen. Gordon-Berlett hatte inzwischen das Bewusstsein verloren. Wir hatten ihn so gut es ging auf den Boden gebettet und bangten darum, dass man ihm hier würde helfen können.

Als der Mönch in der Korbgondel endlich unten angekommen war, machte er sich sofort daran, Gordon-Berlett zu untersuchen. Er löste zunächst den Notverband und begutachtete die Wunde. Die Art, wie er mit dem Verwundeten umging, ließ unzweifelhaft einen Heilkundigen erkennen. Es war übrigens ein Buddhistischer Mönch, der das hellblaue Zeichen der Samur-Yogis auf der Stirne trug.

Auf einmal schien er es eilig zu haben. Er bedeutete Harald und mir, Gordon-Berlett in die Gondel zu tragen, gab uns auch gleichzeitig zu verstehen, dass wir unsere Waffen unten zurückzulassen hätten. Also übergaben wir sie unserem Bergführer. Der Aufzug schwebte nun auf einen Ruf des Mönches mit uns sehr zügig empor. Oben hielt man bereits eine Trage bereit, auf die der Verwundete gebettet und von Mönchen in einen von mehreren Eingängen des sehr stattlichen Klostergebäudes gebracht wurde.

Als Harald und ich nach all der Hast und Sorge um unseren Gefährten ein wenig aufatmen konnten und den Blick hoben, um dieses merkwürdige Gebäude anzuschauen, sahen wir eine schlanke Gestalt auf uns zu kommen; eine Frau. Zuerst erkannten wir sie gar nicht in dem Mönchsgewand, mit dem raspelkurz geschnittenen Haar und der blauen Tätowierung auf der Stirn. Es war Honoria Goord. Sie reichte uns die Hand, wortlos. Dann nickte sie zu einigen Mönchen hinüber, die in der Nähe stehen geblieben waren, wohl um sie zu beschützen, falls dies notwendig gewesen wäre. Die Männer wendeten sich daraufhin ab und begaben sich in das Gebäude.

Wenig später saßen wir Miss Goord auf niedrigen Hockern in einem durch ein Kaminfeuer beheizten Raum gegenüber, dessen Boden mit einem weichen Wollteppich ausgelegt war. Ein Mönch brachte uns einen heißen Tee mit Milch, dessen herrlicher Genuss uns auf merkwürdige Weise aufmunterte und stärkte. Gleich zu Beginn des Gespräches machte Miss Goord Harald und mir recht höflich klar, dass dies für uns kein behaglicher Erholungsaufenthalt und keine ausufernde Plauderei über die Details unserer erlebten Abenteuer sein sollte. Wir hätten uns also bittesehr möglichst kurz zu fassen. Dies sei nun einmal kein Ort für Leute, die dem Samur-Kult nicht angehörten. Und wir hätten das Kloster unverzüglich zu verlassen, sobald erledigt sei, weshalb wir hergekommen wären. Was uns jetzt hier widerfuhr, sei eine absolute Ausnahme. Haralds allererste Frage bezog sich dann auch gleich auf Doktor Amalgi und dessen Befinden. Hier stockte Miss Goord und bat uns, später auf diese Frage zurückkommen zu dürfen. Nun, es gab ja außerdem noch einiges zu klären und zu berichten...

Nachdem alles Wichtige gesagt war und sich unser Gespräch damit erschöpft hatte, erhob sich Honoria Goord, die Millionenerbin, und bat Harald und mich, hier ein wenig zu warten, derweil sie einige notwendige Dinge erledigen und besorgen würde. Sie bat uns, diesen Raum nicht zu verlassen und auf keinen Fall auf eigene Faust durch das Kloster zu spazieren. Wir hielten uns daran, wenngleich es uns schon ein wenig gereizt hätte, uns an diesem geheimnisvollen Ort einmal gründlicher umzuschauen. Honoria hatte auf unsere Mitteilung über ihre Millionenerbschaft mit völlig unbewegtem Gesicht reagiert. Unsereins hätte doch im gleichen Fall Freudensprünge vollführt. Sie aber gab uns unmissverständlich zu verstehen, dass das Wissen um ihr Geldvermögen sie keinesfalls von ihrem Vorhaben abbringen würde, den Rest ihres irdischen Lebens in diesem Kloster zu verbringen. Was mochte das wohl für ein Geheimnis sein, dass einen Menschen veranlasste, ein Leben in Saus und Braus für etwas einzutauschen, das sich hier in diesen Gemäuern befand, die zwar äußerst solide, doch in keiner Weise luxuriös wirkten?

Harald und ich waren nicht lange allein, als sich auch schon Schritte näherten und zu unserer größten Verwunderung Gordon-Berlett in Begleitung eines Mönches in den Raum trat. Er war recht blass, schien auch noch etwas benommen zu sein, aber er lächelte. Er war sauber gewaschen und trug seinen rechten Arm in einer Schlinge.

„Wir hatten uns schon gesorgt", begann ich zu sprechen, „ob man Sie überhaupt wieder zum Leben erwecken könnte, und nun... Was haben die hier mit Ihnen angestellt, dass Sie so schnell wieder auf den Beinen sind?"

Eine befriedigende Antwort konnten wir von Gordon-Berlett nicht erhalten. Er wusste nur zu sagen, dass er auf seinem Reittier ohnmächtig geworden und vor wenigen Minuten in diesem Zustand wieder zu sich gekommen war. An die Ereignisse dazwischen habe er keinerlei Erinnerung.

Auch er durfte diesen ungemein stärkenden Tee genießen, wobei sich seine Wangen sogar wieder etwas röteten. Wir klärten ihn darüber auf, was sich in der Zwischenzeit ereignet hatte und dass wir mit Honoria Goord über ihre Erbschaft gesprochen hatten und wie ihre Reaktion darauf ausgefallen war. Wenig später war Honoria auch schon wieder bei uns, und wir machten sie mit Gordon-Berlett bekannt, von dem wir ihr natürlich bereits erzählt hatten.

„Ich habe nun meinen Frieden gefunden", sagte sie. „Alles, wonach ich mich jemals in meinem Leben gesehnt habe, finde ich hier in Damalang. Geld hat darum für mich keinen Wert mehr. Ich bin aufgenommen in die Gemeinschaft der wenigen, von denen die letzten Geheimnisse des Daseins gehütet werden. Das ist mehr als der Besitz von noch so vielen Millionen mir bieten kann, und viel mehr als alle Freuden des irdischen Lebens möglich machen. – Hier, lieber Gordon-Berlett, gebe ich Ihnen ein Schreiben mit, dass ich mein Erbe Londoner Wohltätigkeitsanstalten übertrage. Und Ihnen, Herr Harst, überreiche ich hier Georg Amalgis Vermächtnis. Öffnen Sie diesen Brief bitte erst in Nepalgang."

Sie übergibt Harald einen versiegelten Umschlag.

„Vermächtnis?", fragt Harald verwundert. „Ist er denn...?" Harald scheute sich, die Frage auszusprechen.

„Kommen Sie, meine Herren", forderte uns Honoria statt einer Antwort auf, indem sie sich erhob. Wir schritten stumm über den Platz vor dem Gebäude auf einen in der himmelhohen Felswand befindlichen Eingang zu. Ein schweigender Mönch gesellte sich zu uns und schob die aus einem schweren Steinblock gemeißelte Tür auf, die auf leichtgängigen Rollen gelagert zu sein schien. Nachdem wir einem kurzen Gang gefolgt waren, tat sich vor uns ein hohes Gewölbe auf, das aus einer unsichtbaren Lichtquelle von schräg oben gedämpft beleuchtet wurde. Wir standen auf vollkommen ebenem Steinboden und fühlten uns sofort an die Höhle auf der Goldinsel erinnert, nur dass dieser Raum um ein Vielfaches größer war. Auch hier lächelte ein großer, goldener Buddha von der Stirnseite des Gewölbes herab. Und in den Nischen an den Wänden ringsum saßen sie, die träumenden Toten; es mochten wohl Hunderte sein. Honoria führte uns zielstrebig quer durch den Saal auf eine ganz bestimmte Nische zu, in der eine recht große, magere Gestalt mit leicht gesenktem Kopf auf ihren Fersen saß.

„Amalgi...", hörte ich Harald flüstern. Beeindruckt blieben wir vor ihm stehen. In dem fahlen Licht erkannten wir deutlich die Gesichtszüge unseres Gefährten und deren leichenhafte Entstellung. Doktor Georg Amalgi lebte nicht mehr. Seine Lebensuhr war also tatsächlich abgelaufen, wie er es uns im Dschebel Hammak vorausgesagt hatte. Sein Gesicht, aus dieser Nähe gesehen, machte vollkommen den Eindruck eines Menschen, der in einer sehr glücklichen Stunde ins Jenseits hinübergeschlummert war.

„Unser Freund ist jetzt am Ziel", sagte Honoria leise. „Er ist tot, und ist doch nicht... tot. Er lebt nun immer fort in einer Welt, die so voller Glückseligkeit ist, wie sie sich die Menschen nicht im Entferntesten vorstellen können."

Und nach einer kleinen Weile andächtigen Schweigens sagte sie: „Kommen Sie, wir wollen ihn nicht weiter stören."

Und leise, gleichsam wie auf Zehenspitzen schlichen wir wieder hinaus.

Der Aufzug war für unsere Abfahrt bereit.

„So, meine Freunde", sagte Honoria Goord, „nun heißt es Abschied nehmen – für immer. Ich wünsche Ihnen Glück auf all Ihren Wegen. Alle meine guten Gedanken begleiten Sie."

Sie drückte einem jeden von uns noch die Hand. Wir stiegen in den Korb; ein letzter Blick, ein letztes Winken.

Unten begrüßte uns Gaska mit freudigem Winseln. Schweigend bestiegen wir unsere Ponys. Ich bemerkte, die große Verwunderung in den Augen unseres Bergführers, Gordon-Berlett so verhältnismäßig wohlbehalten zu sehen. Ich schaute noch einmal nach oben zu dem unerreichbaren Felsenkloster. Es war keine Seele mehr dort auf der Terrasse. Und in einer Stimmung wie nach feierlicher Andacht in einer prachtvollen Kirche begannen wir den Heimritt.

XXVI. Amalgis Vermächtnis

Nach unserer Rückkehr aus den Bergen, verschaffte der Direktor des Palast-Hotels Harald und mir ein recht schönes Mansardenzimmer in der obersten Etage. Gordon-Berlett und Hubert Enoch waren gleich gemeinsam nach Kalkutta weitergereist, da des Ersteren Mission nun erledigt war und da der alte Hubert nach Deutschland zurückkehren wollte.

Es war der Abend nach unserem Einzug in die Mansarde, deren Fenster nach Norden hinausgingen und uns so einen wunderbaren Ausblick auf die fernen Schneehäupter des Himalaya gewährten. Über dem Tisch brannte eine elektrische Lampe mit hellviolettem Seidenschirm. Wir saßen nebeneinander auf dem schmalen Ledersofa. Harald rauchte, in Gedanken versunken, bereits die vierte Mirakulum. Durch das spaltbreit geöffnete Fenster schallte vom Hotelgarten her Jazzmusik von einer kleinen Kapelle zu uns empor. Ich wurde allmählich ungeduldig. Ich wunderte mich, dass Harald noch immer nicht daran dachte, den versiegelten Brief zu öffnen, den ihm Honoria Goord im Kloster überreicht hatte. Worauf wartete er eigentlich? Also holte ich den Brief aus seiner Tasche hervor und legte ihn demonstrativ vor ihn auf den Tisch.

„Ich habe so das Gefühl", begann Harald zu reden, „dass es mit unserer jetzigen Ruhe vorbei ist, wenn ich ihn öffne."

„Ein ganzer Tag voller Müßiggang", erwiderte ich sarkastisch, „das ist doch schon viel zu viel für Kerle wie uns; wir könnten Rost ansetzen."

Harald drückte seine Zigarette aus und öffnete das Siegel. Amalgis Brief lautete:

Geschrieben im Kloster Damalang am Tage meiner Verwandlung, am 3. Oktober 1926

Lieber Harst! Lieber Schraut!

Nun ist es vollbracht! Ich bin für immer hinübergegangen. Und doch bin ich nicht ganz aus der Welt, wie sich gewiss noch zeigen wird. In diesem meinem Vermächtnis will ich Ihnen beiden etwas anvertrauen, was als dunkelster Punkt in meinem reichbewegten Leben zu meinem Leidwesen nunmehr meinen Tod überdauert hatte. – Sie wissen, dass ich früher bereits jahrelang in Indien gelebt habe. Schon damals war ich in die Samur-Gemeinschaft aufgenommen worden. Kurz vorher hatte ich in Bombay eine junge Schwedin aus den Krallen chinesischer Mädchenhändler befreit. Sigrun Svendsen war Waise. Sie wurde vor Gott mein Weib. Bei der Geburt unseres Töchterleins starb sie zu meinem unendlichen Kummer. Damals wütete in Bombay die Cholera. Ich erkrankte ebenfalls an der Seuche, genas jedoch und fand nach meiner Entlassung aus dem Hospital den kleinen Bungalow auf den Malabar Hills leer, den wir bewohnt hatten. Unsere Diener waren verschwunden – von der Cholera hinweggerafft. Mein Kind war offenbar geraubt worden. Umsonst habe ich ein volles Jahr nach der Kleinen geforscht.

Sie finden in diesem Briefumschlag eine Anweisung auf die Filiale der India-Bank in Bombay über 50 000 Pfund Sterling. Dieses Geld gehört zur Hälfte Ihnen beiden und meinem verschollenen Kind, falls Sie die kleine Sigrun irgendwo entdekken. Auf dem beiliegenden Zettel habe ich außerdem alles angegeben, was Ihnen die Nachforschungen erleichtern könnte. Dies also ist mein Vermächtnis.

Die Schuld aber, die ich auf mich geladen habe, besteht darin, dass ich mich meiner Frau gegenüber weigerte, unseren Bund auch gesetzlich anerkennen zu lassen. Sie hat immer wieder gefleht, ich solle mit ihr vor dem deutschen Konsul die Ehe legitimieren. Ich war damals jung – zu jung, verachtete Gesetz und Recht dünkte mich erhaben über die paragraphierte Moral der Gesellschaft. So starb Sigrun Svendsen als meine Geliebte. Ich bin seelisch nie über diese Selbstvorwürfe hinweggekommen, die ich mir später meines egoistischen Verhaltens wegen gemacht habe. Und da nur ein reiner Mensch, ein innerlich Geläuterter, die Wohltaten Samurs, des Beglückers, genießen kann, habe ich freiwillig den frühzeitigen Tod gesucht. Doch ich bin nicht wirklich tot; niemand stirbt. Unser irdisches Dasein ist eine Vorstufe zum wahren Leben, das erst richtig beginnt, wenn wir aufgehört haben zu atmen. Und vielleicht, liebe Freunde, vielleicht sehen wir uns dereinst wieder...?

Nun noch etwas, bevor ich schließe: Mein U-Boot liegt nördlich von Bombay in der Gawarra-Bucht in einem sumpfigen Flussarm versteckt. Vielleicht kann es Ihnen irgendwie von Nutzen werden? Es gehört Ihnen.

Sollten Sie meine Tochter finden, so bringen Sie sie nach Stockholm, wo eine Schwester ihrer Mutter mit einem Ingenieur Homstaal verheiratet ist. Ich bin geradezu gewiss, Sie werden mir meinen Herzenswunsch erfüllen. Ihnen sind schon schwierigere Aufgaben als diese gestellt worden. Und ich werde Ihnen dabei helfen, soweit es in meiner mir nun zur Verfügung stehenden Macht steht.

Leben Sie wohl!
Auf immer Ihr Freund
Georg Amalgi

XXVII. Ein Spiegel mit Ohren

Zehn Tage später in Bombay, im Chinesenviertel...
All diese „Chinatowns" der Hafenstädte, sei es New York, San Francisco, London oder Havanna, all diese Stätten, wo das schlitzäugige, kaninchenhaft fruchtbare Volk sich niedergelassen hat, gleichen einander wie ein Ei dem andern, nur dass im Orient die engen Gassen und Gässchen noch üblere Düfte als stinkende Anklage gegen Schlamperei in hygienischer Beziehung gen Himmel senden. Ach, Bombay...
Abends zehn Uhr. Ein schmales, von zahllosen, im Winde schwankenden Papierlaternen erhelltes Gässchen mündete hier auf den Hafen; eine Bordellstraße ersten Ranges. Zwischen armseligen Stein- und Bretterhütten standen auch neue, saubere Häuser mit grünen Stabjalousien. Vor jedem Haus stand ein Pförtner in schreiend bunter Livree. Hier konnte man mit abgelegten Paradeuniformen aller Länder ein Wiedersehen feiern. Die Tage der goldstrotzenden Generalsröcke sind ja vorüber. Feldgrau ist jetzt Trumpf. Nicht jedoch in Bombays Chinatown.
Zwei leicht angezechte Seeleute, wahrscheinlich Steuerleute irgendeines der schwimmenden Riesenhotels, die hier vor Anker lagen, kamen im Seemannsgang die Gasse entlang. Beide waren blondbärtig, sonnverbrannt, schmuck im Äußeren. Der eine war schlank, fast mager, der andere untersetzt und ein wenig dicklich. Die Sonnenbräune haben sie sich allerdings nicht auf See, sondern in der indischen Thar-Wüste geholt.
Die Portier-Generale rissen einladend vor ihnen die dicken Türen der bunten Häuser auf. Dann schallte Musik aus dem Innern hervor; Saxophone gurgelten, Schlagzeuge klirrten. Die beiden Seeleute blieben stehen. Der Dicke raunte: „Zum Teufel, Harald, was sollen wir eigentlich hier?"
Der andere raunte zurück: „Mein Freund, dein Hirn ist ausgedörrt. Wir sollten hier reingehen und es wieder anfeuchten."
Wir betraten das Teehaus des fraglos sehr ehrenwerten chinesischen Großhalunken Singo Lan. In Goldbuchstaben stand es an

der dunklen Tür, MA SINGO LAN. Zwei Minuten später waren wir im Tanzsaal. Etliche junge Damen, deren Bekleidung noch mangelhafter war als die der modernen „anständigen" Ladys, leisteten hier liebeshungrigen Europäern Gesellschaft. Parfümduft, Opiumgeruch und jenes ekle Gemisch von Likördunst und Zigarettenqualm legten sich mir wie Blei auf die Brust. Die Jazzband tobte in ihrem ruckelnden Rhythmus. Hinter dem vergoldeten Büfett stand ein magerer, kleiner Chinese in tadellos weißem Leinenanzug mit einem Stehkragen bis an die Ohren. Das graue Haar war zum Scheitel festgeklebt. Und die Visage über dem Stehkragen konnte jedem Verbrecheralbum zur Zierde gereichen; ein Totenkopfgesicht voller Falten, um den verkniffenen Mund ein lüsternes, kriecherisches Lächeln. Wir saßen an einem Marmortischchen. Eine der Damen nahm sofort bei uns Platz, offenbar eine Russin oder Polin. Viele dieser bedauernswerten Geschöpfe hier waren Europäerinnen – eine Schmach und Schande!

„Champagner!", bestellte Harald mit großspuriger Geste. Das Mädchen rief es einem chinesischen Bengel in Liftboyuniform zu. Um uns her herrschte das übliche Treiben dieser Lasterhöhlen. Harald begann das Gespräch mit der Polin, die sich Maruschka nannte. Und ich horchte auf.

„Ist eigentlich Singo Lan im Haus?", fragte Harald. Maruschka erstarrte für einen kurzen Moment. Dann lächelte sie wieder und sagte: „So jemand gibt es hier nicht mehr."

Singo Lan war übrigens einer der Namen, die auf Amalgis Zettel standen.

„Dieses Haus hat früher doch Singo Lan gehört, einem guten, alten Freund von mir", behauptete Harald sehr aufgeräumt.

„Das muss wohl schon länger her sein. Sie sind also nicht zum ersten Mal hier?", lenkte die Polin ab.

„Nein. – Wem gehört das Etablissement denn jetzt?"

„Herrn Schimo, mein Herr."

„So, so…"

Harald füllte die Gläser von neuem. Eine Freundin Maruschkas gesellte sich zu uns. Diese Mädchen sind ja alle „Freundinnen"

und hassen und beneiden einander in Wirklichkeit. Das Gespräch wurde von Harald in unverfänglichere Bahnen gelenkt. Diese Mädchen haben ja alle denselben unerschöpflichen Unterhaltungsstoff bereit: ihre Vergangenheit – die Zeit, als sie noch ehrbar waren... Maruschka erzählte traurige Geschichten von ihrer kranken Mutter. Die Freundin, eine Holländerin von beneidenswerter Stupidität, begann mit mir zu liebäugeln. Die zweite Flasche Champagner wurde entkorkt. Wir brauchten nicht zu sparen, denn vormittags hatte Harald von Amalgis Vermögen von der India-Bank 50 000 Rupien abgehoben und war dann erst nach vier Stunden zu mir in das Fremdenheim Lavater zurückgekehrt. Was er in dieser Zeit getrieben hatte... nun, er wird sich wohl nach diesem Herrn Singo Lan erkundigt haben. Maruschka erzählte und vergoss einige Krokodilstränen. Meine stupide Antje flötete, wir sollten doch lieber in ein Separee gehen, wo es viel ruhiger wäre. Harald ist sofort einverstanden. Also auf ins Separee! Zwei Treppen nach oben. Ein elegantes Zimmer mit zwei ausladenden Diwanen. Noch mehr Champagner! Maruschka hatte ihr Herzeleid schon wieder vergessen und ließ das Grammophon spielen. Sie hebt ihren Rock bis ziemlich ganz weit oben und tanzt uns einen Krakowiak vor. Hat Temperament, das Weib! Nur in den schwarzen Augen glimmte so ein verborgen lauernder Blick. Antje war eine blonde, harmlose Kuh dagegen. Harald schickte Maruschka nach Zigaretten und Antje nach Kaviar und Röstschnittchen. Kaum waren wir allein, als er sich breit grinsend dicht zu mir hinüberbeugt und mir ins Ohr flüstert: „Wir werden beobachtet. Wahrscheinlich durch den Spiegel über dem Waschtisch. Die Mädels schauen manchmal so verstohlen in die Richtung."
Dann lachte er, als hätte er einen anzüglichen Witz gemacht. Ich stimmte in sein Lachen ein und schlug ihm wie anerkennend auf die Schulter. Ich sah, wie er nach seiner Pistole tastete, die hinten im Hosenbund steckte. Die Mädchen traten wieder ein. Ich empfand, dass Maruschkas Blick noch lauernder geworden war. Antje servierte den Kaviar. Sie bestrich für uns das geröstete Brot damit. Ich fühlte unter dem Tisch Haralds

warnenden Fußdruck. Die beiden Huren stocherten mit den Löffelchen in ihrem Kaviar umher. Maruschka wollte Harald dazu animieren, von der Schnitte aus ihrer Hand abzubeißen.

„Iss du doch, schwarze Hexe...", lachte er, nahm ihr die Schnitte aus der Hand und führte sie ihr an den Mund.

„Nach Ihnen, mein Herr", sträubte sie sich. „Probieren Sie nur. Echter Beluga."

„Tatsächlich? Magst du etwa keinen Beluga-Kaviar?"

Die Polin verfärbte sich trotz der Schminke unter Haralds Blick. Er drückte ihr die Schnitte an den Mund.

„Komm, iss!", befahl er. Maruschka drehte ihr Gesicht weg und wehrte Haralds Hand ab. Ich konnte deutlich sehen, wie sie verstohlen in Richtung des Spiegels blickte. Antje erhob sich und wollte zur Tür. Ich packte sie.

„Willst du schon gehen? Bleib doch noch ein bisschen!"

Ich griff nach der halbvollen Champagnerflasche und warf sie in den Spiegel. Sie durchschlug ihn glatt und polterte in den dahinter befindlichen Raum. Man hörte dort eine Tür schlagen. Ich zog meine Pistole hervor und riss die Tür zum Korridor auf. Für eine Sekunde sah ich den Chinesenbengel in der Liftboyuniform hastig hinter einem Vorhang vor der Treppe verschwinden.

„Das waren nur zwei Ohren, die eben davongelaufen sind", sagte ich zu Harald, als ich das Zimmer wieder betrat. Harald dämpfte die Stimme: „Maruschka, ich will aus meinem Gedächtnis streichen, dass du gerade Beihilfe zu einem Doppelmord leisten wolltest, wenn du..."

„Nur ein Betäubungsmittel, Herr, bei der Heiligen Jungfrau!", heulte die Hure. „Ich hab doch gleich geahnt, dass Sie von der Polizei sind!"

„Dann verratet uns mal, wozu man uns betäuben wollte! Und wozu die Ohren da hinter dem Spiegel?"

Die beiden weißen Sklavinnen eines gewissenlosen Asiaten machten Gesichter, als ob sie die harmlosesten Schäfchen von der Welt seien. Antje, ganz fraglos die unbegabtere, begnügte sich mit einem unschuldigen Schulterzucken. Ich lud meine

Pistole durch; ein Geräusch, dass die beiden Frauen zu beeindrucken schien.

„Sie haben nach Singo Lan gefragt", antwortete die Polin endlich mit einem Seitenblick zu ihrer Kollegin.

„Und das reicht schon aus, um betäubt zu werden?", wollte Harald wissen. „Was hätte man denn mit uns angestellt, wenn es gelungen wäre?"

Die Nerven der Polin konnten nicht mehr recht in Ordnung sein, denn sie wurde plötzlich ohnmächtig, so dass wir sie auf den Diwan legen mussten.

„Dieser Singo Lan ist euch also doch bekannt, stimmts?", fragte Harald die Holländerin. Die glubschte ihn statt einer Antwort jedoch nur aus ihren dummen Kuhaugen an. Harald seufzte und machte eine resignierte Geste. Dann zog er seine Pistole und gab mir zu verstehen, dass wir uns entfernen sollten. Er schritt zur Tür, öffnete sie und blickte hinaus. Im Flur brannte Licht. – Wir hielten die Pistolen bereit. Aber niemand trat uns in den Weg. Unten im Saal kreischte, quiekte und schnarrte die Jazzmusik.

Hinter dem Büfett stand jetzt ein anderer Chinese, ein dicker, großer Kerl in tadellosem Smoking, und blickte uns entgegen, so als hätte er uns erwartet. Hinter ihm, halb von einem Vorhang verborgen, stand dieser Liftboy.

„Wo ist der Besitzer dieser Bude?", fragte Harald den Fettwanst geradeheraus. Der Dicke feixte und antwortete: „Der Besitzer bin ich, Mister."

„Seit wann?"

„Seit gestern", grinste der Kerl.

„Und Singo Lan?"

„Verreist, Mister. Er kehrt nach China zurück – als Rentier, Mister. Er hat genug Geld verdient."

Wir wandten uns zum Gehen, weil wir begriffen, dass wir hier keine wirklichen Antworten erhalten würden.

„Mister!", hielt uns der Dicke noch einmal auf. „Nur ein guter Rat. Nehmen Sie es mir bitte nicht übel, aber es wäre besser für Sie, wenn Sie hier nicht so viele Fragen stellen."

Wir verließen das Bordell. Was wir hier erfahren hatten, war so offensichtlich gelogen, dass ich jetzt das sichere Gefühl hatte, auf der richtigen Spur des Entführers von Amalgis Tochter zu sein. Und ich musste Harald wieder einmal bewundern, wie er es so rasch geschafft hatte, eine anderthalb Jahrzehnte alte Fährte aufzuspüren. Und dieser Singo Lan musste in der Tat ein mehr als schlechtes Gewissen haben, jedoch auch einen überaus feinen Riecher für jede ihm drohende Gefahr.

„So ein Zufall aber auch", meinte ich ironisch. „Da fragen wir heute ganz harmlos nach diesem Singo Lan, und gerade gestern verkauft er sein Bordell und verkrümelt sich auf Nimmerwiedersehen ins ferne, große China…"

Darauf erwidert Harald genauso ironisch: „Nun wird es Zeit, mein Freund, dir mitzuteilen, dass ich die Polizei hier in Bombay schon auf den Fall angesetzt habe. Ich schätze, du wirst gleich einen Inspektor kennenlernen."

Im selben Augenblick schwankte ein schwer betrunkener Matrose mit fuchsrotem Bart auf uns zu. Er bat hicksend um Feuer für seinen Zigarrenstummel, hielt sich rülpsend an Haralds Arm fest, um das Gleichgewicht nicht zu verlieren und flüsterte hastig: „Singo Lan ist im Auto zum Hafen gefahren, hat dort ein Motorboot bestiegen und…"

„Ein Mietboot?", unterbrach Harald den Kollegen.

„Ja. Nummer 168, Besitzer Ahmed Durra, Liegeplatz Viktoria-Dock."

Harald reichte dem „Matrosen" Feuer und versetzte ihm einen leichten Stoß, so dass er weiter taumelte. Diese gemimte Szene hier vor dem Bordell konnte selbst dem eifrigsten Spion der gelben Bande kaum verdächtig vorgekommen sein. Wie es aussah, mussten wir wohl unbedingt mit Spionen rechnen.

„Das war also der Polizei-Inspektor, mit dem wir zusammenarbeiten werden", erklärte Harald. „Sein Name ist Charles Neelpool."

Wir nahmen an der Ecke der Kalkuttastraße ein Auto-Taxi und waren wenige Minuten später in unserem Hotel. Die Fenster unserer beiden Zimmer gingen nach dem Hotelgarten hinaus. Schnell hatten wir uns umgezogen, und im Nu waren wir unten im Garten und überkletterten hier eine Seitenpforte in der Parkmauer, um nicht den Haupteingang des Hotels zu benutzen. – Wer mochte wissen, wer unser Fortgehen dort beobachten würde?

Am Viktoria-Dock fragten wir einen Hafenpolizisten nach dem Bootsverleiher Ahmed Durra. Der Inder war mit seiner Motorpinasse bereits wieder zurück. Ohne Zögern teilte der Mann uns mit, dass er vor einer halben Stunde einen Chinesen mit einem Koffer zum Frachtdampfer TIMITRI gebracht hatte, der dann sofort die Anker lichtete und nach Norden zu verschwunden war.

Während wir noch mit dem Inder am Bollwerk standen, tauchte neben uns ein bartloser Europäer auf: Inspektor Charles Neelpool. Er begrüßte mich mit einem kräftigen Händedruck und meinte schmunzelnd: „Alles im Lot, meine Herren. Ich bin jetzt im Bilde. Hinter der TIMITRI ist eines unserer Polizeiboote her. Wir werden den Dampfer zur Umkehr zwingen. – Gehen Sie also getrost schlafen. Morgen früh werde ich Ihnen Mister Singo Lan in Handschellen auf einem Silbertablett servieren."

Nun – wir hatten sehr gut geschlafen. Um neun Uhr vormittags rief Harald vom Hotel aus Inspektor Neelpool an. Neelpool meldete sich sehr kleinlaut. Er gestand, dass die Polizeibarkasse bisher nicht zurückgekehrt und dass von ihr bisher auch keinerlei radiotelegraphische Nachricht eingegangen sei. Immerhin könne er uns jedoch etwas recht Wichtiges mitteilen, nämlich, dass Singo Lan den Dampfer TIMITRI in aller Stille gestern angekauft und samt der bisherigen, zumeist aus Farbigen bestehenden Besatzung übernommen habe. Harald erklärte Neelpool hierauf mit deutlich vernehmbarer Enttäuschung in der Stimme, dass wir zu einer persönlichen Rücksprache mit ihm unter diesen Umständen leider keine Zeit mehr hätten. Neelpool würde später von uns hören. Er bedankte sich noch kurz für dessen Bemühungen und legte auf.

„Polizisten…", seufzte Harald mit leichtem Kopfschütteln.

Wir hatten keine Zeit. Das Schiff mit Singo Lan an Bord entfernte sich von Minute zu Minute weiter von uns mit unbekanntem Ziel. Wir verließen das Hotel samt unserem Gepäck geradezu fluchtartig, mieteten am Hafen ein älteres, wenn auch noch leidlich seetüchtiges, größeres Motorboot und stachen damit in See, Kurs Nordwest, auf jene Bucht der Küste zu, in der Amalgis U-Boot liegen sollte…

XXVIII. Das Versteck der Schmuggler

Bombay ist bekanntlich eine Inselstadt, eine Art indisches Venedig. Die Stadt selbst liegt am Südende der gleichnamigen Insel, und nordöstlich von dieser befinden sich die etwas kleineren Inseln Siwa und Salsette, so dass die Eisenbahnlinie, die von Bombay ins Innere des indischen Riesenreiches führt, zwei Brücken passiert. Im Allgemeinen pflegen Seeschiffe die nördliche Passage zwischen der Insel Salsette und dem Festland zu meiden, da dieser Weg ins freie Meer keine wirkliche Zeitersparnis einbringt. Wenn also der von dem Chinesen Singo Lan angekaufte Frachtdampfer trotzdem die nördliche Richtung eingeschlagen hatte, dann musste der neue Besitzer des Schiffes ja Gründe für die Wahl dieses Kurses gehabt haben.

Unser Motorboot, das einem älteren Inder namens Rami gehörte, den wir für alle Fälle als Lotsen mitnahmen, steuerte nun also an diesem trüben, regnerischen und trotzdem glühend heißen Vormittag ebenfalls nach Norden.

Rami hatte uns erklärt, dass er die Gawarra-Bucht sehr genau kenne. Wir hatten ihm also das Steuer überlassen und saßen ein Stück von ihm entfernt auf zwei Klappstühlen. Was wir in der entlegenen und der Sumpffiebergefahr wegen geradezu verrufenen Bucht wollten, hatten wir ihm natürlich verschwiegen. Er hielt uns wohl für ein paar Touristen, die dort wahrscheinlich Flugwild schießen wollten.

Nachdem das äußerst lebhafte Hafengebiet von Bombay hinter uns lag, und nachdem nun auch die gewaltigen Docks des Stadtteiles Castle im Regennebel verschwunden waren, zog Harald sein Fernglas aus dem gelben Lederfutteral und spähte nach Verfolgern aus.

Ich saß mit hochgeklapptem Ölmantelkragen da und kaute Missmutig an einer längst erloschenen und halb aufgeweichten Zigarre.

„Etwas Verdächtiges?", fragte ich nach einer Weile.

„Nichts…"

Harald schraubte das Glas wieder klein und schob es in das Etui zurück.

„Nichts…", wiederholte er leiser. „Und gerade das beunruhigt mich…"

Ich blickte ihn an.

„Weshalb?"

„Weil diese gelbe Bande uns garantiert nicht aus den Augen gelassen hat, mein Freund. Hier ist irgendeine Teufelei im Gange, behaupte ich."

„Schwarzseher!", neckte ich ihn und warf die braune Tabaknudel über Bord in das graue, düstere Wasser. Harald zuckte die Achseln.

„Du bist zumeist zu ungelegener Zeit überflüssig wurstig, Max Schraut. Wenn auch auf dem Wasser kein Verfolger sichtbar ist, so kann doch immer zum Beispiel ein Motorradfahrer auf den Inseln auf den Uferstraßen mit uns gleichen Schritt halten – vielleicht auch mehrere Burschen in einem Auto. Sind sie im Besitz eines guten Fernglases, so können sie jederzeit beobachten, wo wir bleiben und vielleicht zu ungelegener Minute erscheinen, wenn wir irgendwo angelegt haben."

Harald hatte sich nach unserem Lotsen umgedreht.

„Hallo, Rami, wie weit ist's noch bis zur Gawarra-Bucht?"

„Eine halbe Stunde, Sahib", erklärte der graubärtige Inder gleichgültig und stierte unverwandt weiter geradeaus.

„Dann steuere jetzt nach Osten bis zur Festlandküste", bestimmte Harald in demselben ernsten Ton. „Und damit du Bescheid weißt, Rami: mein Freund und ich möchten uns von den Inseln her nicht beobachten lassen."

Der Inder nickte: „Wie du es wünschst, Sahib."

Das Boot änderte den Kurs, und Rami fügte hinzu: „An der Küste steht hohe Brandung. Der Wind kommt von Westen. Ich werde mindestens hundert Meter vom Strand fernbleiben müssen, Sahib Harst."

Wir horchten auf. Ich sah, wie Harald nach seiner Pistole im hinteren Hosenbund tastete. Er stand langsam auf und ging auf den Inder zu.

„Woher kennst du meinen Namen?"

„Durch meinen Sohn, Sahib Harst", antwortete der Mann freimütig.

„So? Wer ist dein Sohn?"

„Der Bootsverleiher Ahmed Durra, der den Chinesen an Bord des TIMITRI brachte. Der eine Hafenpolizist wusste, dass die Sahibs Detektive aus Deutschland sind und mit Inspektor Neelpool zusammenarbeiten. Die Sahibs haben im MA SINGO LAN nach dem eigentlichen Besitzer gefragt. Und die Polizei hat ein Boot hinter der TIMITRI hergeschickt, an dessen Bord sich Singo Lan höchstpersönlich befindet. Aber das Polizeiboot ist nicht zurückgekehrt."

„Du bist ja recht gut unterrichtet, Rami", meinte Harald, der nahezu aus allen Wolken fiel vor Erstaunen über den Kenntnisstand des so harmlos wirkenden, alten Inders. „Dann ahnst du wohl auch, wer unsere Verfolger sein können?"

„Ja, Sahib. Die Bande des Chinesen Singo Lan."

Und er spuckte kräftig über Bord. – Kein Inder liebt diese Art von Chinesen.

„Was weißt du über Singo Lan?", forschte Harald weiter.

„Er besitzt außer dem Teehaus in der Gasse der zärtlichen Mädchen noch drei Häuser. Er ist so reich, dass er selbst vielleicht nicht weiß, wie reich er ist. Jedenfalls wissen es auch die Behörden nicht, Sahib. Kein Chinese in Bombay hat die Steuerbeamten derart betrogen wie Singo Lan es tut – oder er hat sie bestochen. Hier in Bombay ist nach dem Krieg auch vieles anders geworden. Vor Jahren schon hieß es, er habe Indien für immer verlassen. Eine Lüge war's, die Singo Lan selbst ausgestreut hat. Wir Leute vom Hafen, Sahib, erfahren mehr als andere. Wir halten zusammen, wir flüstern einer dem andern zu, was wir sehen und hören. Mit dir, Sahib, und deinem Freund spreche ich ganz offen. Du willst Singo Lan etwas antun. Weshalb, das ist mir gleichgültig. Wir hassen die Gelbgesichter, die in Scharen unser Land überschwemmen und Reichtümer sammeln. Wir bleiben arm, sie werden reich, weil sie ohne Gewissen und ohne Heimat sind und zusammenhalten wie die Kletten. Singo Lan haust zeitweise in der Gawarra-Bucht in einem Wohnschiff im Verborgenen. Niemand verirrt sich dorthin. Du wirst die Bucht kennenlernen, Sahib. Es ist ein Ort des Schreckens. Nirgends gibt es in der Nähe von Bombay noch Riesenschlangen. In der Gawarra-Bucht aber leben Untiere, länger als ein Ankertau."

Des alten Rami eintönige Stimme und das Überraschende seiner Mitteilungen wirkten seltsam lähmend auf mich. Schon seit dem Morgen, seit dem Telefongespräch Haralds mit Inspektor Neelpool verspürte ich ein seelisches Unbehagen wie die Vorahnung böser Ereignisse. Diese gedrückte, Missmutige Stimmung verstärkte sich jetzt. Harald und ich tauschten verstohlen einen ernsten Blick. Wenn sich Singo Lan in der Bucht verborgen gehalten hatte, war es anzunehmen, dass der Dampfer TIMITRI dort in der Nacht eingelaufen war und sich möglicherweise noch dort befand. Harald fragte denn auch den Inder, ob es nicht eine Möglichkeit gebe, die Bucht von der Landseite zu erreichen und unser Motorboot vorher irgendwie zu verbergen. Rami kniff die Augen nachdenklich zusammen.

„Sahib, wenn du mit zur Polizei gehörtest, würde ich mit Nein antworten. Da du und dein Freund jedoch nichts verraten werdet, so will ich euch einen Weg führen, den nur die eingeweihten Schmuggler kennen..."

Und nach kurzer Pause ergänzte er entschuldigend: „Sahib, jeder will verdienen."

Die Ostküste des Festlandes war nun bereits ganz nahe. Rami hielt auf eine bewaldete, scharf gekrümmte Halbinsel zu, die sich weit ins Meer hinaus erstreckte und hinter deren Nordseite wir völlig ruhiges Wasser antrafen, ebenso ein Flüsschen, das gerade tief genug für unser Boot war. Dieses Flüsschen, in das Rami nun hineinsteuerte, glich mit seinem rasch dahinschießenden Wasser, seinen von Gischt umstäubten Felsen und Steinen und den von dichtem Urwald bedeckten Ufern einem tropischen Gebirgsbach. Der Inder legte dann am Ufer hinter einer Kulisse von haushohen Felsblöcken an, in einem von Baumästen beschatteten natürlichen Hafen.

„Hier ist das Boot sicher", erklärte er Harald. „Ihr könnt euer Gepäck getrost im Boot lassen, Sahib."

Wir nahmen denn auch nur das Notwendigste mit: die Remington-Büchsen und manches andere, was man bei unserem Beruf nicht entbehren kann.

Rami schritt voran. Es gab hier einen schmalen Pfad, der sich scheinbar an verschiedenen Stellen mehrfach teilte und stets durch Wald und Dickicht dahinlief. Es waren fast Wege eines Irrgartens. Ein Unkundiger hätte sich hier niemals zurechtgefunden. Nach etwa zwanzig Minuten wurde der Boden sumpfiger. Der Pfad war auf weite Strecken mit Baumästen als Schutz vor dem Einsinken belegt. Die schwüle, heiße Luft begann unangenehm zu stinken. Es war der für tropische Moräste so charakteristische Geruch nach faulenden Pflanzen, Sumpfgasen und den überall üppig wuchernden Sumpfblumen. Wer diese schwere, die Brust beengende Luft noch nie geatmet hat, kann es kaum begreifen, dass man in einer solchen verpesteten

Niederung bereits nach kurzer Zeit völlig benommen und müde wie ein Schlafkranker ist.

Rami wandte sich um und machte uns mit der Hand ein Achtungszeichen. Dann erkletterte er das Wurzelende eines umgestürzten Urwaldriesen, dessen Krone, die ein Stück in die Bucht hineinragte, im Wasser neue Wurzeln geschlagen hatte und so mit ihrem undurchdringlichen Blätterwerk ein tadelloses Versteck abgab. Wir schritten auf dem dicken Stamm entlang, zu dessen beiden Seiten das Gestrüpp zu einer schmalen Gasse weggehauen war, und fanden zu unserer Überraschung die Baumkrone gleichsam hohl und innen mit Brettern verkleidet: eine Baumhütte, zur Hälfte mit Schmugglerwaren gefüllt. In den Wänden waren drei mittelgroße Fenster angebracht, so dass man die fast kreisrunde Bucht bequem überblicken konnte. Rami schaute hinaus.

„Das Wohnschiff des Chinesen ist nicht mehr da", sagte er. Es stimmte: die Bucht war leer. Kein Dampfer, kein Boot – nichts. Auf dem grünlichen Wasser, das nur wenig offene Stellen zeigte und zumeist verkrautet war, tummelten sich einige Vögel: Pelikane, Marabus, große Möwen, indische Glanzreiher und Schwärme grüner Stare. Auf den verkrauteten Stellen faulten Baumstämme und es reckten sich kahle Äste wie riesige Skelettarme in die Luft. Und auf den sechs flachen Felsriffen, die aus dem Morast hervorragten, ruhten Leib an Leib Krokodile, die sich von der Sonne bescheinen ließen. Ein Krähenschwarm, der drüben einen Baum umflatterte, erregte jetzt meine Aufmerksamkeit. Ich stutze...

Täuschten mich meine Augen? Hingen dort in den Baumästen wirklich Menschen?! Ich setzte mein Fernglas an. Da sagte Rami: „Oh, ihr seht, dass Singo Lan blutigen Abschied genommen hat. Das wird wohl die Besatzung des Polizeibootes sein."

Es waren sechs Tote. Und die Krähen waren bereits bei der Arbeit. Und auch die eklen Aasgeier nahmen an der scheußlichen Mahlzeit teil. Ich blickte Harald an, der eben sein Glas mit angewidertem Ausdruck in das Futteral zurückschob.

„Hier werden wir keinen von der Bande mehr antreffen", meinte er. „Machen wir dort das kleine Zinkboot flott, Rami, das ihr wohl für eure Schmuggel+fahrten braucht. Wir müssen uns den Schilfgürtel am Ufer einmal genauer anschauen."

XXIX. Die Geisterschrift

Es war, als ob der Wettergott uns beweisen wollte, dass er es gut mit uns meinte. Das Regengewölk zerteilte sich immer mehr. Die Sonne übergoss die etwa fünfhundert Meter breite Bucht mit klarem Licht.

Jetzt erst, da das kleine Zinkboot durch das schlammig grüne Wasser seine träge Bahn zieht, wobei des Inders knöcherne, aber muskelstrotzende Arme die Ruder geschickt handhaben, jetzt erst wurde Harald und mir klar, weshalb dieser Küstenstrich derart gemieden wurde. Jetzt erst sahen wir die schmale Nebelschicht stinkenden Brodems, die über der Wasseroberfläche lagerte. Wir sahen auf den dick verkrauteten Stellen die Skelette von Vögeln, Fischen und Affen und sahen überall aus dem Morast die tückischen Glubschaugen der Krokodile hervorblinzeln. Wir sahen am Ufern die mit Schlamm überkrusteten Wurzelstöcke unterspülter Bäume und auf deren Wurzeln mit ihren faulenden Blätterteppichen noch mehr Überreste von mannigfachem Getier, das im Kampf ums Dasein unterlegen war. Und drüben schaukeln die sechs Gehenkten leicht im Wind hin und her. Unser Boot bog in den schmalen Flussarm ein, auf dessen beiden Seiten mannshohes Schilf stand. In der Mitte verlief eine kaum meterbreite freie Rinne, offenbar von den zahllosen Krokodilen bei ihrem beutegierigen Hin und Her niedergedrückt und gleichsam ausgebaggert.

„Unmöglich, dass hier ein U-Boot verankert ist", sagte ich zu Harald. „Das Schilf müsste doch niedergepflügt sein."

„Seit Amalgi zuletzt hier war sind sechs Wochen verstrichen", erwiderte er. „In dieser Zeit richtet sich Schilf nicht nur wieder auf, sondern wächst sogar bis zur Höhe der anderen Stengel nach. Wir werden also darauf achten müssen, wo etwa frische Stengel zu sehen sind."

Und zu Rami sagte er: „Rudere ganz langsam. Wir suchen etwas, Rami."

„Sahib, wenn du mir sagst, was es ist, kann ich vielleicht helfen", bot Rami an.

„Wir suchen ein U-Boot, das ein Freund von uns hier verborgen hat", antwortete Harald.

Der Inder starrte ihn an, als hätte er nicht richtig verstanden.

„Es stimmt schon, Rami", fuhr Harald fort. „Vor sechs Wochen kam ein…inzwischen verstorbener Freund von uns in diesem U-Boot hierher. Es handelt sich nur um ein verhältnismäßig kleines Boot. Hilf uns, die Stelle zu finden, wo es liegt. Du bist auf dem Wasser groß geworden, du bist mit den örtlichen Verhältnissen hier vertraut."

„Ja, Sahib", meinte der Alte zaudernd. „Aber ich fürchte, wir werden nichts finden. Da sieh hin, Sahib: der Flussarm wird breiter, und da ist nichts als Schilf. Und dicht stehen die Stengel wie die Borsten beim Stachelschwein. Zäh sind sie, Sahib, zäh! Wer sich mit dem Buschmesser Bahn schlagen will, der verbraucht zehn Wetzsteine und zwanzig Messer, Sahib."

Rami hatte wohl Recht. Auch mir erschien es vollkommen aussichtslos, diese Wasserwildnis nach einem U-Boot zu durchstöbern, von dem vielleicht nur der kleine Deckturm sichtbar war. Harald jedoch kniff die Lippen zusammen.

„Wir müssen es finden!", sagte er kurz und entschlossen. „Wir brauchen es."
Dann schwieg er und starrte aufmerksam ins langsam vorüberziehende Schilf. Auf einmal hob er die Hand.
„Da!", rief er. Rami zog die Ruder ein. Das Zinkboot lag still. Ich schaute in die Richtung, in die Harald deutete. Er rief: „Hier vor uns, was meint ihr? Sieht das nicht aus, als ob das Schilf zerstört wurde und wieder nachgewachsen ist?"
„Recht hast du, Sahib", bestätigte der Inder. „Die Stengel sind jung."
Und er beugte sich über Bord, packte mit der Linken eine Menge Rohr, holte mit dem Buschmesser aus und schlug tief unter Wasser. Das Wasser spritzte auf. Das gekrümmte Buschmesser säbelte die frischen Stengel nieder. Und so bahnten wir uns jetzt einen Weg dorthin, wo wir auch sehr bald undeutlich die Umrisse eines grauen, runden Dinges gewahrten, das nur der Turm des U-Bootes sein konnte. Es war der Deckturm! Das Schilf hatte ihn schon wieder ganz und gar umwuchert und der dichtbelaubte Ast eines Baumes ragte wie schützend darüber.

Unser Boot legte an. Rami stieg als erster auf das knapp über die Wasseroberfläche ragende Deck, wobei er sich am Turm festhielt. Und nahezu im selben Moment schoss aus dem Laubdickicht wie ein grüngrauer Blitz eine gewaltige Riesenschlange hervor und wand sich im Verlauf einer Sekunde einmal ganz und gar um den unglücklichen Rami. Sein nackter Oberkörper wurde wie in einem Schraubstock zusammengepresst. Er war nicht mehr in der Lage, einzuatmen, um einen Schrei auszustoßen. Nur ein kurzes, gequältes Quieken entrang sich seiner Kehle.

Harald riss die noch verpackte Büchse aus ihrem Futteral, lud durch und schoss. Und noch einmal! Der Schlangenleib zuckte und gab Rami frei. Der fiel rückwärts und landete in meinen Armen. Harald feuerte. Er traf. Dann war das Magazin leer. Die Schlange hing an dem Baumast, sie wandt sich um sich selbst und schaukelte vor und zurück. Und auf einmal flog ihr Kopf wie eine Riesenfaust gegen uns. Rami und ich stürzten rücklings ins Boot. Ich schlug mit dem Kopf auf den Bootsrand. Mit verschleiertem Blick sah ich noch, dass Harald mit dem Buschmesser wie ein Berserker auf die Schlange einschlug. Dann schwanden mir die Sinne...

Ich erwachte wieder. Mein Kopf schmerzte unsäglich. Langsam fand ich mich in diese gänzlich veränderte Umgebung hinein. Ich lag auf einer Pritsche; ein schmales Kojenbett. Über mir glimmte eine elektrische Birne. Ich tastete nach meinem Kopf. Auch der Nacken schmerzte. An mein Ohr drang das gleichmäßige Rattern eines Motors. Leichter Benzinduft kitzelte mir in der Nase. Und ich hörte eine halblaute Stimme in dieser winzigen, niedrigen Kabine. Ich erkannte Ramis braunes Gesicht, das sich über mich beugte.

„Sahib Schraut! Kannst du mich hören?"
Es schwang Freude in dieser Stimme mit.
„Sahib, du hast lange geschlafen. Wir fahren im U-Boot. Sahib hörst du: der Motor. Und hörst du das Wasser rauschen an den Bordwänden. Wie geht es deinem Kopf, Sahib? Die Schlange hat mir fast die Rippen gebrochen. Ich kann noch nicht gut atmen. Aber ich lebe noch."
Ich nickte leicht, was mir heftige Schmerzen verursachte, und schloss die Augen wieder. Wieder hörte ich Ramis Stimme:
„Sahib, wir leben! Sahib Harst hat uns gerettet!"
Und da richtete ich mich mit einem Ruck auf. Ich beachtete meinen schmerzenden Kopf nicht. Ich hörte das freie Meer draußen mit seinem markigen Sang. Und auf einmal war ich auf den Beinen. Ich taumelte noch etwas. Das U-Boot rollte leicht. Ich tastete mich zum Tischchen, auf dem eine Kognakflasche stand. Drei Schlucke flossen brennend durch meine Kehle. Ich spürte etwas wie Feuer in den Adern. Ich öffnete die kleine Tür. Blendendes Tageslicht von schräg oben. Da war die offene Luke, der enge Turm. In dem Turm sah ich zwei Beine, braune Schuhe, grün-braune Wickelgamaschen; Harald stand am Steuer. Ich kletterte noch immer etwas benommen die kurze Eisenleiter empor. Harald wandte den Kopf.

„Na endlich, du Schlafmütze!", hörte ich ihn sagen. „Endlich! Achtzehn Stunden warst du bewusstlos. Und ich war hier an Bord ganz allein auf mich angewiesen. Rami ist auch verletzt. Sein Brustkorb ist gequetscht."
Ich blickte Harald an. Er hatte schwarze Ränder unter den Augen. Seine Lider schienen vor Übermüdung zu flattern. Seine Stimme klang brüchig.

Achtzehn Stunden ohne Schlaf hatte er also hinter sich – mit der Verantwortung für das Boot, und nebenbei musste er noch der Krankenpfleger für Rami und mich sein! Ich begriff, dass er jetzt ziemlich geschafft sein musste.

„Ich muss unbedingt schlafen, mein Freund", stöhnte er und fuhr sich mit der Hand über die Augen. Er lehnte schachmatt an der Wandung des Turmes.

„Bist du wieder einigermaßen klar im Kopf?", fragte er mich, indem er mich mit seinen müden Augen musterte. Ich nickte darauf, obwohl ich mir eigentlich gar nicht so sicher war. Das Nicken tat ziemlich weh.

„Na schön", sagte Harald. „Pass auf! Wir fahren zu der Nikobareninsel Tillangchong. Hier auf dem Zettel stehen die Koordinaten und der Kurs…"

„Wie bist du denn auf dieses entlegene Fahrtziel gekommen?", wollte ich wissen.

„Hör erst mal zu!", gab er mir leicht gereizt zu verstehen und fuhr fort: „Also: „Mit der Bedienung der ROBBE bist du ja noch vertraut. Ich habe übrigens einige Zeit gebraucht, um die Turmluke aufzukriegen. Die war nämlich fest verschlossen. Ich habe dann in Amalgis Kabine das Funkgerät in Gang gesetzt und es ist mir gelungen, mit Inspektor Neelpool Verbindung aufzunehmen. Der teilte mir dann mit, dass er das Ziel der TIMITRI ermitteln konnte; also Tillangchong. Und vielleicht werden wir dort auf der Insel sogar das finden, was wir suchen. Ich habe Neelpool erzählt, was seinen Leuten widerfahren ist. Und ich habe ihn gebeten, Ramis Sohn mitzuteilen, wo sein Vater ist, damit er sich nicht unnötig sorgt und sich um sein Boot kümmern kann, denn er kennt ja die Stelle, wo es versteckt ist. – Du steuerst also weiter auf die Nikobaren zu. Die ROBBE macht durchschnittlich achtzehn Knoten, die TIMITRI macht höchstens sechzehn. Ich denke aber nicht, dass wir es bis Tillangchong schaffen, sie einzuholen."

„Sag mal, wie hast du es geschafft, das U-Boot aus dem Schilf herauszubekommen?", wollte ich wissen. Doch Harald winkte darauf nur ab und kletterte leicht strauchelnd nach unten. Ich übernahm für die nächsten Stunden das Steuer. Und der frische Meereswind blies ganz allmählich meine Kopfschmerzen fort.

Die Hoffnung, dass sich Amalgis Tochter auf Tillangchong befinden könnte, machte mich nachdenklich. Sie war ja als Kleinkind entführt worden; sie hat doch gewiss keinerlei Erinnerungen mehr an ihre wirklichen Eltern. Und wer weiß, mit welcher Absicht die Chinesen sie entführt und aufgezogen hatten? Ob sie wohl auch als Freudenmädchen in einem der Bordelle Matrosen bezirzen sollte, um ihnen das Geld aus den Taschen zu ziehen? Womöglich würde sie uns gar nicht in ein ihr unbekanntes Leben im fernen Europa folgen wollen? Würden wir sie dann unsererseits entführen müssen…?

Ich schaute auf den im Turm angebrachten Schiffschronometer. Fünf Minuten vor zwölf! Daher holte ich rasch aus Amalgis Kabine die nötigen Instrumente herbei, um unsere Position zu bestimmen. Fünf Minuten nach zwölf wusste ich, dass die ROBBE sich bereits auf einer Höhe mit der Hafenstadt Alleppi befand. Bis zur Südspitze Indiens hatten wir es also nicht mehr allzu weit. Und wenn wir dann erst die Palkstraße nördlich von Ceylon passiert haben würden, brauchten wir nur noch den Meerbusen von Bengalen zu durchfahren, um die Nikobaren auf kürzestem Wege zu erreichen; freilich eine Seereise von mindestens noch acht Tagen.

Harald schlief volle zwölf Stunden ohne Unterbrechung. Dann war er wieder völlig der alte. In dem Hafenort Negapatam ergänzten wir unseren Benzinvorrat und nahmen Wasser und Proviant an Bord. Auch Rami erholte sich allmählich und machte sich ganz vortrefflich in der Kombüse nützlich.

Am siebenten Tag unserer Seereise ereignete sich abends etwas so Merkwürdiges bei uns an Bord, dass uns mit einem Schlage all die rätselhaften Ereignisse im Zusammenhang mit den träumenden, toten Samur-Yogis wieder ins Gedächtnis traten. – Es war etwas stürmisch. Um dem unangenehmen Rollen der hohen Ozeanwellen zu entgehen, konnten wir es uns mit unserem U-Boot leisten, in zehn Metern Tiefe in völlig ruhigem Gewässer dahinzugleiten. Harald und ich saßen im Turm und sahen in den starken Strahl unseres Scheinwerfers hinaus, in dem sich gelegentlich einiges interessante Seegetier tummelte. Da kam Rami zu uns herauf und sagte sichtlich verunsichert: „Dies hier lag auf einmal auf dem Tisch in der Kombüse. Ich hatte ihn gerade abgeräumt und gesäubert, und als ich mich wieder umdrehte, war dieser Zettel da. Und darauf dieser Stein. Es ist ja aber niemand dagewesen, der das dort hingelegt haben könnte. Mein Verstand ist doch aber in Ordnung, oder?"
Harald nahm ihm das mit Bleistift beschriebene Blatt aus der Hand und warf einen Blick darauf. Sein Gesichtsausdruck veränderte sich. Er las vor: „Taucht um Mitternacht auf! G. A."
Er reichte mir mit fragendem Blick den Zettel.
„Es ist doch… Amalgis Schrift", meinte Harald. „Oder was sagst du?"
Ich schaute auf die Schrift.
„Es stimmt – Amalgi!", bestätigte ich, wobei es mir kalt über den Rücken rieselte. „Eine… Geisterschrift…?"
Rami gab mir den Stein, der auf dem Zettel gelegen hatte und etwa so groß war wie ein menschliches Auge; ein Opal…!
Ich sah, wie Harald sich um ein spöttisches Grinsen bemühte. Rami fragte verstört: „Ist denn außer uns noch jemand an Bord?! Das kann doch aber gar nicht sein…"
Rami wusste bereits, dass der verstorbene Doktor Amalgi der Erbauer unseres U-Bootes war. Wir hatten ihm während der ereignisarmen Tage dieser Fahrt die Zusammenhänge geschildert, die uns zu den Besitzern dieses Gefährtes gemacht hatten.
„Der Zettel ist von Doktor Georg Amalgi geschrieben", erwiderte Harald auf die Bemerkung des Alten. „Der Zettel be-

deutet eine Anweisung. Wir wissen aber bestimmt, dass Amalgi nicht mehr lebt und als eine Art Mumie im Kloster Damalang in einer steinernen Nische in einer Felsenhöhle sitzt, weil wir beide ihn dort mit eigenen Augen gesehen haben. Ich glaube allerdings nicht an übernatürliche Vorgänge dieser Art. Dieser Zettel kann also nur eine geschickte Fälschung sein, und es muss sich außerdem ein blinder Passagier hier an Bord befinden. – Rami, du bleibst hier im Turm. Sahib Schraut und ich werden jetzt alle Räume gründlich durchsuchen."

So sprach mein Freund Harald. Er leugnete hartnäckig, dass er an „Übernatürliches dieser Art" glauben würde. Aber in seinen Worten klang trotz des darin hörbaren Nachdrucks recht wenig Überzeugungskraft. Sie klangen so, als ob er sich selbst belügen, sich selbst etwas vormachen wollte. Auch ihm hatte unsere ach so moderne, auf wissenschaftlichen Grundsätzen beruhende Bildung ein gehöriges Brett vor den Kopf genagelt. Ich musste an die Höhle der träumenden Toten denken und an mein nächtliches Erlebnis mit dem Samur-Yogi im Afghanendorf, und ich lächelte nur.

XXX. Amalgis Tochter

Die ROBBE gründlich zu durchsuchen, war eigentlich nicht besonders aufwändig. Das kleine Tauchboot hatte nur wenige Räume: den Steuerraum im Turm, zwei Kabinen, vier Vorratskammern, den Maschinenraum und die winzige Küche. Ob da irgendwo noch ein unentdeckter Hohlraum war, eine verborgene Klappe, hinter der sich ein Mensch verbergen konnte? Wir leuchteten mit Taschenlampen buchstäblich alle Winkel und Ritzen aus. Und eigentlich waren wir im Vorhinein davon überzeugt, nichts entdecken zu können. Und natürlich entdeckten wir auch nichts.

Harald blieb längere Zeit stumm. Er kletterte einfach wieder in den Turm. Erst viel später, als wir in der sogenannten großen Kabine gemeinsam speisten, sagte er: „Ich werde für diese Sache wohl nie eine Erklärung finden. Ich halte es auch für zwecklos, über Dinge nachzugrübeln, die außerhalb der menschlichen Begrifflichkeit liegen. Es war schon rätselhaft genug, diese lebenden, toten Samur-Yogis zu sehen. Und jetzt werden wir sogar von einem bis auf die hohe See verfolgt. Sicherlich gibt es dafür eine plausible Erklärung. Wir kennen sie nur noch nicht."

Der alte Inder nickte nachdenklich: „Ja, Sahib Harst, es gibt vieles, was hier in meiner Heimat dem Fremden das Blut aus dem Gesicht treibt. Ich hab einmal einen Yogi gekannt, den schon mein Großvater als kleiner Junge gesehen hatte. Dieser Yogi verschwand vor ungefähr einem Jahr aus Bombay. Man sagt, er sei schon zweihundert Jahre alt gewesen."

Als wir unser Nachtmahl beendet hatten, saßen wir noch eine ganze Weile nachdenklich schweigend am Tisch. Es war noch eine Stunde bis Mitternacht. Dann wollten wir die ROBBE auftauchen lassen. Wir waren sehr gespannt, welche Bewandtnis es mit dem Zettel hatte und was wir dabei wohl entdecken sollten. Später setzten wir uns in den Turm. Der elektrische Motor schnurrte. Ruhig glitt das Boot unter Wasser dahin.

Wir schwiegen fast die ganze Zeit. Nur einmal schüttelte Harald den Kopf und wisperte: „Es bleibt ein unfassbares Rätsel; wir haben einen Geist an Bord, der Zettel schreibt..."

Drei Minuten vor Mitternacht begannen wir mit dem Auftauchen. Die Ballasttanks wurden leergepumpt. Das Boot stieg. Der Turm tauchte auf. Wir spürten das Schaukeln der Dünung. Ich schraubte die Turmluke auf und klappte sie hoch. Frische Luft strömte in meine Nase. Ich blickte über ein schwach bewegtes Meer, das im hellen Vollmondglanz dalag und im Glanz des prächtigen Sternenhimmels. Erstaunt sah ich unmittelbar vor uns einen großen Frachtdampfer, keine dreißig Meter entfernt. Er war unbeleuchtet; keine Positionslampen, kein Licht an Bord. Das Schiff machte überhaupt keine Fahrt. Es lag einfach nur still auf den Wellen. Kein Qualm kam aus seinen beiden Schloten.

Ich kletterte ganz nach oben und setzte mich draußen auf den Rand des Turms, um Harald und Rami Platz zu machen, die nach den vielen Stunden Unterwasserfahrt nach frischer Luft lechzten. Es war fast so hell wie am Tage. Unsere ROBBE fuhr langsam an dem Dampfer entlang. Am Bug lasen wir die weißen Buchstaben auf schwarzem Grund: TIMITRI!

„Also deshalb!", sagte Harald. „Es ist Singo Lans Schiff! Wir sollten jetzt verdammt vorsichtig sein und uns bereithalten zum Abtauchen. Wenn die uns entdecken, werden sie womöglich nicht besonders freundlich mit uns..."

Er verstummte und hielt inne... Da trieb auch mir der Wind eine Wolke eklen Verwesungsgeruches in die Nase.

„Ein Pestschiff!", sagte Rami.

Dort drüben gab es auf der Brücke, im Maschinenraum, in der Kombüse und in den Kajüten wahrscheinlich keine lebende Seele mehr; alles blieb dunkel und still. Die Kessel waren lange kalt. Das Schiff hatte sich quer zum Wind gestellt. Man hörte keinen Laut, kein Zeichen, dass auch nur ein einziger von der Besatzung noch am Leben wäre. Aber sie hätten an Deck liegen müssen, diese in der Sonne des Südens verwesenden Toten. Woher kam sonst der übermäßige Leichengeruch?

Dieser Leichengeruch zerrte sofort entsetzliche Bilder aus meiner Erinnerung hervor: die Choleraschlucht, in die man uns mit Amalgi, Miss Goord und dem alten Hubert Enoch geworfen hatte. Und dort vor uns auf der TIMITRI hatte fraglos der zweite grausame Würgeengel Indiens gewütet: die Beulenpest. Nur sie mäht ganze Schiffsbesatzungen in kürzester Zeit erbarmungslos nieder, nur sie wählt sich hauptsächlich die Farbigen zu ihren Opfern aus.

Unsere ROBBE schaukelte dicht an den Dampfer heran. Rami schleuderte geschickt das Tau mit dem Haken empor, der Halt an der Reling fasste. Der Inder kletterte empor. Er warf oben nur einen kurzen Blick über den Bordrand, dann rutschte er wieder herab. Sein braunes Gesicht war plötzlich aschgrau. Wir blickten ihn an. Er winkte nur ab. Wir brauchten ihn nichts weiter zu fragen. Der Ausdruck seiner Augen sagte genug. Es wäre Selbstmord gewesen, etwa an Deck der TIMITRI zu steigen.

Unsere ROBBE wendete und enteilte der verseuchten Luft. Wir nahmen an, dass Singo Lan, der Mörder der sechs Hafenpolizisten, nicht mehr lebte, denn alle Boote des Dampfers hingen noch in den Davits. Niemand hatte das Schiff verlassen, das schon in Bombay den Tod an Bord gehabt haben musste.

Es musste Amalgi also irgendwie wichtig gewesen sein, uns darüber zu informieren...
Wir stellten eine Funkverbindung zur Hafenpolizei Bombay her und meldeten, was wir gesehen hatten

Zwei Tage später. – Unsere ROBBE lag an der felsigen, zerklüfteten Nordküste von Tillangchong in einer kleinen, geschützten Bucht. Bei Anbruch der Dunkelheit hatten wir uns vorsichtig dem Strand genähert. Jetzt war es finstere Nacht und es herrschte ein ziemliches Unwetter. Regenschauer gingen in kurzen Abständen hernieder. Der Wind heulte um die Uferfelsen. Oben an den Steilhängen der Bucht, wo der Urwald der Nikobaren seine von Lianen und anderen Schmarotzerpflanzen durchwebten Baumriesen in den Himmel reckte, schien alles zu schwanken. Blätter und Zweige wirbelten umher. Die ganze Natur war in wildestem Aufruhr. Unzählige Salanganen, jene Schwalbenart, die die essbaren Vogelnester liefert, kreisten in dichten Schwärmen über dem Wasser. Man sah sie nicht, aber man hört ihre schrillen Pfiffe, die genau so klingen, als ob eine Schar kleiner Jungen aus Übermut sich im Pfeifen übt.

Wir hatten die ROBBE an einer Felszacke vertäut und noch den Heckanker ausgeworfen. Auf Haralds Rat waren wir im gebirgigen Nordteil der Insel vor Anker gegangen. Harald nahm an, dass Singo Lans geheime Behausung, in der sicherlich auch Amalgis Tochter wohnen würde, kaum an anderer Stelle zu suchen sein dürfte, weil die übrige Insel flach und unbewaldet und wenig fruchtbar war. Nach der Seekarte befanden sich auf ihr lediglich drei von Europäern geleitete Kokospflanzungen und fünf Eingeborenendörfer.

Meiner Ansicht nach würde es uns sehr schwer fallen, Singo Lans Haus zu entdecken, was ich auch Harald gegenüber betonte, der in Ölzeug neben mir auf dem Turm stand. Rami machte sich in der Kombüse zu schaffen. Harald erwiderte nur: „Wir haben Zeit, mein Freund. Niemand wird gegen uns irgendwie Verdacht schöpfen. Außerdem wird man uns hier kaum bemerken."

Das alles mochte richtig sein. Aber die Angaben, die Inspektor Neelpool per Funk über die Lage von Singo Lans hiesigem Schlupfwinkel gemacht hatte, waren ziemlich dürftig. Meines Erachtens konnte uns nur ein Zufall einen Erfolg bescheren. Wir verfügten über verdammt wenige Voraussetzungen, um ein vor fünfzehn Jahren geraubtes Kind, das ja nun kein Kind mehr war, auf dieser halbwilden Insel aufzustöbern.

Der Wind blies und brachte unser Boot in ein leichtes Schwanken. Ab und zu schlug es mit einem dumpfen Bums seitlich gegen den Felsen. Dunkle Wolken rasten am Himmel dahin. Die Nikobaren-Inseln sind ja ihrer Stürme und starken Regenfälle wegen berüchtigt. Man hatte immer wieder von weißen Ansiedlern gehört, die sich in diesem unwetterträchtigen Klima mit dem Anbau exotischer Früchte und Gemüsesorten versucht hatten. Doch es gab nur wenige, denen es gelungen war, sich hier erfolgreich niederzulassen.

Harald und ich standen oben an Deck der ROBBE nach meinem Dafürhalten ziemlich sinnlos herum. Ich hatte Sehnsucht nach der Kabine, nach heißem Tee mit Rum und einer Dosis Chinin, denn seit kurzem packte mich zuweilen ein leichter Schüttelfrost, und in mir kam zuweilen die grässliche Angst auf, dass die Beulenpest mir beweisen wollte, wie heimtückisch sie auch den gesunden Europäer zu beschleichen imstande ist. Meine Stimmung war gedrückt. Nicht auszudenken, was passieren würde, wenn sich meine Befürchtung bestätigte.

„Lass uns nach unten gehen", sagte ich missmutig. „Weshalb wollen wir hier…"

Da plötzlich gab es einen lauten Schlag an der uferseitigen Bordwand, als hätte jemand einen Stein dagegen geworfen.

„Was war das?!", fragte ich. Harald und ich starrten in die Nacht hinaus.

„Heee! Hooo!", rief jemand vom Ufer. Wir gewahrten eine schattenhafte, sehr schlanke Gestalt, die dort von einem Stein auf den nächsten springend auf uns zu kam, ohne das Wasser zu berühren. Es waren erstaunlich weite Sprünge, die dieser Unbekannte machte. Mit einem gewaltigen Satz landete er auf dem Felsen, an dem unser Boot vertäut war. Ich hörte, wie Harald den Hahn der Pistole spannte. Die Gestalt auf dem Felsen hielt inne. Ich richtete den Strahl meiner Taschenlampe dorthin. Der Mann hielt sich geblendet die Hand über die Augen. – Es war ein Eingeborener, ein Nikobarese; ein spindeldürrer Kerl mit wulstigen Lippen und langen Haaren. Er war lediglich mit einem Bastschurz bekleidet und trug einen Pfeilköcher und einen Bogen quer über dem Rücken.

„Kann ich kommen an Bord?!", rief er in kaum verständlichem Englisch.

„Was willst du?!", fragte Harald. Die Antwort war kaum zu verstehen, doch es klang wie: „Brief holen!"

„Hat er ‚Brief holen' gesagt?", fragte ich Harald. „Er scheint uns wohl mit jemand zu verwechseln."

„Oder er will uns von irgendetwas ablenken", wisperte Harald, wobei er sich aufmerksam umsah. „Womöglich springt gleich eine ganze Bande von denen auf das Boot und..."
Im selben Moment steckte Rami den Kopf aus der Luke und wedelte mit einem Briefumschlag.
„Sahibs, hier ist ein Brief!", rief er ganz erregt. „Er lag eben auf einmal auf dem Tisch in der Kombüse genau wie dieser Zettel neulich. Und ich habe keine Ahnung, woher..."
Harald nahm den Umschlag an sich. Er war versiegelt, genau wie der Brief, den uns seinerzeit Honoria Goord von Amalgi ausgehändigt hatte. Mir lief ein kalter Schauer über den Rücken.
„Brief!", rief da der Eingeborene und deutete mit ausgestrecktem Arm auf den weißen Umschlag in Haralds Hand. Harald sah mich unschlüssig an. Dann wandte er sich dem Eingeborenen zu, der nun mit einem gewaltigen Satz vom Felsen auf das Deck sprang. Er nahm Harald den Brief aus der Hand, verwahrte ihn sorgsam in einem Lederbeutel, den er auf der Brust trug und sprang sogleich wieder zurück auf den Felsen. Von dort rief er uns zu: „Hier warten! Morgen früh!"
Dann verschwand er wieder von Stein zu Stein springend in der Dunkelheit.
„Ick wunder mir langsam über jar nüscht mehr", brabbelte ich kopfschüttelnd auf berlinerisch vor mich hin. Harald sah ebenfalls nicht so aus, als hätte er die Situation im Griff.
„Also, wir sollen bis morgen früh warten", sagte er schulterzuckend. „Na schön. Dann warten wir eben. – Ich brauche jetzt erst mal ein großes Glas Kognak!"
Wir kletterten in die Kombüse hinunter und tranken uns einen gehörigen Rausch an...

Bumm! Etwas war gegen die Bordwand geknallt. Ich schreckte auf. Durch das kleine Bullauge der Kajüte fiel ein dämmriges Morgenlicht. Ich stellte fest, dass ich allein war. Bumm! Wieder dieses Geräusch, als hätte jemand einen Stein gegen das Boot geworfen. Noch halb im Schlaf sprang ich förmlich in meine Schuhe und stürmte die Leiter des Turmes hinauf. Harald und Rami waren bereits oben. Als ich meinen Kopf aus der Luke steckte, sah ich sofort den am Ufer stehenden Eingeborenen. Er gab uns durch Zeichen zu verstehen, dass wir zu ihm an Land kommen sollten.

Harald zog sich bereits an dem Tampen zu dem Felsen hinüber. Ich folgte ihm. Rami sollte auf dem Boot bleiben.

„Unrasiert...", knurrte ich mürrisch, „ohne Morgentoilette und mit leerem Magen...!"

Leider konnten wir nicht so wie dieser Wilde von einem Stein zum nächsten springen, um trockenen Fußes ans Ufer zu gelangen. Wir mussten halt ins Wasser. Kaum waren wir auf dem Trockenen angelangt, als uns der Eingeborene zu verstehen gab, dass wir ihm folgen sollten. Er ging uns mit einer außergewöhnlichen Leichtfüßigkeit zuerst durch dichtes Gestrüpp und dann durch den tropischen Wald voran. Die Sonne ging gerade an einem etwas diesigen, doch wolkenlosen Himmel auf. Es war jetzt schon heiß. Die Luft erinnerte an eine Waschküche.

„He, sag mal", wollte Harald ein Gespräch mit ihm anknüpfen, „wohin hast du den Brief eigentlich gebracht?"

Der Eingeborene antwortete nicht. Harald tippte ihn an und gab ihm eine Zigarre. Der Bursche nahm sie grinsend entgegen, biss ein Stück ab, schob es sich als Priem in die Backe und steckte den Rest in den Lederbeutel auf seiner Brust.

„Wo bringst uns überhaupt hin?"

„Kommen, dann sehen", radebrechte der Nikobarese, indem er zügig voranstrebte.

„Wohnen hier auf Tillangchong Chinesen?", fragte Harald weiter. Und nun entspann sich doch ein etwas holpriger, doch immerhin leidlich informativer Dialog.

„Ja, Mister. Viel Chinesen."

Der Mann hob zweimal die zehn ausgespreizten Finger. Aha, also zwanzig Schlitzgesichter.

„Wo wohnen die?"

„Hinter Wald, Mister. Da wo kommt Öl aus Erde."

„Kennst du einen gewissen Singo Lan?"
„Ja, Mister. Ist großer Boss. Leute haben Angst."
„Wie weit ist es bis dorthin?"
„Nix weit."
„Aha."
Nachdem wir etwa eine halbe Stunde hinter dem Burschen her getrabt waren, fragte Harald: „Haben die Chinesen Frauen bei sich? Vielleicht eine Europäerin mit hellem Haar?"
Der Zigarrenfresser antwortete: „Ja, Frauen, Mister. Eine Frau helle Haut, helle Haar. Brief für Frau."
Harald blickt mich vielsagend an. Er fragt weiter: „Und bringst du uns jetzt zu ihr?"
„Gut, gut", sagte der Eingeborene, der offensichtlich nur äußerst wenig Englisch verstand. „Kommen, Mister, gleich kommen!"
Die nächste halbe Stunde folgten wir unserem Führer durch ein abschüssiges Gelände, der Wald lichtete sich. Ich war so sehr in Schweiß gebadet, als wäre ich durch strömenden Regen marschiert. Der Zigarrenfresser beschleunigte das Tempo. Auf einmal konnten wir die Ansiedlung riechen: Petroleumduft!

Wir blieben am Rand eines Tales stehen und sahen vor uns ein Dutzend Steinhäuser mit Wellblechdächern. Eines der Häuser jedoch war größer als die anderen und hatte ein wunderschön geschwungenes Holzdach, wie es in China üblich ist. Unser Führer gab uns zu verstehen, dass wir nun allein weitergehen sollten, weil ihm das Betreten der Siedlung offenbar verboten war. Er deutete auf das große Haus und formte mit den Händen das geschwungene Dach nach. Auf dieses Haus sollten wir zugehen. Er würde hier auf uns warten.

Harald und ich stiegen also ins Tal hinab. Unten überquerten wir die Schienen einer Kleinbahn. Auf der Landkarte der Insel, die wir auf unserem Boot studiert hatten, war zu sehen, dass diese Bahn von der Nordküste bis zur Südküste der Insel verlief. Wie wir später erfuhren, hatte sie der Besitzer der Ölquellen bauen lassen: Singo Lan, der reiche Chinese. Singo Lan war nun erledigt. Aber er war ein vielseitiger, fraglos äußerst geschäftstüchtiger Vertreter seiner in diesen Breiten unbeliebten Rasse gewesen: Bordellwirt, Mädchenhändler, Petroleumkönig, Opiumhändler – wer weiß, was noch. Die Pest hatte seinem Unternehmergeist Einhalt geboten. Sein Dampfer trieb jetzt im Bengalischen Meerbusen als Leichenschiff umher.

Wir gingen an einigen gepflegten Gemüsegärten vorbei auf die Siedlung zu und hatten keine Ahnung, was uns dort erwartete. Was wäre, wenn man uns fragen würde, was wir beiden Fremdlinge hier zu suchen hätten? Und wenn uns Singo Lans Leute gefangen nehmen würden, die womöglich noch gar nicht wussten, dass ihr Bandenchef das Zeitliche gesegnet hatte? Man könnte uns auf dieser abgeschiedenen Insel einfach verschwinden lassen, ohne dass jemals ein Mensch auf dem Festland etwas davon erfahren würde. Wir waren ja nicht einmal bewaffnet. Harald hatte lediglich seine Pistole im Gürtel, wie ich bemerkte. Ich selbst, verschlafen wie ich aufs Deck unseres Bootes gestolpert war, hatte nichts dabei, womit ich mich nun hätte wehren können. Warum nur waren wir diesem Eingeborenen gegenüber so vertrauensselig? Etwa weil wir den Einfluss Amalgis spürten in allem, was sich hier abspielte? Wer nur konnte den Nikobaresen beauftragt haben, einen Brief von unserem versteckten U-Boot abzuholen; einen Brief, der erst in dem Moment aufgefunden wurde, als sein Bote erschien? – Mir schwirrte ob dieser völlig unerklärlichen Ereignisse der Kopf.

Und ich schicke meiner Erzählung voraus, dass die nun folgenden Ereignisse nicht weniger unerklärlich waren. Ich will mich daher gar nicht erst darum bemühen, sie zu erklären, denn jeder Erklärungsversuch wäre hier reine Spekulation.

Harald und ich gingen geradewegs auf die chinesische Villa zu. Aus einem geöffneten Fenster im ersten Stock klang Musik, ein wunderbares Klavierspiel, offenbar ein Flügel. Es war ein nahezu meisterhaftes Spiel; ein Auszug aus Peer Gynt von Edvard Grieg, genau die Art Musik, die ich am meisten liebe. Am Eisernen Vorgartentor der Villa hing eine Glocke, doch wir wagten nicht, daran zu ziehen, denn das wäre ein sündhaft unangebrachter Missklang in dieser wunderbaren Musik gewesen.

Andererseits waren wir schließlich nicht zum Musikhören hier angereist. Wir brauchten aber gar nicht zu warten, denn die Haustür öffnete sich und es kam uns eine magere, blonde Dame von etwa fünfzig Jahren in einem recht feinen Kostüm entgegen. Noch ehe wir etwas erklären oder uns zumindest vorstellen konnten, öffnete sie das Tor und sagte freundlich in fließendem Deutsch mit englischem Akzent: „Bitte, meine Herren, treten Sie ein und folgen sie mir."
Wir verkniffen uns all die Fragen, die uns in diesen Augenblicken durch die Köpfe purzelten, denn unsere unendliche Verblüffung hätte uns wohl in ein recht blamables Stottern gebracht. Durch die Haustür betraten wir ein Vestibül. Drinnen war alles blitzsauber. Wir kamen uns ein wenig deplatziert vor, so verschwitzt und verdreckt wie wir waren. Eine chinesische Dienerin stellte eben noch zwei elegante Reisekoffer neben der Tür ab und huschte davon. Das Klavierspiel verstummte mit einem letzten, wohlklingenden Akkord. Oben auf der Galerie öffnete sich eine Tür, und ein hochgewachsenes, hellblondes Mädchen in einem phantastischen Kleid aus goldbestickter Seide kam mit anmutigen Schritten die Treppe herab. Sie hatte ein liebreizendes, leicht gebräuntes Gesicht, dass auf den ersten Blick die Züge Georg Amalgis durchscheinen ließ. Ihre strahlend blauen Augen sahen uns mit einem Anflug von Neugier entgegen.

„Verzeihen Sie meine Herren", sagte sie auf Englisch mit ihrer jugendlich hellen Stimme, „dass ich Sie nicht schon unten erwartet habe, aber ich wollte einfach noch einmal dieses Stück spielen, denn es wird wohl einige Zeit vergehen, bis ich wieder Gelegenheit haben werde, an einem Flügel zu sitzen."

Unten angekommen reichte sie zuerst Harald, dann mir die Hand und sagte dabei: „Herr Harst... und Herr Schraut, wie ich annehme."

Es war dies das erste und einzige Mal, dass ich sah, wie meinem Freund Harald buchstäblich die Kinnlade vor lauter Verblüffung herunterklappte und ihm länger als es dem Eindruck, den er auf die junge Dame machte, zuträglich war, der

Mund offenstand. Zugegebenermaßen war auch ich nicht in der Lage, irgendeinen sinnvollen Ton hervorzubringen.

„Haben Sie den Opal?", fragte Sigrun Singo Lan, während sie ein goldenes Medaillon von ihrem Hals löste, wobei sie von einem zum andern sah. Harald schüttelte stumm den Kopf und blickte mich an. Es dauerte ein Weilchen, bis der Groschen bei mir fiel. Ich zuckte merklich zusammen und begann hastig in meinen Hosentaschen zu wühlen. Endlich brachte ich zusammen mit einigem Krimskrams wie Feuerzeug, Taschenmesser, Bleistiftstummel, etwas deutschem Kleingeld und einem zerknitterten Taschentuch den Opal hervor, der nach Ramis Behauptung mit dem bewussten Zettel auf dem Kombüsentisch gelegen hatte. Verlegen putzte ich ihn an meiner Hemdbrust ab und reichte ihn dem Mädchen. Sie nahm ihn entgegen, drückte ihn leicht auf das Medaillon, das dafür eine Aussparung hatte. Es gab einen leisen Klick und der Stein saß darin fest.

„Er passt", sagte das Mädchen lächelnd. „Jetzt passt wirklich buchstäblich *alles* zusammen, was mir mein Vater... mein wirklicher Vater Georg Amalgi in seinem Brief geschrieben hat. – Also, meine Herren, Sie werden uns, also meine Gouvernante Miss Baker und mich, mit Ihrem U-Boot nach Bombay bringen, von wo aus wir dann mit einem Passagierschiff nach Stockholm weiterreisen. Ist das richtig?"

Harald und ich nicken eifrig.

„Dann lassen Sie uns keine Zeit verlieren, meine Herren", sagte Sigrun. „Wir sind reisefertig. Ach, ob Sie uns wohl mit dem kleinen Gepäck behilflich sein könnten...?"

Harald und ich waren immer noch etwas benommen, als wir mit den gar nicht einmal so leichten Koffern hinter den beiden Damen her stolperten, die mit zügigem Schritt unter ihren aufgespannten Sonnenschirmen genau den Weg zum Urwald einschlugen, den wir vorher gekommen waren; der Teufel mochte wissen, woher sie die Richtung kannten, in die wir gehen mussten. Harald und mich konnte aber inzwischen schon gar nichts mehr überraschen, auch nicht, dass wir an dem Platz auf der Anhöhe vor der Siedlung nicht nur unseren Zigarrenfresser, sondern ein gutes Dutzend Eingeborene antrafen, als hätten sie auf uns gewartet. Sie hatten aus Stöcken, Zweigen und Laub zwei durchaus bequeme, sänftenähnliche Tragen angefertigt, auf denen sie die Damen Platz zu nehmen nötigten, denen nun der beschwerliche Fußweg durch das unwegsame Gelände erspart blieb. Glücklicherweise nahmen sie uns auch die Koffer ab, obwohl das natürlich nicht nötig gewesen wäre; Harald ließ es sich jedoch immerhin zwei seiner guten Zigarren kosten.

Die Damen gelangten also wohlbehalten und trockenen Fußes auf das U-Boot. Und als alles verladen und erledigt war, wandten sich die Eingeborenen ab, ohne einen Dank zu erwarten, um im nächsten Moment im Urwald zu verschwinden. Nur einer von ihnen, der mir dadurch aufgefallen war, dass er einen Turban trug, lächelte mir noch einmal zu und hob winkend die Hand, und es war mir, als hätte unter dem Turban auf seiner Stirn eine blaue Tätowierung hervorgeschaut...

Wir stachen mit Kurs auf Bombay in See und kamen dort nach sieben Tagen ohne nennenswerte Zwischenfälle an. Schweren Herzens verabschiedeten wir uns dort von Rami, der uns in diesen Tagen ein guter Freund geworden war. Die beiden Damen kamen gerade rechtzeitig zur Abfahrt eines Passagierdampfers, der sie nach Hamburg brachte, von wo aus sie einen guten Anschluss nach Stockholm erreichten. Sigrun Singo Lan hat inzwischen den Namen ihres leiblichen Vaters angenommen und lebt nun als Sigrun Amalgi im schönen Stockholm bei ihrer Tante. Sie schreibt zuweilen an uns und hält uns über ihre erfolgreiche Karriere als Klaviersolistin auf dem Laufenden, die ihr auf der gottverlassenen Petroleuminsel Tillangchong natürlich nie und nimmer möglich gewesen wäre.

In unserem behaglichen Zuhause in Berlin rätseln Harald und ich an müßigen Abenden immer einmal wieder über die seltsamen und uns nach wie vor unerklärlichen Begebenheiten auf der Insel der träumenden Toten und im Kloster Damalang und bei der Auffindung von Amalgis Tochter.

„Ich nehme an", sagte Harald kürzlich, „dass unser Freund Rami einiges mehr über die geheimnisvollen Zusammenhänge wusste, als er uns offenbart hatte. Denn, weißt du, einmal habe ich die Kajüte betreten, während er gerade dabei war, seinen allgegenwärtigen Turban neu zu wickeln. Und da war es mir, als hätte ich eine blaue Tätowierung auf seiner Stirn gesehen, die sonst immer von dem Turban verdeckt war… Es könnte sein, dass Rami ein Samur-Yogi ist! War er es nicht gewesen, der den Zettel mit Amalgis Nachricht und den Opal und den versiegelten Brief gefunden hatte?"

„Aber wie konnte es sein", grübelte ich, „dass Sigrun aus eben diesem Brief erfuhr, dass wir beide sie am folgenden Morgen abholen würden, dass wir uns sozusagen mit dem Opal ausweisen würden, der haargenau in ihr Medaillon passte? Woher konnte der Schreiber des Briefes wissen…?"

„Hast du diesen Brief jemals gelesen?", fragte Harald.

„Natürlich nicht."

„So so…", meinte er auf diese vieldeutige Art, die ihm manchmal zu eigen ist. Und nach einem kleinen Schweigen fragte er: „Wusstest du eigentlich, dass Rami mit dem Funkgerät der ROBBE recht gut umgehen konnte?"

Ich schüttelte erstaunt den Kopf.

„Er konnte es", fuhr Harald fort. „Ich hörte einmal, wie er mit jemandem über den Äther sprach. Ich nahm damals an, es wäre sein Sohn in Bombay gewesen. Ach, und ist dir auf dem Dach von Singo Lans Villa auf Tillangchong nicht die Kurzwellenantenne aufgefallen…?"

Ich seufzte.

Indien – Indien, Land der tausend Rätsel…

Ende

*Verschuldete Pein
gedenket stets Dein
und tut irgendwann
ein Gleiches Dir an.*

288 Seiten
illustriert
€ 11,95

Als Junge war der alte Totengräber ein fanatischer Schmetterlingssammler. Er jagte die Tiere, um sie zu präparieren. Immer wieder erschien ihm ein Falter mit goldenen Flügelrändern, die im Dunkeln hell leuchteten. Die vergebliche Jagd nach diesem Schmetterling trieb den Jungen an den Rand des Wahnsinns. – Als er nach einem entsetzlichen Unfall das Bewusstsein wiedererlangte, hatte sein Körper keine menschliche Gestalt mehr. Er erkannte, dass niemand anders als er selbst es gewesen war, den er verfolgt hatte und vor dem er nun fliehen musste. Tröstlich war, dass er jetzt fliegen konnte mit seinen goldumrandeten Flügeln …

ÜBERALL IM BUCHHANDEL
ISBN 978-3-945976-01-2
auch als eBook erhältlich

Orison Swett Marden (1848 – 1924) war einer der bedeutendsten Vordenker aller modernen Werke zum Thema der Selbstmotivation. Seine Bücher, deren grundsätzliche Thesen bis heute nichts von ihrer Allgemeingültigkeit eingebüßt haben, begeisterten bereits zu Beginn des 20. Jahrhunderts Millionen Leser in aller Welt. Das vorliegende Buch **Die Macht des Gedankens** wurde im Abentheuer Verlag neu lektoriert und sein Schriftbild in eine den heutigen Lektüregewohnheiten entsprechende, angenehm zu lesende Form gebracht.

180 Seiten
€ 7,99

ÜBERALL IM BUCHHANDEL
ISBN 978-3-945976-54-8
auch als E-Book erhältlich

„Der kleine Prinz" von Antoine de Saint-Exupéry in einer neuen, deutschen Textfassung und seine Fortsetzung „Das Sternenglöckchen" von Karel Szesny hier in einem Band mit Illustrationen beider Verfasser.

372 Seiten
für Leser von 10 Jahren an

ÜBERALL IM BUCHHANDEL
Softcover ISBN: 978-3-945976-57-9 / Preis: 12,99 €
Hardcover ISBN: 978-3-945976-58-6 / Preis: 21,99 €